JN212485

銀嶺のかなた

一 利家と利長

安部龍太郎

文藝春秋

目次

第一章　手取川　5
第二章　能登入国　71
第三章　越中侵攻　149
第四章　信長逝く　221
第五章　超人秀吉　307

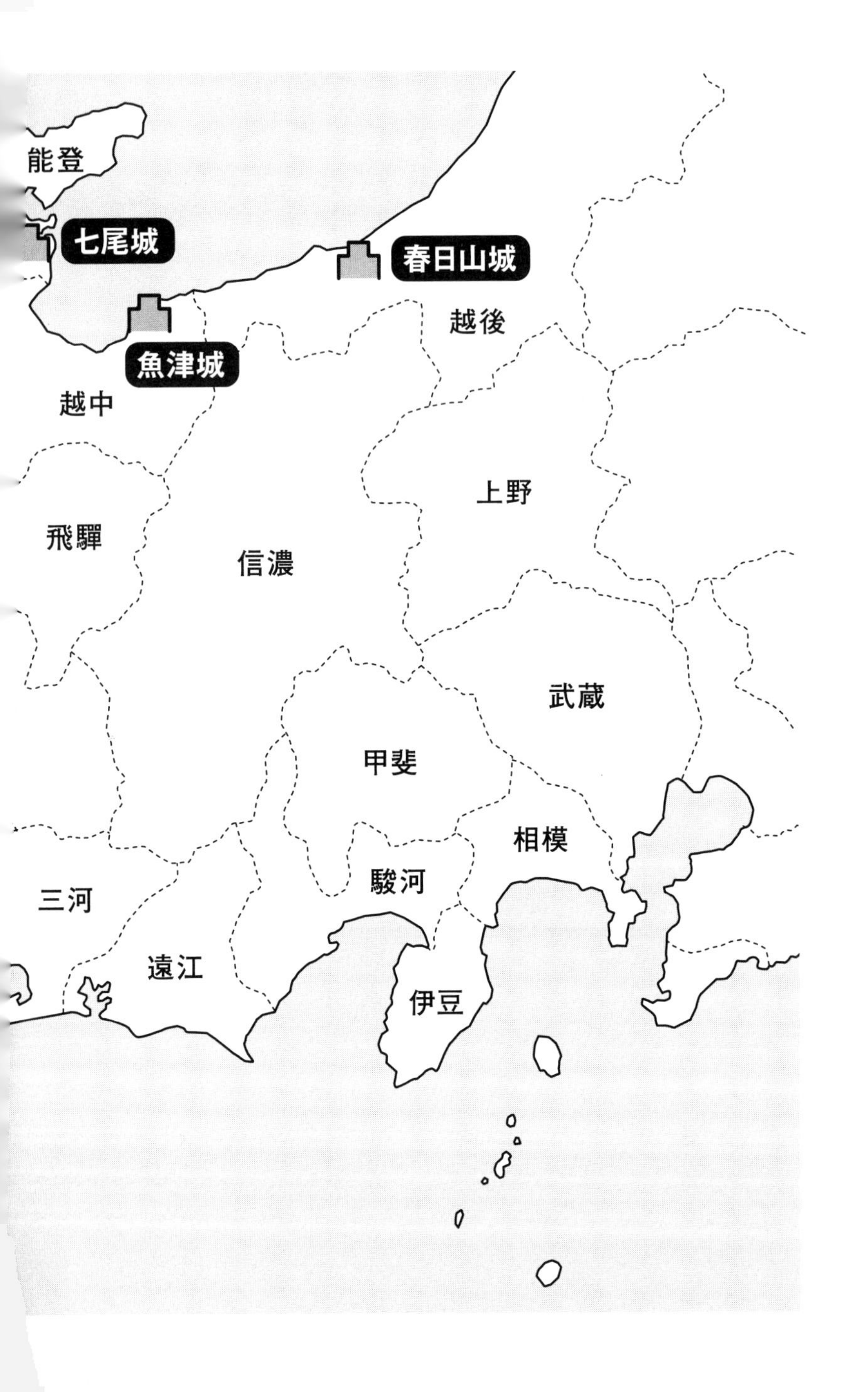
能登
七尾城
春日山城
越後
魚津城
越中
上野
飛驒
信濃
武蔵
甲斐
相模
三河
駿河
遠江
伊豆

銀嶺のかなた(一)

利家と利長

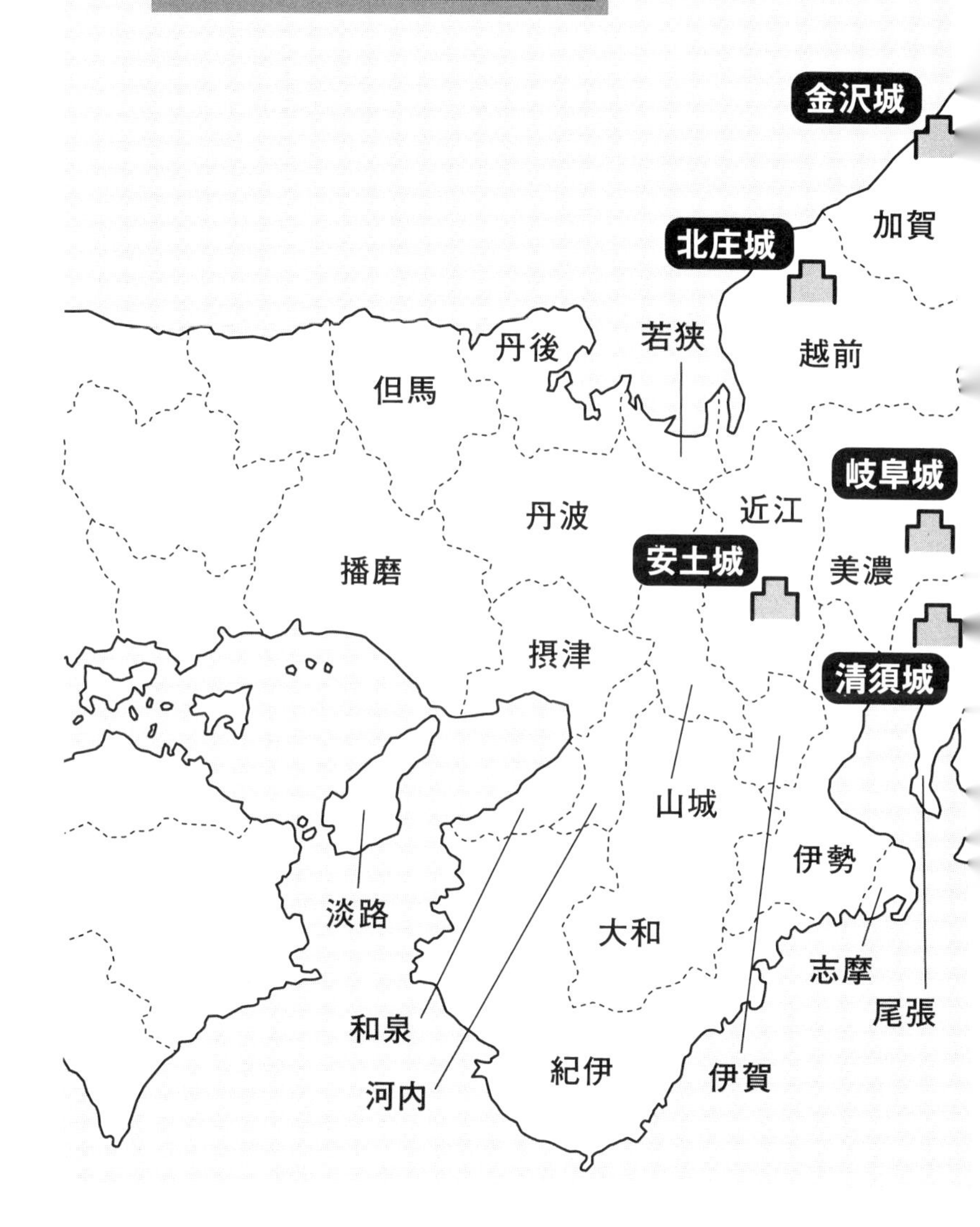

装画　国宝　楓図（部分）　長谷川等伯筆
総本山智積院蔵
装丁　大久保明子
図版制作　上楽藍

第一章　手取川（てどりがわ）

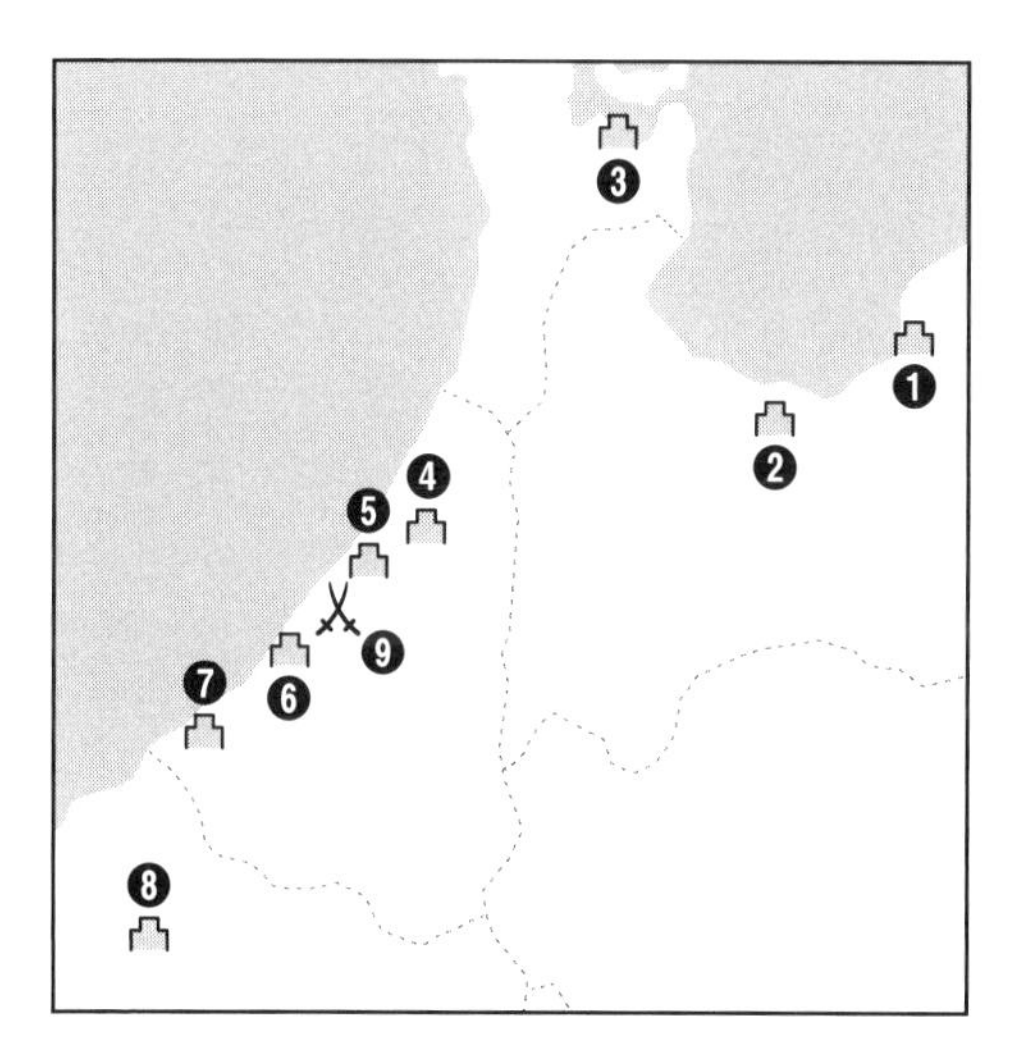

❶ 魚津城　❷ 富山城　❸ 七尾城
❹ 金沢城　❺ 松任城　❻ 小松城
❼ 大聖寺城　❽ 北庄城　❾ 手取川の戦い

雨が上がり、霧がわき始めていた。左手の海から湯気のように上がる霧が、風に吹かれて手取川の河口をおおっていく。

川舟の中ほどに座った前田利勝（利長）は、舳先に陣取る父利家の背中をながめながら、いったいどこへ行くのだろうと考えていた。

夕方に陣屋にもどるなり、

「物見に出る。供をせよ」

有無を言わさず命じ、御幸塚城（現在は「みゆきづか」小松市）を出た。そうして手取川まで駆けつづけ、用意の舟で対岸に渡り始めたのである。

この先は一向宗徒が支配する敵地だというのに、鎖帷子を着込み脇差をつけただけである。これでは敵に襲われた時に戦いようがないし、供をするのは利家の小姓をつとめる篠原一孝だけだった。

初老の舟頭がこぐ舟は、さざ波が立つ川をすべるように進んでいく。秋の長雨で増水していた川も、夕方になってようやく水位が下がり始めていた。

妙に寒い。さっきまで駆けつづけて汗ばんだ体が、風に吹かれて冷えていく。利勝はかすかに胴震いしたが、それは寒気のせいばかりではなかった。

今度が初陣（ういじん）なのである。十六歳にして初めて戦（いくさ）に出る。

これまで武芸の鍛錬はつづけてきたつもりだが、命のやり取りをする戦場では、何の役にもたたないことを、半月ほど陣中にいただけで思い知らされていた。

父が物見に連れ出したのはそれを察したかららしいが、体の奥底からわき上がってくる不安と恐れはどうしようもなかった。

利勝は横に座った一孝を盗み見た。

（こいつは平気なのだろうか）

大柄で肩幅の広い一孝は、背筋を伸ばして前を見つめている。あごの張ったいかつい顔は、いつもと変わらず落ち着き払っている。歳（とし）は同じなのに、すでに初陣をすませた自信は大きいようだった。

舟が対岸についた時には、あたりはすっかり霧におおわれていた。海ぞいには風よけの松が植えられているが、霧にとけ込んでぼんやりとしか見えなかった。

「物見の狙いは、松任城（まっとう）（白山市）に上杉勢が入ったかどうか確かめることだ」

舟を下りる前に、利家がぼそりと告げた。

「松任城まではおよそ三里（約十二キロ）。北陸道ぞいにすすきの原をかき分けて行く。わしが前を行くから、左右に開いてついて来い。決して声をたてるな」

利家は懐から額金を取り出して利勝と篠原一孝に渡した。

「槍も刀もないのですか」

利勝は舟に積んでいるものと思っていた。

「そんなものはいらぬ」

「それでは敵と行き合った時に、どうやって戦うのですか」

「相手の得物を奪えばいい。松任城の近くまで行ったなら夜明けを待ち、城内の様子を確かめる。そうして引き上げるばかりだ」

利家は事もなげに言って舟を下り、雨にぬれたすすきの原に足を踏み入れた。

利勝は右、一孝は左に開き、五間（約九メートル）ほどの距離をおいて付いていく。敵と行き合ったなら利家が対処するので、後ろで様子をうかがって臨機の行動をせよと言われていた。

手取川から松任までは一面の平野である。白山を源流とする川が土砂を押し流して作った肥沃な扇状地だ。

地下深くしみ入った伏流水が地上にわき出し、滋養のある水となって大地をうるおしている。湖沼や湿原も多く、長雨がつづくとなかなか水が引かなかった。

利勝はぬかるんだ地面に難渋しながら、父の背中を追って黙々と歩いた。霧は深くなる一方で、これ以上離れれば姿を見失いそうだが、利家はそんなことには構いもせずに歩いていく。

六尺（約百八十センチ）ちかい長身なので、歩幅が大きい。しかも足腰が人並みはずれて強いので、小走りでなければ付いていけないほどだった。

半刻（一時間）も歩くと息が上がり、少し休ませてくれと言いたくなったが、声をたてるなと言われている。体が再び汗まみれになり、着慣れない鎖帷子が次第に重く感じられるようになったが、はぐれたなら終わりである。

右も左も分からないまま敵地に取り残され、生き延びることさえ難しくなる。たとえ助けられても、物笑いの種にされるだろう。そんな目にあってたまるかと、歯を食いしばり無我夢中で歩きつづけた。

海から遠ざかるにつれて霧は次第に晴れていき、夜の闇があたりをおおうようになった。しかし利家は夜目がきくのか、迷うことなく松任城下のはずれまでたどりついた。

「ここで休め。わしが宿直をする」

利家が利勝と一孝を破れ寺に押し込んで廻り縁に座り込んだ。

父が横にならないなら寝そべるわけにはいかない。利勝は板壁にもたれて眠ることにしたが、いつの間にか横になって深々と寝入っていた。

前田利家、利勝父子が安土城下を出発したのは、天正五年（一五七七）八月八日のことだ。

能登の七尾城が上杉謙信の軍勢に攻められているとの報を得た織田信長は、柴田勝家を大将とする四万余の軍勢を編成して救援に向かわせ、前田家にも参陣するように命じたのだった。

羽柴秀吉、滝川一益（たきがわかずます）、丹羽長秀（にわながひで）、佐々成政（さっさなりまさ）ら、織田家中でも名を知られた武将たちが加わる精鋭部隊で、九月上旬には加賀の大聖寺（だいしょうじ）や小松（こまつ）まで侵攻したが、十日ばかりの長雨で手取川が増水し、先に進むことができなかった。

そこで先陣は御幸塚城や小松城、後陣は大聖寺城（加賀市）に留まっていたが、その間にも状況は逼迫（ひっぱく）していった。

上杉勢三千余が高松（たかまつ）（かほく市高松）まで侵攻して末守（すえもり）（末森）城（羽咋郡宝達志水町（はくいぐんほうだつしみずちょう））に攻めかかる構えを見せている。これに呼応した一向一揆勢が加賀の各地に割拠（かっきょ）して、「百姓の持ちたる国」の復活を目ざしていた。

このままでは不利になるばかりだが、手取川以北に足掛かりを持たない織田勢には、状況を正しく把握することができない。利家はそうした事態を打開するために、利勝と一孝を連れて松任城まで物見（偵察）に出たのだった。

「利勝どの、起きて下され」

一孝に揺り起こされた時には夜が明けかかっていた。

どこを足場にしたのか、利家は茅（かや）ぶきの寺の屋根に登って松任城の様子をうかがっていた。一面の平野なので見通しはきく。城までは四半里（約一キロ）ほど離れているが、屋根に登れば城の土塀と高石垣の上の三層の物見櫓（やぐら）をのぞむことができた。

所々屋根の茅がはがれて垂木（たるき）がむき出しになっている。利家はそこを足場にして棟木（むねぎ）にしがみつき、城の方に目をこらしている。やがて得心がいったのか、屋根を滑って地上に下りてきた。

「用はすんだ。帰るぞ」

「見えましたか。城中は」

「竹に雀の旗が立っている。上杉家の先陣が着いたのだ」

帰りも利家が先頭に立ち、来た道を引き返した。すすきの踏み跡に不審を持つ敵がいるかもしれないので、道を変えたほうがいいのではないか。利勝はそう思ったが、何かを言える立場ではなかった。

一里ほど歩いた時、北陸道を北に向かう足軽と行きちがった。すすきの原を半町（約五十五メートル）ほど隔てているが、粗末な胴丸をつけた一向一揆の者だと分かった。

利勝は顔を見合わせ、同じ歳くらいだと思わずもう一度見返した。次の瞬間、自分のうかつさに気付いて身をひそめたが、時すでに遅かった。

相手は見回りの者らしく、呼子の笛をけたたましく吹き鳴らした。

「いたぞ。敵だ」

「前後に回り込んで討ち取ってしまえ」

そんな声がして、十人ばかりがすすきの茂みに分け入ってきた。

敵は前後を包囲して間合いを詰めてくる。

「前だ。わしに寄れ」

言うが早いか、利家は正面の「進者往生極楽（すすまばごくらく）」という旗差しを背負った組頭に挑んでいった。

組頭は槍を腰だめに構えて突きかかってきたが、利家は落ち着き払って切っ先をかわし、けら首をつかむなり手前に引いた。

組頭はたまらず前につんのめる。その肩口に強烈な蹴りを入れると、相手は二間（約三・六メートル）ばかりも後ろにふっ飛んだ。

利家は槍を奪い、組頭と左右の二人を威嚇（いかく）しながら押し込んでいく。横から攻められるのを防ぐために、利勝は右端、一孝は左端の敵に向かった。

利勝の相手は槍を低く構え、太股（ふともも）やすねを狙ってくる。槍のけら首や柄をつかませないようにして、手傷を負わせようという魂胆である。

利勝は切っ先はかわすものの、槍を奪う間合いに入ることができない。右に左に素早く動きながら隙をうかがっていると、焦（じ）れた相手が胸元を狙ってきた。

（今だ）

利勝は半身（はんみ）になって切っ先をかわし、槍の柄をつかんだ。そうして引き倒そうとしたが、相手は両足を踏んばってびくともしない。かえって引き寄せられそうになり、槍をつかんでのせめぎ合いになった。

その時、最初に顔を合わせた若い足軽が北陸道から駆け付け、

「死ねぇーっ」

刀を上段にふりかぶって背後から切りかかってきた。

利勝はとっさに槍の柄を両手でつかんで押し込み、相手の押し返そうとする力を利用して切っ先を若い足軽に向けた。

同時に身を反らせて上段からの打ち込みをかわし、切っ先を若い足軽の脇腹に突き立つように仕向けた。

「ぎゃあー」

足軽が絶叫してその場に倒れた。

「おのれ、よくも倅（せがれ）を」

四十ばかりの相手は逆上し、丸腰でつかみかかってきた。長い腕を伸ばして利勝を突き倒し、馬乗りになって首を絞める。

利勝は手首をつかんでふりほどこうとしたが、丸太のような腕にはかなわない。視界が薄桃色に染まり、意識が次第に遠のいていった。

（ここで終わりか、これで死ぬのか）

そう思うと悔しさに涙がにじむ。何糞（なにくそ）ともがいていると、体がふっと軽くなった。

三人を始末した利家が、のしかかっていた男のこめかみを槍で突き刺し、体ごとめくり上げたのである。

「ち、父上……」

「早く立て。行くぞ」

言うなり槍を捨てて北陸道に出た。

前方の敵は倒したが、後方の敵は数を増して追いかけてくる。足場のいい道に出てふり切るつもりかと思ったが、三人が道に出るのを見計らったように前方から三発の銃声が上がった。

拍子をとったように正確なつるべ撃ちで、追いすがる三人が撃ち倒された。次のつるべ撃ちで再び三人が倒されると、敵はいっせいにすすきの原に身を伏せた。

利勝らが虎口を脱して手取川に向かっていると、鎖帷子を着込み裁着袴をはいた三人がすすきの原から出てきた。利家の弟秀次、馬廻り衆の村井長頼、同じく奥村家福で、火薬の匂いがする鉄砲を肩にかついでいる。

「叔父上、どうして」

利勝は夢でも見ている気がした。

「兄者がお前を連れて物見に出ると申されるのでな。念のために我らが後備えをすることにしたのだ」

秀次は利家より九歳下の三十二歳で、利勝とは馬が合う。家福は三十七、長頼は三十五で、利家股肱の臣だった。

「そうか。それで……」

利家がすすきを踏んだ道をもどったのは、秀次らに分かるようにするためだと合点がいった。

利勝は陣屋を出てから初めて人心地がつき、あたりの景色を見回した。久々の晴天である。白山の山頂が初雪におおわれ、青空を背にどっしりと連なっている。

（確か大伴家持に初雪の歌があった）

そんな覚えがあったが、動転した後だけに思い出すことはできなかった。

手取川を越えると、馬の用意がしてあった。来る時は徒歩だったが、秀次たちが手配してくれたのだった。

「わしは小松城の親父さまに話がある。先に陣屋にもどって飯でも喰え」

利家はひらりと馬に乗って駆けだした。

昨日の夕方から何も食べていない。だが利勝は少しも空腹を感じていなかった。体はまだ死にかけた恐怖に縛られていて、何かを口にいれたら吐きそうだった。

「まずは水を飲め」

秀次が竹筒を差し出してくれたが、それさえ口にすることができなかった。

御幸塚城は木場潟から流れ出る川のほとりの高台にあった。かつて一向一揆が拠点とした城に、前田利家、佐々成政、不破光治ら府中三人衆を中心とする五千ばかりが布陣していた。

多くの将兵は城外に陣小屋を作って雨風をしのいでいるが、利勝らには二の丸の館が与えられている。そこを陣屋として十日ばかりを過ごしていた。

館には風呂の仕度がしてあった。服にも体にも返り血がこびりつき、生臭い鉄さびのような臭いを放っている。それを早く洗い流したかった。

「お供をさせていただきます」

篠原一孝も同行したのは、刺客に襲われた時の用心である。一孝は利勝の伯父篠原長重の養子で、利勝の義理の従兄弟にあたる。武芸にひいでている上に冷静沈着なので、警固の役には打ってつけだった。

二人は肩まで湯につかり、湯船に首をならべた。湯の温かさに触れて、いかに体が冷えきっていたかに気付いたほどだった。

「一孝、左端の敵はどうした」

「太刀を奪って袈裟掛けに切り申した」

「手強かったか」

「壮年の男で、いささか手こずり申した。それゆえ利勝さまの助太刀にいくのが遅れました」

申し訳ないと、一孝が律儀に頭を下げた。

「危ういところを父に助けられた。我らもいつかあんな風になれるだろうか」

敵のこめかみを突き刺し、体ごとめくり上げた利家の槍さばきを思い出し、利勝は体の底からわき上がる胴震いを止めることができなかった。

手取川から小松城までは三里（約十二キロ）ほどの距離しかない。だが前田利家を乗せた足弱（あしよわ）の馬は、城が近づく頃にはよろめきだした。

何しろ身の丈六尺、体重は二十貫（約七十五キロ）と人並みはずれて大きいので、馬にとって負担は大きい。これに鎧（よろい）と槍の重装備をしたなら、馬が青ざめて逃げだそうとするほどだった。

「前田家の馬であろう。これしきでへこたれるな」

利家はたてがみをなでながら励ました。

馬はひとつ胴震いをして何とか役目をはたそうとするが、それもしばらくのことで、よろめきは次第に大きくなる。やがて酔っ払いのような千鳥足になった。

利家は馬から下り、横面を思いきり引っぱたいた。そうして自分の至らなさを思い知らせてから、頭を優しくなでてやった。

「お前はまだ若い。強くなって生き延びよ」

頭とたてがみをなで、首を抱くようにして励ましているうちに、敵に組み敷かれた息子の姿を思い出して、涙がこみ上げてきた。

初陣だから仕方がない。二人を相手にして一人を倒したのだから、上出来だと誉（ほ）めてやるべきかもしれない。しかしあの程度の腕前で戦の修羅場に出たなら、四半刻（しはんとき）（約三十分）も生きてはいられないだろう。

それでも前田家の跡継ぎとして雄々しく育ってもらわなければならないのだから、つい厳しいことを言ったり殴ったりする。

利勝がそれを嫌がり、自分に反発したり、心を閉ざしがちになっていることは分かっているが、弱く愚かなままでは生きていけないのだった。

「なあ馬よ。お前が憎いわけではないのだ」

馬の肩を抱いて歩いているうちに、利家は自然と小走りになった。重荷に耐えた後で急に楽をさせると、馬の脚に疲れが残る。無理にでも駆けさせてほぐしておかないと、翌日までさわりがあるのだった。

小松城の大手門まで来ると、警固の兵二人が槍を構えて立ちふさがった。

「誰だ、どこへ行く」

胴丸に竪木瓜（たてもっこう）の家紋をつけた滝川家の兵だった。

「槍の又左（またざ）が、親父さまと羽柴秀吉に会いに行くんだ。そこをどけ」

利家は突き出された槍の穂先を腕で払った。

「こ、これは……、ご無礼をいたしました」

二人の兵が槍を立て、直立不動の姿勢をとった。

「分かりゃいいんだ。この馬に水をやって横木につないでおいてくれ」

小松城は一向一揆方の若林長門守（わかばやしながとのかみ）が築いたもので、本丸、二の丸、三の丸の曲輪（くるわ）を配し、まわりに水堀をめぐらして守りを固めている。三の丸の堀は舟入になっていて、海から物資を運び込むことができた。

織田勢四万が加賀に侵攻してくると知った一揆勢は、城から立ち退（の）いて手取川の向こうまで防衛線を下げている。そこで織田勢は城を接収（せっしゅう）し、本丸に柴田勝家、二の丸に羽柴秀吉、三の丸に滝川一益を入れていた。

　利家は二の丸の陣屋をたずねた。秀吉は夜着を引きかぶってうつぶせになり、小姓に腰をもませていた。

「藤吉郎（とうきちろう）、邪魔するぞ」

　利家は許しも得ずに上がり込んだ。

　二人は同（おな）い歳（どし）の四十一で、十代の頃から信長に仕えて同じ釜の飯を喰った仲だった。

「又左か。何の用だぁ」

「昨夜から物見に出てきた。お前が言った通り、上杉の先陣が松任城に入っていた」

「そうでしょー。上杉は能登に攻めかかる前（みゃあ）に、大坂本願寺と話をつけとる。一揆の連中は双手（もろて）を上げて上杉勢を迎えとるはずだで」

　秀吉は敵方の内情までよく知っている。時には当てずっぽうだと疑いたくなるほどだが、後にそれが事実だと分かって舌を巻いたことが何度もあった。

「七尾や末守は、もう落ちていると思うか」

「確かな知らせはにゃあが、七尾は落ちたと見なかんやろう。七尾が落ちりゃあ末守は自落するはずだわ」

「これから親父さまに物見の報告に行く。お前も一緒に来てくれ」

「何でや？」

「すでに七尾城や末守城が落とされたのなら、この先の進軍を考え直す必要がある。わしと共にそのことを進言してもらいたい」

「それは無理だて。又左だけで行きゃあ」

「そう言うな。お前の見立てを話してもらわにゃあ、親父さまを説得することはできーへんよ」

　利家はつい尾張弁になった。

　二年前に越前府中（越前市）に配されて以来、なるべく使わないように心掛けていたが、秀吉と話しているとつい地が出るのだった。

「わしが何を言ってもあの方は聞く耳を持たんのだて。そりが合わんことは、又左も知っとるでしょー」

「知っているが、今はそんなことを言っている場合ではないだろう」

「わしは加賀に入った時、このまま一気に能登まで進軍せにゃあ七尾城は救えんと言った。それをおみゃあの馬鹿親父がつまらん理屈をつけて、ここに居ることにしたんだて」

「つまらぬ理屈ではない。手取川が増水して渡れなかったのだ」

「ほんなら船を仕立てて、千でも二千でも能登に兵を送らなかんかったわ。わしがその役をつとめると言ったのを、又左も聞いたでしょー」

「確かに聞いたが、それには親父さまばかりか滝川どのも丹羽どのも反対なされた」

　評定の席で重職たちの反対にあうと、秀吉は話にならんと言って席を立った。それ以来三人とは険悪な関係になっていた。

「ともかくわしは行かんて。どうも風邪引いてまったんだがね。寒気がして熱もあるもんで、こうして腰をもんでもらっとる」

「ならば結構。もう頼まん」

利家はむかっ腹を立てて表に出た。二の丸と本丸の間には堀があり、橋を渡してある。敵に攻め込まれたなら、切り落とすことができるようにしたものだった。

利家が本丸の陣屋へ行くと、二十人ばかりの兵が厳重に警固していた。柴田勝家に取り次いでくれと頼むと、奥から佐久間盛政（さくまもりまさ）が応対に出てきた。

父は盛次（もりつぐ）、母は勝家の姉で、叔父に当たる勝家に重用されている。歳は二十四だが、通称の玄蕃允（げんばのじょう）にちなんで鬼玄蕃の異名をとる荒武者だった。

「玄蕃か。物々しい雰囲気だが、何かあったか」

「叔父上は来客中でございます。どのようなご用件でしょうか」

「松任城まで物見に出てきた。親父さまにその報告をしておきたい」

「それではここでしばらくお待ち下され」

「誰だ。わしを待たせるほどの客人は」

「それは、いささか」

一徹者の玄蕃は上手な嘘（うそ）もつけず、黒々とたくわえたひげをなでて口ごもった。

「丹羽どのと滝川どののだな。この先のことを話し合っておられるのであろう」

「いや、そのようなことでは」

「ならばかえって好都合じゃ。お二人にも聞いていただくゆえ、案内いたせ」

利家は返事も待たずに上がり込んだ。

本丸御殿の広間に勝家と丹羽長秀、滝川一益が越前、加賀、能登の絵図を前にして車座になっていた。

勝家は五十六歳。越前一向一揆を制圧した功により、二年前に越前国のうち八郡を与えられ、北庄城（福井市）を居城にしている。

長秀は四十三歳。四年前に若狭一国の差配を任され、織田家臣団の中では初めて国持大名になった。安土城の築城に際しては普請の総奉行に任じられた知性派で、北陸への出陣では兵站の役をになっていた。

一益は五十三歳。伊勢長島の一向一揆を制圧した功により北伊勢五郡を与えられ、長島城（桑名市）を居城にしている。甲賀の出身で鉄砲の扱いに秀で、二年前の長篠の戦いでは織田家の鉄砲隊をひきいて華々しい活躍をした。

「おう、又左か。足軽のような装束じゃが、物見にでも出ていたか」

勝家がひげにおおわれた顔を向けた。誰に対しても開けっぴろげで偉ぶったところがない。しかも面倒見がいいので、多くの武将たちから慕われていた。

「松任城まで行ったところ、城内には上杉の旗が立っておりました。すでに先陣が入っているのでございましょう」

「相変わらず無茶をする。そろそろ行いを慎まなければ、思わぬ怪我をするぞ」

「ご心配は無用に願いたい。それより松任城のことでござる」

上杉勢がすでに加賀に入っているなら、七尾城、末守城は落ちたと見なければならないが、方々はどうお考えか。利家は長秀と一益を見やってたずねた。

「上杉勢三千はすでに九月十日に高松に入っておる。松任城に上杉の旗があったとすれば、その者たちが移ったのであろう」

長秀はいつもおだやかで、感情を表に出すことがない。しかも学者のように聡明な顔立ちをしているので、利家には打ち解けにくい相手だった。

「確かにそうかもしれませんが、高松から兵を移動させたのは、末守城が落ちたからでございましょう」

「又左衛門、つまらぬ心配をするでない」

一益が戦場枯れしただみ声を張り上げた。

「相手はたかだか三千。我らは四万じゃ。たとえ戦になったとしても、恐れることなどあるまい」

「そうとも言えませぬぞ。上杉勢は一向一揆を身方にしております。織田勢を討つと触れれば、一万や二万はすぐに集まりましょう」

利家は一益に対しては強気だった。歳はひと回り上だが、若い頃から槍の勝負でも力くらべでも負けたことがなかった。

「そこでじゃ。明朝、手取川を渡って敵の動きに備えようと申し合わせていたところだ」

勝家が剛毛の生えた指で、絵図上の手取川を押さえた。

「先陣は府中三人衆の五千、本隊はわしの手勢一万、後備えは藤吉郎の五千に務めてもらう。その間、丹羽どのには小松城で、一益には御幸塚城で後詰め(ごづめ)をしてもらう」

「手取川をこえて、どうなされますか」

「まずは水島（白山市水島町(みずしままち)）に陣地をきずき、敵の出方をさぐる」

「それは上策とは言えません。川を渡るなら、一気に松任城を攻め落とすべきです」

「ほう、なぜじゃ」

勝家が意外そうに利家を見やった。

「水島のあたりはぬかるんだ泥田で、陣地をきずくのに適しておりません。しかも一揆勢が出没していますので、思わぬ攻撃を受けるおそれがあります」

物見に出た時にも十数人に取り囲まれたと、利家は敵の勢力が手取川のすぐ近くに及んでいることを告げた。

「それは見回りの者たちであろう。大軍をもって押し出せば手出しはできぬ。それに七尾城や末守城の様子が分からぬうちは、松任まで兵を進めることはできぬのだ」

「何ゆえでしょうか」

「我らは七尾城を救援せよと命じられておる。それが出来ぬなら、いつまでも加賀にとどまっているわけにはいかぬ」

それなら手取川を渡らずに、七尾や末守に物見を出せばいいではないか。利家はそう言いたかったが、これ以上勝家の意に逆らうことはできなかった。

九月十八日の早朝、府中三人衆の五千を先陣とする織田軍二万が手取川を渡って水島まで進んだ。

先陣の中央には利家の二千、右翼には佐々成政の千五百、海側の左翼には不破光治の千五百。その後ろに勝家の本隊一万と秀吉の後備え五千が、横長の陣形をとって布陣した。

先陣の役目は、強固な陣地をきずいて正面からの攻撃にそなえることである。そのためには柵を結い回し、前には幅一間ほどの空堀をうがつ。

利家は息子の利勝と篠原一孝を連れて作業を見て回った。

ちょうど物見に出た時に通ったあたりで、一面のすすきにおおわれている。それを総出で刈り払い、湿気の残る地面に先の尖(とが)った丸太を打ち込んでいった。

「これを馬防柵(ばぼうさく)と呼ぶ。長篠の戦いの時、我らはこの柵で武田の騎馬隊の突進を防いだものだ」

利家はこの機会に利勝や一孝に築陣術を教えようとした。

「柵は十間ばかりの幅で、前後して立てる。なぜだか分かるか」

「前後の間から兵が出入りするためです」

利勝が即座に答えた。

「その通りだ。それゆえ後ろの柵の前の空堀は、浅めに掘っておかねばならぬ。身方が足を取られぬようにな」

「分かりました」

「この空堀を身隠しという。掘り上げた土を空堀の際（きわ）に積み上げて身を隠し、鉄砲や弓で敵を攻撃する。そして敵が間近まで迫った時には、兵たちを柵の後ろに下げねばならぬ。難しいのは、その見極めだ。早すぎては威力を発揮できぬし、遅すぎては敵に押し込まれて犠牲が大きくなる」

「馬なら一町（約百九メートル）、徒歩（かち）なら半町の距離だと、以前に教わりました」

「柵の結（ゆ）い方にもコツがある。敵との総力戦になる場合には丸太を深く丈夫に打ち込むが、今度のように敵を追撃して先へ進む場合には、あまり丈夫にしていると抜きにくくて移動が遅れる。ちょうどこれくらいが頃合いだ」

　利家は打ち込んだ丸太をゆらして強さの具合を示した。利勝も隣の丸太をゆらして確かめたが、ふと手を休めて山側に目をやった。

　白山が昨日よりもぶ厚い雪におおわれ、神々しいばかりに輝いていた。

「どうした。犬千代（いぬちよ）」

　利家はつい険しい口調になり、幼名で呼びかけた。

「すみません。母上に教わった大伴家持の歌を思い出したものですから」

「どんな歌だ」

「新しき年の初めの初春の　今日降る雪のいやしけ吉事。『万葉集』の最後におさめられた歌でございます」

「『万葉集』の最後か。いい歌だが、戦場では忘れろ」

修羅場を勝ち抜かなければ吉事など来ない。利家はそう言いたかったが口にはしなかった。

午後になって斥候に出ていた者が知らせをもたらした。七尾城に立て籠もっていた長一族と重臣たちの首が、倉部浜（白山市倉部町）にさらされているという。

「まことか」

「倉部から来た商人の話ゆえ、本当に長一族かどうかは分かりません。しかし海岸端に百をこえる首がさらされているのは間違いないようです」

「本物だとすれば、七尾からわざわざ運んできたということか」

「船で運んだのでございましょう。あるいは偽の首をさらして、我らに七尾城が落ちたと思わせようとしているのかもしれません」

「そうか。親父さまに知らせて、真偽を確かめねばなるまい」

柴田勝家の本陣に使いを送ろうとしていると、弟の秀次と連れ立って僧形の男がたずねてきた。

「兄者、孝恩寺どのが頼みがあるとおおせでございます」

孝恩寺宗顕（後の長連龍）は長続連の三男で、出家して池崎（七尾市池崎町）にある孝恩寺の住職になった。ところが七尾城主の畠山家の内紛で父が窮地に追い込まれたため、僧形のまま合戦に出るようになった。

　七尾城が上杉勢に包囲されると、続連に命じられて安土城の信長をたずねて救援を求めた。信長は孝恩寺の弁説が理にかなっていると判断し、四万の軍勢を送ったのである。

　秀次は同い歳の孝恩寺と意気投合したらしく、出陣後は義兄弟の契を交わしていた。

「倉部浜のことはご存じだと思います。首の真偽を確かめられるのは、それがししかおりません」

　だから自分が行って一族の首かどうか確かめてくる。孝恩寺は悲痛な表情で申し出た。

「しかしこれは、それがしをおびき寄せる罠かもしれません。一人で行って捕らえられたなら、敵は孝恩寺は寝返ったという噂を流すでしょう。それでは御身方の士気に関わりますので、後詰めの人数を貸していただきとうございます」

「物見に行くことを、親父さまはご存じか」

「むろん。お許しを得て参りました」

「倉部浜とは松任の近くであったな」

「一里半（約六キロ）ほど北でございます」

「そうか。それなら」

　利勝に後詰めの指揮を任せようか。利家は一瞬そう考えたが、まだ早いと急いで打ち消した。

「兄者、それがしが昨日の二人と参ります。ご安心下され」

秀次はそのつもりで孝恩寺を案内したのだった。

翌日、孝恩寺と秀次らは物見を終えて無事にもどった。報告を受けた勝家は、本陣に諸将を集めて対応を協議した。

「孝恩寺どの、倉部浜の様子を皆さまに報告していただきたい」

鬼玄蕃こと佐久間盛政が進行役をつとめた。

「噂の通り、浜には百以上の首がさらされておりました。しかしあれは長一族や七尾城の将兵のものではありません」

「偽の首だと申すか」

勢い込んでたずねる者がいた。

「おそらく末守城での戦いで討ち取った雑兵の首だと思われます」

「ならば七尾城は無事だということだな」

「かくなる上は進軍を急がなければなるまい」

諸将がほっとした顔を見合わせた。信長から七尾城を救えと厳命されているので、果たせなければどんな叱責を受けるか分からないと恐れていた。

「孝恩寺にたずねる」

秀吉が猿に似ていると言われる金壺眼を向けた。

「おみゃあは穴水城下の来迎寺を知っとるか」

「むろん、存じております」

能登半島の鳳至郡にある穴水城は、孝恩寺の父長続連が城主をつとめている。城下にある来迎寺は、弘仁五年（八一四）に嵯峨天皇の勅願によって建立された古刹だった。

「寺には招平坊という塔頭があるやろう」

「ございます」

「住職は徳連という坊主やが、知っとるか」

「いいえ。存じません」

疲れの目立つ孝恩寺の顔が、緊張に強張っていった。

「住職の徳連は奇特者だもんで、能登の様子を時々知らせてくれる。昨夜も知らせがあったばっかりなんだわ」

それによれば七尾城内で内紛があり、上杉方に通じた遊佐続光や温井景隆らによって長続連らが討ち取られ、九月十五日に七尾城は落城したという。

「ほしたら上杉勢が長一族の首を取って、倉部浜まで運んでさらしたとしてもおかしくはないやろう。わしはそう思うが、おみゃあはどや」

「筑前守どののご慧眼、恐れ入りましてございます」

孝恩寺が床几から下り、地べたに座って脇差を膝の前においた。

「倉部浜にさらされていたのは、父や兄をはじめ一族郎党の首でございました」

「なんだと。それでは我らをたばかったのか」

佐久間盛政が目をむいて怒鳴った。

「申し訳ございません。七尾城が落ちたと言えば、皆様方は兵を引かれましょう。それでは父や兄の弔い合戦をすることはできなくなると思い、偽の首だと申し上げました。この罪は一命をもってつぐなわせていただきます」

「当たり前じゃ。我らは上様の命（めい）を受けて出陣しておる。それを私怨（しえん）を晴らすために使おうとするとは許し難い。わしが介錯（かいしゃく）いたすゆえ、この場でさっさと腹を切れ」

「まあ待て、玄蕃」

勝家がおだやかに制した。

「孝恩寺の罪は重いが、一族の弔い合戦をしたいと思うのは無理もあるまい。それにこの者を失っては、能登の内情を知ることができなくなる」

「罪を許すとおおせられるか」

「そうは言わぬ。処分をひとまず保留し、この戦役が終わるまでわしに預からせてくれ。孝恩寺は道案内のために、上様がわしに付けられた。処分は安土にもどってから、上様に下していただくべきであろう」

「おおせの通りと存ずる」

利家が真っ先に賛成し、七尾城が落ちたのなら兵を引くべきだと言った。

「松任城にはすでに上杉勢が入っております。もし謙信が出陣してきたなら、加賀、越前の一向一揆が勢いづき、どのような事態になるか分かりません。ひとまず手取川の向こうまで下がり、次の手立てを考えるべきでございます」

「又左の言う通りだわ」

　秀吉が即座に応じた。

「そもそもこんな所に布陣する意味はないがね。用もない陣所を作って将兵を疲れさせるばっかりだわ。ただちに兵を引いて小松城まで下がらなかんに」

「二人の言うことはもっともだが、それでは我らの面目はどうなる」

　勝家が秀吉を見据えて言った。

「面目とは、何のことやろか」

「上杉が倉部浜に首をさらしたのは、我らを脅し付けるためじゃ。その脅しに屈して逃げ帰ったとあっては、天下の笑いものになろう。上様のご威光にも傷がつく」

「そう思うんやったら、権六どのが腹を切って上様にわびたらええでしょー」

「な、何だと」

「わしは一昨日、七尾城は落ちとるから手取川を渡るべきではにゃーと申し上げた。それを無視して川を渡られたもんで、こんなことになったがや。命令を下された責任はどなたにあるやろか」

「責任はわしにある。だが評定の席では皆が渡河に賛成した。反対したのはそちばかりじゃ」

「ほんならみんなで上様にわびてちょー。その覚悟があったら、体面などにこだわって時間を無駄にすることはにゃーわ」

「藤吉郎、言葉が過ぎるぞ」

　秀吉の正面に座った佐々成政がたしなめた。秀吉、利家より一つ年上で、若い頃から戦功を競ってきた相手だった。

「内蔵助よ。我らは安土を出る時、上杉を撃退して七尾城を救えと命じられた。ほんでも十日以上もこんな所でぐずぐずしとるもんで、敵に付け入られることになったんだがね。かくなる上は兵を返して、次の戦に備えるのが我らの務めではにゃーか」

「撤退するのは、敵の動きを見定めてからだ。それまでここに布陣し、上杉勢が攻めてきたなら、一撃のもとに追い払う」

　勝家が軍配を取って大将として決断を下した。これには誰も異をとなえることはできなかった。


　利家が自陣にもどろうとしていると、秀吉が後ろから呼び止めた。

「頼みがあるんだわ。ちょっとわしの陣所に来てちょー」

　秀吉の陣所には柵も堀も設営してはいなかった。五千の軍勢を三手に分け、鉄砲隊、長槍隊、騎馬隊、徒兵を四段に配している。今すぐにでも敵に襲いかかれる隙のない布陣だった。

　秀吉が案内したのは、小さな集落の中にある寺だった。ここを没収して陣小屋がわりに使っていた。

「又左、わしはこれから陣払いするわ」

本堂に座るなり秀吉が切り出した。

「ちょっと待て。軍令にそむけば切腹だぞ」

「おみゃあの馬鹿親父とは付き合いきれん。あやつの命令に従って討死するくらいなら、勝手をして腹を切った方がましだわ」

「親父さまの言うことにも一理ある。このまま撤退したなら上杉の脅しに屈したと言われるし、敵が攻めて来るのを待って一撃を加えれば追撃を防ぐこともできる」

「又左、おみゃあは頭がええくせに、相変わらず単純だな」

「何だと」

利家は身を乗り出して秀吉の陣羽織の襟をつかんだ。

「権六どのが一戦にこだわっとるのは、四万もの大軍をひきいて出陣しとって、何ひとつ戦果を上げることができんかった自分の体面を守るためだて。孝恩寺が嘘をついたのも、権六どのの差し金やろ」

「そ、そんなお方ではないぞ。親父さまは」

「おみゃあが恩義を感じるのは結構やが、馬鹿親父に義理立てしして負け戦に突っ込んだらいかんて。配下の将兵を死なせて、家族を泣かせるばっかりやわ」

秀吉は薄い唇にふっと哀れむような笑みを浮かべ、利家の腕を払いのけた。

「それで無断の陣払いをすると言うのか。その方が余程配下と家族を路頭に迷わせることになるではないか」

「だで、おみゃあに頼みたいことがある言うとる。陣払いしても上様からお叱りを受けんようにしてもらいたいんだわ」

「できるのか。そんなことが」

「権六どのは上杉方を華々しく打ち破って大将の面目を保ちたいやろうが、相手がそんなに都合よく攻めかかってくると思うか」

「いいや。そんな危うい戦はしないはずだ」

武田勢が長篠の戦いで大敗したのは二年前である。その原因は馬防柵にあると、上杉勢も知っているはずだった。

「そうやろう。だもんで上杉は必ず一揆勢を先頭に立てる。突撃させて鉄砲の弾よけにすれば上出来と考えるはずだわ。一揆勢を下手に生かしとけば、能登や加賀を治める時に邪魔になるんは目に見えとるからな」

「まあ、そうかもしれぬ」

「そんな命令に従うほど一揆勢も馬鹿やにゃーわ。しかし加勢してもらっとるもんで先陣に立たざるを得ん。そしたらどうする」

「地の利を活かして夜襲をかけるだろうな」

「ご名答。そこまで分かっとるなら、わしが頼みたいことも分かるはずだで」

「その前にこちらから頼みがある」

「おお、何や」

「わしも府中で三万三千石を与えられ、城を持つ身になった。人を小馬鹿にした物言いはやめてもらいたい」

「気に障ったら謝るわ。又左を見とると嬉しなって、つい昔のような口をきいてまう」

「分かったらええて。藤吉郎に悪気がにゃーことはわしも知っとる」

「一揆勢は必ず夜襲をかけてくる。それも一気に決着をつけんと自分たちが危ないもんで、一万ちかくで突撃をしてくるはずだわ」

「一万もか」

「どえりゃあ人数が越中からも流れ込んどるで、そんくらいにはなるはずだて。これを防ぐのは、平地の陣地ではとても無理だわ」

「そうかもしれぬ。いや、そうだろう」

「しかし権六どのは兵を引こうとはなさらん。だもんで敗走する時の仕度をしとかんとかん」

「それをわしにやれというのか」

「わしが陣払いした後、代わりに後備えをすると申し出てくれ。そして身方が手取川を渡れるように何ヵ所かの浅瀬に目印をつけ、川岸には鉄砲足軽を乗せた船をできるだけ多く集めてちょー」

そうして身方が川を渡る間、一揆勢を喰い止めよという。

「これで身方が無事に退いたなら、こうした相談をしたことを又左が奏上してちょー。ほんなら上様も納得して、お叱りか謹慎くりゃあですまして下さるはずだで」

「わしが親父さまにこの話をする。そして陣払いをせずにすむ手立てを講じるゆえ、もう少し待ってくれ」

利家は何とか秀吉に思い留まらせようとした。一揆勢の夜襲を受けて敗走するようなことになれば、先陣の府中三人衆がもっとも大きな痛手を受けるはずだった。

「又左が同朋衆の拾阿弥を斬り捨てたのは、いくつの時やった」

秀吉が急に話を変えた。

「二十三だ」

「すでにおまつどのを嫁にし、長女の幸も生まれとった。家を建てんとかん大事な時期やろう」

「ああ、その通りだ」

「それなのになんで、手打ちにされかねん無謀なことをした」

「あやつの無礼を許しておいては、武士の一分が立たないからだ」

「わしも同じだがや。あんな馬鹿親父に藤吉郎呼ばわりされてあごで使われては、長浜城主の一分が立たん。それにこの二十年で織田家も天下も大きく変わったがね。あんなボンクラにいつまでも大将を任せとっては、上様のためにならん。だもんで時代が変わったことを、誰かが教えてやらんならん」

「お前の気持ちは分かった。しかし勝手の陣払いは危なすぎる。わしが何とかするから、もう一日だけ待ってくれ」

利家は秀吉の陣所を出ると、その足で勝家の本陣に向かった。

秀吉の考えを勝家に伝え、もう一度評定を開いて今後のことを話し合ってもらおう。それ以外に状況を打開する手立てはないと先を急いだが、本陣に林立する雁金（かりがね）の紋を描いた旗を見ると、気遅れして足を止めた。

勝家は利家が若い頃から織田家の家老であり、尾張ばかりか隣国にまで名を知られた武勇の士だった。

それに個人的な恩義もある。拾阿弥を斬った罪で信長から勘当されていた間、勝家は暮らしが立つように支援してくれたし、勘気（かんき）を解くように信長に取りなしてもくれた。

以来利家は十五歳上の勝家を親父さまと呼んで心服してきた。それなのに秀吉は馬鹿親父とかボンクラと呼び、勝手に陣払いしようとしている。そのことを勝家にどう説明したらいいか、妙案が浮かばなかった。

（これでは策もないまま敵陣に突っ込むようなものだ）

ひとつ胴震いして、ひとまず自陣にもどることにした。弟の秀次や村井長頼らに相談し、策を立ててから進言しようと思ったからだが、秀吉の動きは早かった。

自陣にもどった直後に、

「申し上げます。後備えの羽柴勢が、手取川を渡って小松方面に向かっております」

物見の兵が告げた。

利家は馬で五町（約五百四十五メートル）ほど走り出て様子をうかがった。秀吉勢は三列縦隊の陣形を保ったまま、整然と川の浅瀬を渡っていく。しかも殿軍（しんがり）をつとめる鉄砲隊は、火縄を火ばさみにつけ、いつでも発砲できる構えを取っていた。

無断の陣払いは敵側につくのと同じだから、勝家勢に攻撃されても文句は言えない。それを承知の上で、「文句があるなら、かかって来い」と挑発しているのだった。

「藤吉郎、このたわけが」

利家は我知らず大声を出した。

その瞬間、覚悟が定まり頭も動き出している。そのまま本陣に駆け込み、勝家に秀吉の陣払いを告げた。

「わしも聞いた。今皆を集めているところだ」

「すぐに追撃し、藤吉郎を引っ立てて参りましょうか」

相談を受けたことなどおくびにも出さずに申し出た。

「処罰は上様が下されよう。この場をどうするかが先決じゃ」

勝家は怒りに顔を上気させながらも、平静を保とうとした。

「藤吉郎は親父さまの命令で陣を引いた、ということにしてはいかがでしょうか。その方が身方の動揺を鎮めることができると存じますが」

「馬鹿を申せ。この不始末の責任はきちんと取らせねば、皆に示しがつかぬ」

やがて先陣の佐々成政、不破光治や勝家麾下の佐久間盛政ら、十人ほどの武将が集まってきた。後備えの羽柴勢五千が抜けたことはすでに誰もが知るところとなり、陣中にさざ波のように動揺が広がっていた。

「柴田どの、これはいったいどうしたことでござろうか」

黒い南蛮具足をまとった佐々成政が怒りの声を上げた。

「わしにも理由は分からぬ。加賀に出陣して以来、藤吉郎とは意見が対立することが多かったゆえ、我意に任せてのことであろう」

「そのような勝手を許しては、軍勢を保つことなどでき申さぬ。厳しい処罰をしていただきたい」

「むろんそうする。しかし今は陣の備えをどうするかが先決じゃ」

勝家が利家に目を向けた。この場を何とかしろという合図だった。

「親父さまのおおせの通りでござる。かくなる上は手立ては二つしかござるまい」

「ほう、二つとな」

「ひとつは全軍を引くことでござる。こたびの出陣は七尾城を救えとのご下命を受けてのことゆえ、城が落ちたのであればこの地にとどまる理由はございません。すぐに手取川を越え、次の戦に備えるべきでございましょう」

「又左衛門どの、それはできぬと先般申し合わせたではありませぬか」

佐久間盛政が勝家を庇おうとした。

「ならば即座に松任城を攻め、上杉勢を追い払って城を取るべきでござる。そうすれば我らの面目も立ち、進退も自由にできるようになりましょう」

ともかくここで一揆勢の夜襲を受ける事態だけは避けたい。利家はその一心で力説したが、勝家は相変わらずこの地で敵を迎え討つ考えに固執した。

「後備えには本隊のうち三千を回す。さすれば敵の奇襲にも対処できよう。その指揮は勝豊にとってもらう」

柴田勝豊は勝家の姉の子で、実子のいない勝家の養子になっていた。

「お待ち下され。それなら前田家も後備えに加えていただきたい」

利家はやむなく秀吉の頼みをはたす方向に舵を切り、後備えを申し出た。

「何ゆえ又左が、後備えに回るのじゃ」

勝家がいぶかしげにたずねた。

「藤吉郎の失態の穴埋めがしたいのでござる。あやつとは若い頃から競い合って参りましたので」

「庇ってやると申すか」

「目に物見せてやるのでござる。お前などがいなくとも、我らの備えは盤石であると」

「又左衛門、お前が抜けたら先陣はどうなる」

佐々成政が気色ばんで異をとなえた。若い頃から反目することが多かったが、利家の力量は認めていた。

「抜けるとは言っておらぬ。手勢の半分を後備えに回させてもらう」

「それで先陣の中央が務まるのか」

「務まるとも。ただし陣所は銘々持ちにしてもらいたい」

銘々持ちとは各自で陣地を守り、他の手助けはしないという意味だった。


その頃、前田利勝は陣地の強化に励んでいた。

これまでは敵を追撃することを想定し、馬防柵はそれほど深く打ち込んでいなかった。ところが戦の風向きが変わったので、防御性を重視して深く打ち込むように指示されていた。

「地面が柔らかいので、あと一尺（約三十センチ）ほど打ち込め。身隠しも一尺ほど深く掘れ」

利勝は篠原一孝とともに雑兵たちの仕事ぶりを監督して回った。

「若殿、一尺も打ち込んだら、柵が低くなりすぎませんか」

そう懸念する者がいた。

「構わぬ。頑丈にしておけと父上がおおせじゃ」

急な変更は羽柴秀吉が陣払いしたことと関係があるらしい。秀吉が去ったために守りの戦をせざるを得なくなったのか、守りの戦にしたために秀吉が去ったのか。詳しいことは知らされていなかった。

「一孝、ちょっと手を貸してくれ」

利勝は足軽から鉄砲を借り受け、身隠しの中で構えてみた。片膝立ちになって肩の高さに構えると、積み上げた土がちょうど筒先を支えるように作られていた。

「よし、いいぞ。全力で駆けてくれ」

合図を送ると、一孝が柵に向かって馬で突進してきた。

一町半、一町、半町……。

馬の速さと距離を見ながら、銃撃する間合いをはかる。できるだけ引き付けた方が敵を倒せるが、引きつけすぎると柵の中に逃げ込むことができなくなる。

「すまん、もう一度頼む」

三回くり返して分かったのは、二町の距離で撃たなければ、次の弾を込める時間はないということだ。しかしそれでは命中率と殺傷力が格段に落ちる。やはり一町まで引きつけて撃ち、素早く柵の中に逃げ込むのが最も効果的だった。

「おお、やっておるな」

叔父の秀次が嬉しそうに歩み寄ってきた。

「何事も体で覚えなければ、戦場（いくさば）では役に立たぬ。結構なことだ」

「急に陣地の構えが変わったのは、ここで上杉勢との決戦にのぞむことになったからでしょうか」

父には聞けないことも、秀次には気軽にたずねることができた。

「そのことについて、本陣で話し合いをしておられる。もうすぐ終わるだろう」

「羽柴さまが退かれたのは、何か策があってのことですか」

「わしにも分からぬ。ここが終わったら、陣地の両側の身隠しを見て回ってくれ」

最初は正面だけの防御だったが、急に陣地の東西にも身隠しを掘り始め、側面からの攻撃に備える構えを取っている。まるで陣城のようだが、その場しのぎという感じはいなめなかった。

　やがて利家が村井長頼を従えてやってきた。

「羽柴勢の代わりに後備えを任された。お前は秀次とともに一千の兵をひきいて本隊の後ろに回れ」

　利家が有無を言わさず申し付けた。

「羽柴筑前守さまは、どうして後備えから抜けられたのでしょうか」

「親父さまの采配が気に喰わぬらしい。そういう奴だ」

「陣払いをするなど、そんな勝手が許されるのでしょうか」

「許されてたまるか。打ち首か切腹か、いずれにしても藤吉郎は終わりだ。その代役をお前が立派に務めれば、上様の目にとまって取り立ててもらえよう」

　利勝たち一千の兵が配されたのは、手取川のすぐ側だった。前方には後備えに回された柴田勝豊の三千、勝家の本隊七千、先陣をつとめる府中三人衆の四千が段々に布陣している。この強固な軍勢に、一揆勢や上杉勢が攻めかかって来るとは信じられないほどだった。

「これから我らの役目を伝える」

秀次が主立った者を集めて作戦の指示をした。

「万一敵の夜襲を受けて身方が崩れたなら、手取川をこえて敗走することになる。そうした場合にそなえて退路を確保しておくのだ」

「敗走でござるか」

信じられないと言いたげな声が上がった。

「転ばぬ先の杖（つえ）と言う。我らはその杖の役を命じられた。それには二つの方法がある」

ひとつは渡河の道三本を確保しておくこと。ひとつは船を確保し、川岸に並べて防備陣地とすることだった。

「渡河の道はすでに羽柴筑前守どのが示して下されておる。この道を夜でも分かるようにしておかなければならぬが、義兄上（あにうえ）、お任せしてもよろしゅうございますか」

秀次が遠慮がちに篠原長重に声をかけた。長重は利家の妻まつの兄なので、秀次にとっては義理の兄だった。

「承知いたした。浅瀬に杭（くい）を打って夜でも目立つようにしなければならぬが、一孝、何か考えはあるか」

「火薬をまぶした藁束（わらたば）を結びつけ、渡河の時に火をつけたらどうでしょうか」

養子の一孝は養父にひときわ気を使っていた。

「どうやって火をつける」

「松明を持った者を川舟に乗せ、火をつけて回らせます」

「松明では手間がかかりすぎ、火急の場合には対応できぬ。利勝どのはどうお考えかな」

「一孝が言った藁束を一番手前の杭に結びつけます。後ろの杭には白母衣を結びつけておけば、火に照らされて夜目にも分かるのではないでしょうか」

「夜霧が出たならどうなされる。それに風の強い日には、母衣は吹き飛ばされるおそれがございます」

「それなら藁束を結びつけた杭から、縄を張り渡したらいかがでしょうか。さすれば縄を伝って渡ることができます」

　一孝が失策を取り返そうと横から口を出した。

「秀次どの、この策はいかがでござろうか」

「それがいいでしょう。後は船の調達だが、これは孫十郎どのにお任せしてよろしゅうございますか」

　秀次が高畠孫十郎定吉を指名した。前田家が尾張の荒子にいた頃からの直臣で、利家の妹津世を妻にしていた。

「承知いたしました。しかし川や港に船をもやっておるのは、一向一揆に心を寄せる者たちでござる。聞きわけ良く協力してくれるとは思えませぬが」

「逆らうようなら、徴発するしかないでしょう」

徴発とは力ずくで取り上げることである。場合によっては武力を用いることも辞さなかった。

「そのつもりで行って参ります。鉄砲足軽を百人ばかり預けていただきたい」

「後学のために、利勝と一孝も同行せよ。孫十郎どのから徴発の仕方を教わるがよい」

手取川の河口には二つの港があった。ひとつは利勝たちが布陣したところから三町ほど下流の本吉（もとよし）で、現在の美川（みかわ）漁港のあたりである。もうひとつは対岸の海側の今湊（いまみなと）で、手取川とは細い小川でつながっていた。

小川の両側には三十戸ばかりの村があり、漁業や海運によって暮らしを立てている。海に出る船を五隻、渡しなどで使う川舟を八隻保有しているので、これを徴発することにした。

九月二十二日の未明、高畠孫十郎がひきいる二百余の前田勢は、音も立てずに村の包囲を終えた。

住民たちは何も知らないまま平穏な眠りについている。番犬さえ鳴き声もたてず、あたりは寄せては返す波の音に包まれていた。

利勝も一孝とともに孫十郎に従っていた。日頃は温厚で御仏（みほとけ）の話などをしてくれる義理の叔父が、頬を削（そ）ぎ落とした夜叉（やしゃ）の顔をしてあたりの気配をうかがっている。

やがて東の空が明るくなり、白山の尾根が影絵のように浮かび上がった。闇は次第に薄くなり、透き通るような薄水色になっていく。

それを待って孫十郎が采配をふると、兵たちが三人一組になって民家に踏み込んだ。

「全員港の側に出よ。刃向かう者は容赦せぬ」

方々からそんな声が上がり、槍と鉄砲で脅された住人たちが起き抜けの姿で外に出てきた。

老若男女百五十人ばかりである。乳飲み児を抱いておびえた目を向ける母親や、火がついたように泣く赤ん坊もいた。

全員が小川の西側にある更地に集められた。東側に住む者たちは、追い立てられて川の浅瀬を渡った。その時、東側の家の向こうで銃声がした。

一発、つづいてもう一発。隠れていた者が逃げ出そうとして撃たれたようだが、西側にいる利勝たちには詳しいことは分からなかった。

「命令に従えば手荒なことはせぬ。無駄にあがいて命を粗末にするな」

孫十郎は村人の前で仁王立ちになり、三十歳以上の男は前に出ろと命じた。三十人ばかりが、家族の楯になろうと横一列に並んだ。いずれも海の男たちで、赤銅色に日焼けした精悍な顔をしていた。

「村長は誰だ」

「わしでございます」

五十ばかりの白髪の男が一歩前に出て、伝右衛門だと名乗った。

「伝右衛門に申し渡す。十三隻の船を借り受けるゆえ、漕ぎ手とともに差し出せ。日当も払うし、役目を終えれば引き取らせる」

「どのような役目でございましょうか」

「手取川の守りを固めるために使わせてもらう。漕ぎ手は決して危ない目にはあわせぬ」

「それは難しゅうございます」

伝右衛門は臆することなく言い返した。

「なぜじゃ。その方らも一揆に加担しておるのか」

「加わってはおりませんが、同じ門徒でございます。それに一揆衆と敵対すれば取り引きができなくなります」

一向一揆には、僧や武士、農民ばかりでなく、海運業にたずさわる海の民も多く加わっている。大坂本願寺はこうした者たちを門徒に組み込むことで、全国にまたがる海運網を作り上げて莫大な利益を上げていた。

それゆえ海運業にたずさわる者は、本願寺や一向一揆と良好な関係を築かなければ仕事に参入できない場合が多い。中でも北陸では、蓮如上人が吉崎御坊（あわら市）を開いて以来、門徒による海運業の支配が強化されてきた。

信長が七尾城を救援するために四万もの大軍を送る決断をしたのは、こうした支配を打ち破って能登半島から越前敦賀にかけての海路を確保するためでもあった。

「一揆勢と戦えと言っておるのではない。船と漕ぎ手を貸してくれるだけで良い」

「同じことでございます。織田方に手を貸したなら一揆衆に敵対したと見なされ、仕事を奪われるばかりか村を焼き討ちにされかねませぬ」

「協力しなければ我らが村を焼き払い、力ずくで船を奪っていく。そうなればお前たちを生かしておくこともできなくなる」

孫十郎の言葉は脅しではない。二年前に信長は越前に侵攻し、二万とも三万とも言われる一揆衆をなで斬り（皆殺し）にした。昨年五月には前田利家ら府中三人衆も、一向宗徒千余人を処刑していた。

「分かりました。それでは皆で話し合って決めさせていただきます。四半刻（約三十分）の猶予を下されませ」

「良かろう。大坂本願寺はやがて上様の軍門に降る。そのことを肝に銘じ、身の処し方を決めるが良い」

村人たちが車座になって話し合っている間、孫十郎は鉄砲隊を回りに配して威圧した。火縄をつけ、命令があれば即座に撃てる態勢だった。

（何という理不尽な）

利勝は内心憤りを覚えている。こんなことが許されるのかと思う反面、こうしなければ戦に勝てない現実も思い知らされていた。

「孫十郎どの、考えがあります。勝手をお許し下さい」

「ほう、何をする」

「あの寺に行って住職に頼みます。住職の言うことなら、村人も聞いてくれるはずです」

利勝は篠原一孝を従え、小高い丘にある寺の参道を駆け登った。山門には武器を手にした僧が十人ばかり、案じながらなりゆきを見守っていた。

「前田利家の嫡男利勝です。ご住職にお願いがあって参りました」

取り次いでくれと頼んだが、僧たちは槍や刀を構えて行く手をはばんだ。一孝が利勝の楯になろうと両手を広げて前に出た。

「村人を救っていただくために来ました。ご住職、お願い申し上げます」

利勝の呼びかけに応じて、初老の僧が本堂から出てきた。右足が不自由なようで、杖をついて体を支えていた。

「住持の覚修と申します。お話をうかがいましょう」

「当家は船と漕ぎ手を借り受けに参りましたが、村人は拒むかもしれません。そうなれば多くの命が失われます。協力するように門徒たちを説得していただきたいのです」

「前田家が我らにどのような仕打ちをしてきたか、利勝どのはご存じかな」

「聞いております。だからこそ、あそこにいる村人たちを助けたいのです」

約束は必ず守る。だから協力するように村人を説得してくれと、利勝は土下座して頼み込んだ。そんなことをするとは思ってもいなかったが、何とかしたい一心で体が無意識に動いていた。

「前田がなで斬りにしたからこそ、村人を助けたいとな」

「誰が望んで人を殺しましょうか。敵対せずにすむ道があるなら、それを探し求めたいのです」

「ほう。貴殿は……」

覚修は深い目をして利勝を見つめ、門の側にいる大柄の僧に自分を下まで背負って行くように命じた。

港の側では話し合いを終えた伝右衛門が高畠孫十郎と対峙していた。

「集議の結果を申し上げます。お申し出に応じることはできません」

「一揆の者が逆らうなら、なで斬りにせよと命じられておる。女、子供とて容赦はせぬ。それでいいのだな」

「それが織田家のやり方でしょうが、世俗の力が及ぶのは現世のみ。命が惜しいからといって、御仏を敵としておられる方々に従うわけにはいきません」

伝右衛門の言葉は確信に満ちていた。

「御仏を敵としているのではない。御仏の教えをねじ曲げ、自分らの権益を守るために戦をせよと命じる大坂本願寺を敵としているのだ」

「あなた方は門徒衆と戦うために船と漕ぎ手を求めておられる。これに手を貸せば、不妄語戒にも不殺生戒にも背くことになります」

「さようか。その覚悟なら致し方あるまい」

孫十郎は鉄砲隊に火蓋を切るように命じ、筒先を並べて狙いをつけさせた。

「お待ち下さい。寺の住職が参られました」

利勝は銃口の前に立ちはだかった。

その横に背負われたままの覚修が並んだ。

「念仏道場の住持、覚修と申します。高畠さま、この場は拙僧に引き取らせていただけないでしょうか」

「船と漕ぎ手を出すのなら異存はない」

「皆に掛け合ってみますゆえ、しばらくお待ちいただきたい」

覚修は背中から下り、足を引きずりながら村人たちの前に立った。

「皆の衆、聞いて下され。御仏の教えに殉じようとするご決意は尊いが、この場は拙僧にお任せいただけまいか」

「前田の頼みに応じよとおおせですか」

伝右衛門が気色ばんでたずねた。

「その通りです。船と漕ぎ手を出して村の衆を救っていただきたい」

「これは皆で決めたことです。口出しは無用に願いたい」

「皆と言われるが、主立った者ばかりで決めたことでしょう。女房、子供にもどうしたいかたずねましたか」

覚修は無骨な外観に似ず能弁だった。

「ここに来て間もない覚修どのには分からないでしょうが、村の大事は戸主(こしゅ)が決めるのが仕来りです。我々は女房や子供のことも考え、最善と信じる道を選んでおります」

「さようかな。見たところ、子供を死なせたいと思う母親はおらぬようだが」

「死ぬのではありません。御仏の救いの中に身をゆだねるのです。敵の言いなりになって命をながらえても、御仏の教えを裏切ったなら生きているとは申せません」

　伝右衛門の答えにゆるぎはなかった。

　大坂本願寺が織田信長と戦うようにという教令を発して以来、門徒衆の信仰は戦いの完遂(かんすい)に向けて研(と)ぎすまされている。一揆衆が「進者往生極楽、退者無間(しりぞかばむげん)地獄」という旗をかかげているのが象徴的だが、そうした影響は一揆以外の門徒衆にもおよんでいた。

　それが高じて、信仰のためなら迷いなく命を捨てるという風潮を生み、信長との泥沼の戦争になっていたのである。

「失礼だが伝右衛門どの、宗祖(しゅうそ)（親鸞(しんらん)）さまはそのように説いておられますか」

「説いておられましょう。浅学ゆえ詳しいことは分かりませんが、御本山からいただく御文(おふみ)にそのように記されています」

「それは本山の間違いです。宗祖さまは悪人正機(あくにんしょうき)を説いておられます。我々のような末法濁世(じょくせ)を生きる煩悩具足(ぼんのうぐそく)の凡夫たる悪人は、阿弥陀さまの本願によって救われる他に方法がないのです」

「そうです。それゆえ宗祖さまの教えを守るためには、命をなげださなければならないのです」

「それは自力作善(じりきさぜん)です」

覚修はぴしゃりと決めつけた。自力作善とは自分の力でこの世を何とかしようとすることであり、阿弥陀仏の本願力を疑う心だと親鸞は説いていた。

「自力作善は弥陀の本願を信じきれない善人の所業である。宗祖さまはそう説いておられるのに、本山は信長を倒すために戦えと命じています。これこそ不妄語戒、不殺生戒にそむく行いです」

「その本山からつかわされた覚修どのが、そんなことを言っていいのですか」

「こんなことを言うから、足を折られ半殺しの目にあって本山から追い出されました。しかし宗祖さまの教えを曲げるわけにはいきません」

「それではどうすればいいのです。何事も他力にすがり、強い者の言いなりになっていればいいのですか」

伝右衛門の問いかけは悲鳴に近かった。

「阿弥陀仏の本願にすべてをゆだね、念仏だけを申して下さい。そうして野の草のようにただ生きればいいのです」

「それは本願誇りではありませんか。我は悪人なりとて開き直っていては、何ひとつ良くなりません」

「強者も弱者も善人も悪人も、時の流れの中で変わります。御仏が諸行無常と説いておられるように、変わらないものは何ひとつありません」

その例のひとつがこの若者だと、覚修は利勝を村人たちの前に押し出した。

「この方は前田利家どのの嫡男です。しかし道場に駆け込み、村人を助けてくれと拙僧に頼まれました。あなたたちを助けるために、土下座して頼まれたのです」

　村人の目がいっせいに利勝に向けられた。中にはこいつがあの利家の息子かと敵意をむき出しにする者や、どうせ策略だろうと疑う者もあったが、多くは感謝をたたえたおだやかな表情をしていた。

「人はいつまでも殺生の徒ではいられません。無慈悲な戦をつづけることもできません。なぜなら弥陀の本願が心のうちにそなわり、八正道に近づきたいという心が起こるからです。この若者を見てそのことがよく分かりました。それゆえ皆の衆にも生き抜いて、見届けてもらいたいのです」

「しかし本山や一揆衆にそむけば、稼業の海運をつづけられなくなります」

「それは拙僧にお任せ下さい。本山の御門跡（顕如）さまとは、いささか縁がありますから」

　覚修はそう言って伝右衛門の手を取り、孫十郎の前にみちびいた。

　九月二十三日、前田利家は先陣の陣小屋で夜を迎えた。小具足姿で、横になって眠りにつこうとしたが、妙に気持ちが高ぶって目が冴えていた。

　野性の欲望が高じて、股間の一物ははちきれんばかりに元気である。安土城を出陣して以来房事から遠ざかっているので、たまった欲が出口を求めているらしい。

戦場に出ると人は命の終わりを切実に感じる。それゆえ子孫を残したいという本能が目覚めるのだろうが、これほど元気とは我ながら浅ましいほどだった。

（ん？）

利家にはふと思い当たることがあった。

これまでも敵の奇襲を受ける前に、何度かこういうことがあった。どうやらこの一物殿は、利家より早く危険を察知しているらしい。

（今夜か……）

利家は闇の中で耳をすました。小雨が降り始めているらしく、陣小屋の板屋根からかそけき音がしている。飛び起きて表に出ると、顔に小雨が降りかかった。

「長頼、家福、起きろ」

利家は陣所中に響く声を上げて村井長頼と奥村家福を呼び、敵は今夜攻めてくるので戦の仕度をせよと命じた。

水島に布陣して初めての雨である。織田家の鉄砲を何より恐れている一揆勢は、雨で鉄砲が使えない夜を待ちわびているにちがいなかった。

陣所は一町四方ほどで、正面には馬防柵と身隠し、三方には身隠しを配してある。そこで三方の身隠しに楯を立て並べ、陣小屋の屋根には濡れた土を上げて火矢に備えさせた。

「鉄砲と火薬を濡らすな。雨をよけながら陣小屋から撃てるようにしておけ」

利家の下知に従い、家臣たちは闇の中で手さぐりしながら作業にあたった。

「何か知らせがあったのでございましょうか」

長頼がいぶかしげにたずねた。

「虫の知らせだ。確かではないがよく当たる」

作業の間にも雨は次第に激しくなり、地面は足がめり込むほどのぬかるみになった。それを待ちかねていたように、前方のすすきの原に火が灯った。

大雨の中で灯るとは、あれはきつね火か。利家らはそう思ったが、火の数は次々に増えて列をなし、空を飛んで陣中に舞い落ちてきた。松脂をぬった布を巻いて火矢にし、陣小屋を焼き立てようとしている。

だが板屋根に泥を上げているので、さしたる被害はなかった。

「来たぞ。ぬかるな」

次に来たのは征矢である。一町ほど離れたところから、火矢の明かりをめがけて山なりの矢が射込まれる。前田勢は楯を前面に立ててこれを防ぎ、敵が突撃してくるのを待った。

敵はこの雨で鉄砲が使えないと思っている。そこで柵の際まで引きつけ、陣小屋からいっせいに撃つことにした。

「前方の者は柵の端に寄って身を伏せよ。後ろから身方に撃たれないようにせよ」

皆が息をひそめて待ち構えたが、一揆勢は突撃してこなかった。

(なぜだ……)

疑問を持ちながら沈黙に耐えていると、後方の両側から柴田勝家の本隊に火矢が射込まれた。千、いや二千ちかい火矢が放たれ、次々と柴田勢の陣小屋に突き立っていく。七千の軍勢の陣所には陣小屋も多く泥の防備もしていないので、雨に濡れていても火が燃え移る。中でも壁に突き立った火矢は炎上が早い。

柴田勢があわてて火を消し止めようとするところに、山なりの征矢が雨のように射込まれた。前方からの攻めは、先陣を引きつけるための陽動作戦だったのである。

ややあって地を揺らすような喚声（かんせい）が上がり、槍隊が柴田勢に向かって突撃した。声の厚みで一万ちかいことが分かる。北と南に兵を分け、勝家の本隊だけに狙いを定めている。

これを見た後備えの柴田勝豊は、三千の兵を二つに分けて本隊の側面から攻めかかる敵を追い払おうとした。前田家の後備え一千もそれにつづいた。

後方がぽっかりと空いたのを見ると、勝家は殿軍（しんがり）だけを残して退却を命じた。混乱したまま踏みとどまれば、犠牲が大きくなると判断したのだった。

本隊の陣小屋が燃える明かりで、あたりは朱色に照らされている。殿軍を受け持った佐久間盛政の一千、後備えの柴田勝豊の三千、前田秀次の一千ばかりが、本隊の退却の時間をかせごうと一揆勢を押し返している。

対する一揆勢は闇にまぎれるために黒っぽい装束をまとい、旗差しも立てていない。皆が白だすきをしているのは、同士討ちをさけるための合印（あいじるし）だが、不利になればたすきをはずして闇の中に身をひそめるはずだった。

（だからあれほど言ったのだ）

利家は敗走する柴田勢を見て腹立ちを禁じ得なかった。

やがて前田勢の左手に布陣していた不破光治と右手の佐々成政が、一揆衆の背後を衝くために打って出た。これで形勢は織田方がさらに有利になったが、陣形が開きすぎて本隊の殿軍が手薄になっている。

一揆勢はそこに攻撃を集中し、手取川を渡ろうとする本隊をしゃにむに追撃しようとした。

「殿、兵を出すなら今と存じますが」

村井長頼が決断をうながした。

「不要だ。銘々持ちと申し合わせておる」

利家は頑なだった。こうなったら勝家に痛手を負わせ、自分の失策を思い知らせてやりたい。そんな気持ちが思いがけない強さで突き上げてくる。

それと同時に、恩人に対してそんな感情を持つ自分が後ろめたくもあった。

「あるいは上杉勢が突撃の機会をうかがっているかもしれぬ。ここに留まってそれに備えるのだ」

「松任城に出した物見からは、そのような知らせはございませぬが」

「奴らは戦果を確かめに出てくる。それに秀次を後備えに回したのは、こうした場合に備えてのことだ」

そう言った瞬間、利家は気付いた。無性に腹が立つのは、勝家に対してばかりではない。

またしても藤吉郎が言ったことが当たったという嫉妬があるのだった。

その頃、息子の利勝は手取川の川岸につないだ船の中にいた。

大型の船を川まで引き上げ、杭（くい）につないで川岸に固定している。船には高畠孫十郎や篠原一孝ら十人が鉄砲を抱え、敗走してくる身方を援護する構えを取っていた。

同じ形の船が他に四隻、三ヵ所の浅瀬の間につないである。撃ち手は五十人ばかりだが、それぞれ弾込め（たまご）役の足軽に予備の鉄砲を持たせていた。

浅瀬に打った杭には、火を灯して目印とし、向こう岸まで縄を張って渡れるようにしている。暗闇の中だが、先頭の者が縄を伝って渡れば後の者は自然と従っていく。

「初めはこれを使います」

孫十郎が取り出したのは棒火矢（ぼうびや）だった。

鉄の矢に火薬筒を取り付けたもので、鉄の矢を鉄砲で撃って標的に突き立て、火薬筒を導火線で発火させる。今風に言えば焼夷弾（しょういだん）である。

「これで敵を撃つのですか」

利勝は銛（もり）のように鋭い返しをつけた矢尻をのぞき込んだ。

「敵に打ち込んで、身方を撃たぬための松明になってもらいます。情けは無用でござる」

柴田勝豊や前田秀次が後備えの兵を突撃させて間もなく、勝家の本隊が退却してきた。

三ヵ所に浅瀬があることは分かっているので、松明をかかげた者を先頭に、整然と隊列を組んでいる。

徒兵（かち）は歩いて、騎馬の者は馬から下り手綱（たづな）を引いて川を渡り始めた。

「あれが夜間の退（の）き方でござる。利勝どのもよく見ておかれるがよい」

大切なのは慌てないことだが、場数を踏まなければこうはいかないと、孫十郎が柴田勢の落ち着きぶりを誉めた。

やがて本隊の後ろから、殿軍の佐久間盛政勢が敵を打ち払いながらやって来た。

鬼玄蕃の異名を取る盛政の手勢だけあって、追撃してくる敵に備えた陣形を保ったまま手取川に向かってくる。だが一揆勢の執拗（しつよう）な追撃を受け、次第に押され気味になっていた。

「棒火矢、放て」

孫十郎が命じると、大柄の配下が筒先を宙に向けて引金（ひきがね）を引いた。耳をつんざく轟音（ごうおん）がして棒火矢が放たれ、敵陣の中ほどに落ちて火薬筒に点火した。

運悪く射抜かれた者がいたらしい。燃え上がる炎にまかれて火だるまになり、苦しみのあまり転げ回った。つづいて九本の棒火矢が放たれ、火だるまの数が増えていく。

一揆勢が仲間を助けようとしたり、おびえて身を伏せている間に、佐久間勢は次々に川を渡った。

「今だ。撃て撃て」

孫十郎が号令し、川岸の船にひそんだ鉄砲隊が炎をめがけて銃撃した。

利勝も一孝も撃った。撃った後は足軽が弾込めした鉄砲を受け取り、二発目の引金を絞る。

火縄で口火薬に点火してから爆発するまでわずかな間があるので、引金を絞ってから筒先を動かさないことが肝要だった。

利勝は二発三発とたてつづけに撃った。人を撃つのは初めてだが、暗闇で良く見えないので実感はあまりない。他の者たちに遅れを取らないこと、射撃の構えを崩さないことばかりを気にかけていた。

四発目の引金を絞った時、火ばさみが火皿を叩くカチリという音がした。隣では一孝の鉄砲が轟音を上げたが、利勝は不発だった。火皿に雨が落ちて口火薬をしめらせたのである。

「何をしておる。次をよこせ」

利勝が怒りをあらわにして足軽に鉄砲を突きつけた時、孫十郎が撃ち方やめの号令をかけた。

「敵はおおかた引き上げたようだ。無駄に撃つことはない」

やがて本隊の側面を守っていた柴田勝豊、前田秀次勢や、先陣の不破光治、佐々成政勢が引き上げてきたが、前田勢の姿はなかった。

「夜明けまで先陣に残る。先に引き上げよとのお申し付けでございます」

利家の使い番（伝令）が告げた。

「孫十郎どの、どう思われる」

引き上げてきた秀次がたずねた。

「夜が明ければ、上杉勢が戦果の確認に出て参りましょう。それを狙っておられるのではないでしょうか」

高畠孫十郎は利家の気性をよく知っていた。

「ならばどうする。ここに残って後備えをするか」

「上杉が大軍を出すとは思えません。鉄砲隊だけ残しておけば充分でございます」

進言に従い、秀次は後備えの兵をひきいて引き上げていった。手傷を負い、仲間に肩を抱きかかえられて川を渡る者もいる。重傷を負って闇の中に倒れている者や、死者となって放置されている者もいた。


孫十郎が見込んだ通り、前田利家は先陣の陣所に残って上杉勢を待っていた。

雨は小降りになったものの明け方の冷え込みは厳しい。それでも兵を陣小屋や小屋の陰に伏せさせていた。

(なめられたまま、引き下がってたまるか)

越後のたわけどもは明け方には戦場(いくさば)を視察し、織田勢を打ち破って手取川に追い落としたと近隣諸国に言いふらすだろう。勝ったつもりで出てきたなら、痛撃を加えて追い払わなければ上様に申し訳ないと、朱柄(あかえ)の槍を握りしめて息をひそめていた。

明け方には雨が上がり、海の方から霧が吹き寄せてあたりをおおった。これで俄然(がぜん)有利である。謙信みずから大軍をひきいて出て来いと念じていると、前方からすすきの原を踏み分けて近付いてくる軍勢があった。

馬の口に枚を銜ませていないので、霧の中でいななく声がする。馬具や鎧の金具の音も次第に近付いてくる。敵は三百から五百ばかりらしいが、先陣の手前で兵を分け、三つの陣所に当たることにしたようだった。

「敵は物見を出して陣所を調べに来るゆえ、生きて返すな。中に誘い込んで討ち取ってしまえ」

気がかりなのは馬がいないことだ。真夜中に先陣においておく必要はないと、秀次に託して後備えに回したが、これでは勝ちに乗って追撃することができなかった。

やがて霧の中から三人の兵が現れた。

毘の文字を描いた胴丸をつけた上杉家の物見である。中をのぞき込むようにしながら様子を確かめ、慎重な足取りで馬防柵を通り抜けて陣所に入ってくる。

三人が陣小屋の手前まで進んだ時、地面に突っ伏して討死したふりをしていた手練が数人、後ろから襲いかかって討ち取った。その間にも霧が流れ、あたりを白い闇と静寂が包んでいく。

上杉勢は霧がうすくなるのを待ち、先陣の陣所に踏み込んだ。

海側の不破勢、山側の佐々勢はもぬけの殻になっている。そちらで何も起こらなかったことに安心したのか、前田の陣を受け持った者たちが柵の手前で馬を下り、十人ばかりずつ三組に分かれて陣所に入ってくる。

将兵の訓練は行きとどいていて、用心深く無駄のない動きをする。できれば生け捕りにして家来にしたいほどだが、今はそんな余裕はなかった。

利家は無言のまま立ち上がり、朱柄の槍の穂先を突き出して攻撃を命じた。陣小屋にひそんでいた百人が、半町（約五十五メートル）ほどに迫った敵にいっせいに鉄砲を撃ちかけた。

前方の十人ばかりがなぎ倒され、後方にいた者たちはあわてて外に逃げようとした。それを狙って第二陣の五十人が銃撃した。

さらに十人ばかりを倒したが、鉄砲隊が弾を込めている間に敵は外に待たせていた馬に乗って逃げ去っていく。

「長頼、家福、つづけ」

利家は村井長頼と奥村家福に後詰めを命じて猛然と駆け出し、柵の外に残された馬を奪って敵を追撃した。

「槍の又左じゃ。名のある者は勝負せよ」

大音声（だいおんじょう）に呼ばわるが、馬を返して挑もうとする者はいない。すすきの原を疾走して半里（約二キロ）ばかりも追いかけ、逃げ遅れた二人を討ち取っただけで諦めざるを得なかった。

仕方なく引き返そうとしたが、馬が言うことを聞かなかった。手綱を引いて回そうとしても、首を縮めるようにして抵抗する。

「そうか。お前も家に帰りたいか」

利家は鞍から下り、上杉勢から奪った馬に語りかけた。

今まで気付かなかったが、黒漆をぬったようにつややかな毛並みをして、体も大きくたくましい。道理でここまで利家の巨体を苦もなく乗せてきたはずだった。

「どうだ。わしに仕えてくれぬか。褒美は望みのままだし、心友のように大切にする」

利家は頭やたてがみをなでながら頼み込んだ。こいつが愛馬になってくれたなら、これまでの二倍の働きができると思ったが、手綱を引いて連れて行こうとすると四肢を踏ん張って抵抗した。

「それなら仕えよとは言わぬ。わしの相棒となって生死を共にしてくれ。どんな窮地におちいっても、決して見捨てたりはせぬ」

口説き落とそうと懸命になったが、連れて行こうとするたびに険しい目をして拒まれる。馬にも帰巣本能があり、行くべき方向を決めている。これ以上無理強いすれば、暴れ出しそうな気配だった。

「そうか。頼みを聞いてくれぬか」

利家は諦めて自由にしてやることにした。しかしこのまま手放すのはいかにも惜しい。

そこで剣梅鉢紋を入れた陣羽織を脱いで鞍に結びつけた。

「これがわしの印だ。上杉家にもどれば、槍の又左から陣羽織を奪った馬として名を馳せるだろう。いつの日か噂を聞いたなら会いに行く」

さあ行けと尻を叩くと、漆黒の悍馬(かんば)は高くいななないて霧の中に消えていった。

歩いてもどっていると、後詰めの二人が十人ほどの兵をひきいて追いかけてきた。

「殿、どうかなされましたか」

陣羽織を奪われたのかと、長頼が気遣った。

「何でもない。馬にくれてやったのだ」

陣所にもどり、兵をひきいて手取川のほとりにさしかかると、高畠孫十郎や利勝らが渡河のための川舟を並べて待ち受けていた。

「おおせの通り今湊から船を借り上げ、川岸に並べて敵を追い払いました」

「親父さまはどうであった。さすがに慌てておられたであろう」

「兵をまとめて整然と川を渡っていかれました。殿軍の佐久間どのの働きも見事なものでございました」

それより感心したのは利勝どのの働きだと、孫十郎が急いで付け加えた。

「ほう、利勝が何をした」

「今湊の者たちは、初め船の貸し出しに応じませんでした。それゆえなで斬りもやむを得ぬと覚悟しましたが、利勝どのが村人を説得するように一向宗の住持に頼んで下されたのでござる」

村人がそれに応じたので大事には到らなかった。孫十郎はそう言って利勝の手柄を誉め

たが、利家の表情は次第に険しくなり、

「犬千代、なぜそんなことをした」

　嚙みつくような勢いでたずねた。

「村人を死なせたくなかったからです。女子供も大勢いました」

「このたわけが。余計なことをするでない」

　利家は腕を伸ばして力任せに頬を殴った。

　利勝は目の前が暗くなり、何が起きたか分からなくなったが、地面に叩きつけられた瞬間に殴り倒されたのだと気付いた。

　側にいた篠原一孝が無言のまま助け起こし、利勝に寄り添って利家と対峙した。

「秀次はお前に、孫十郎から徴発の仕方を学べと言ったはずだ。ちがうか」

「そう言われました」

「ならばなぜ従わぬ。誰が村人を助けろなどと命じた」

「命じられてはおりませんが、助けられるなら助けるのが人の道だと思います」

　利勝はそう言わずにはいられなかった。

　利家はもう一度殴ろうとしたが、一孝が足を踏み出して庇おうとするのを見て思いとどまった。

「人の道を行うのも結構だが、戦場では命令がすべてだ。一人一人が勝手なことをすれば、統制が乱れて機敏さが失われる。それが思わぬ大敗につながるのだ」

「…………」

「それに上様は逆らう者はなで斬りにせよと命じておられる。お前がやったことは上様への反逆だ。手討ちにされても文句は言えぬ」

利家は一孝を突き飛ばして舟に乗り込んだ。

利勝は痛む頰に手を当て、血が流れていることに気付いた。小手（こて）の金具で切れたのである。ふいに悔しさがこみ上げ、

「一孝、私は間違っているか」

そうつぶやいたが、一孝は何も答えない。遠くから潮騒（しおさい）が聞こえてくるばかりだった。

第二章

能登入国（のとにゅうこく）

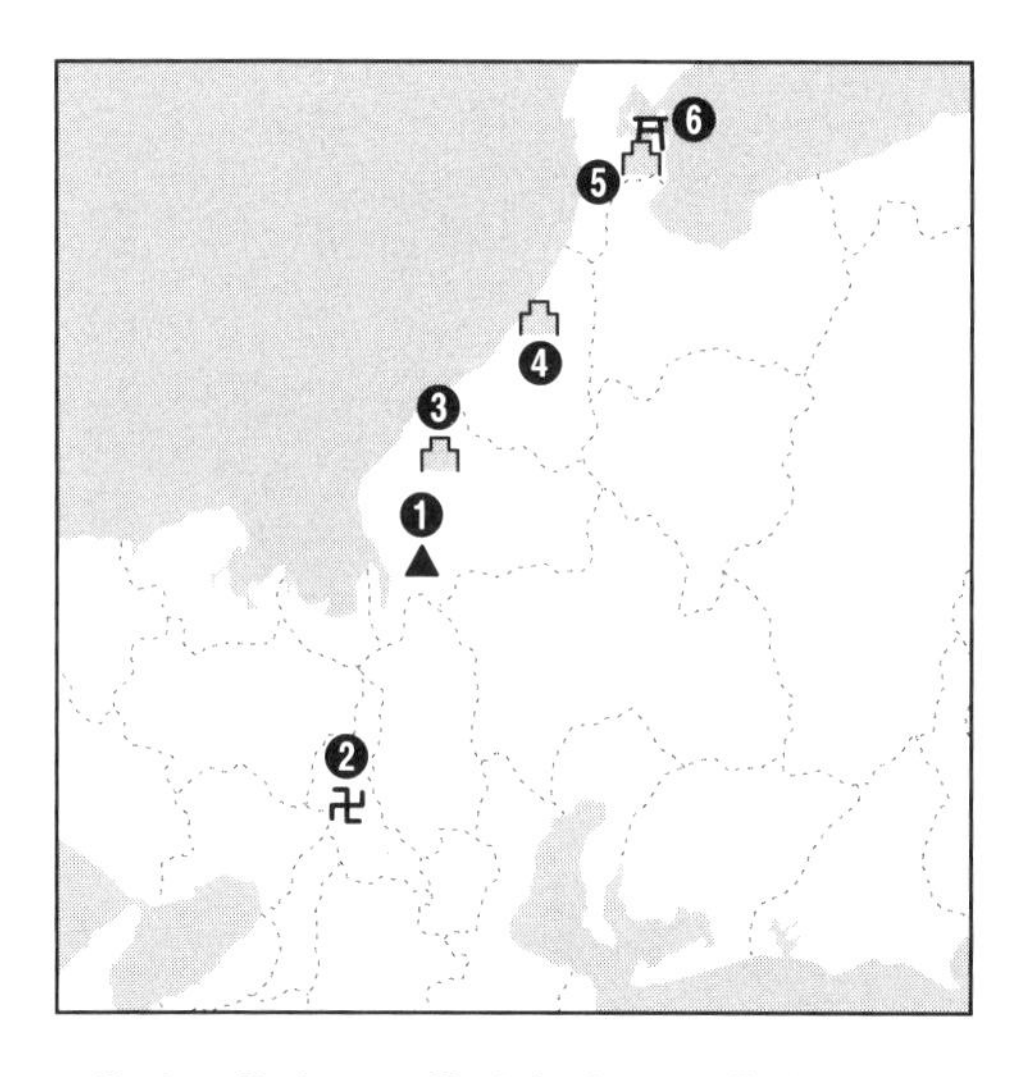

- ❶ 木ノ芽峠
- ❷ 本能寺
- ❸ 北庄城
- ❹ 金沢城
- ❺ 七尾城
- ❻ 気多本宮

越前府中（越前市府中）から日野川ぞいに北陸道を南に向かうと今庄（南越前町）の宿場がある。敦賀や琵琶湖、都方面に向かう旅人は、ここで一泊して翌日の木ノ芽峠ごえに備える。

前田利家、柴田勝家らの軍勢二千余が今庄に着いたのは天正九年（一五八一）二月十六日だった。織田信長が都で挙行する馬揃え（軍事パレード）に参加するように命じられたのである。

帝に叡覧いただくので、贅をつくした装いで上洛せよ。そんな命令がとどき、利家は勇み立った。

若い頃から傾き者として名を馳せた利家である。誰にも負けない派手な装束にしようと有り金をはたき、馬廻り百騎、徒兵二百人に黒漆の地に金泥で剣梅鉢紋を描いた胴丸を着込ませている。

ところが越前府中を出た頃から降り出した雪は次第に激しくなり、今庄に着いた頃にはくるぶしが埋まるほどに積もっていた。

これでは木ノ芽峠をこえるのは難しい。大将の勝家はそう判断し、明日も今庄にとどまって様子を見ることにした。

「様子を見るだと」

利家は知らせに来た勝家の使者に喰ってかかった。

「雪は小降りになっておる。今夜のうちにはやむはずだ」

「木ノ芽峠には一尺（約三十センチ）ほど積もっていると、土地の者が申しております」

「お前では話にならん。親父さまの所に案内せよ」

使者を急き立てて勝家の所に行った。

茅葺きの宿には囲炉裏がある。黒くすすけた大きな梁から自在鉤をつるし、鉄の鍋がかけてある。沸き立つ湯に徳利を入れ、勝家と重臣たちが酒盛りを始めようとしていた。

「又左、良い所に来た。ここに座って一杯飲んでいけ」

勝家が体をずらして席を空けた。

「その前におたずねしたい。明日もここにとどまると聞きましたが、まことでござろうか」

「この雪じゃ。致し方あるまい」

「恐れながら、それでは上様のご上洛に間に合いません」

信長は二十日に上洛し、本能寺に入って馬揃えの準備をすることになっている。その前日までに都に入り、信長の一行を迎えたいと利家は考えていた。

「馬揃えは今月二十八日じゃ。二十五日までに都に入ればよい」

　勝家は仕様のない奴だと言いたげに苦笑した。

　手取川の戦いでは不覚を取ったものの、翌天正六年（一五七八）三月の上杉謙信の急死を奇貨として形勢を挽回し、加賀ばかりか能登、越中の大半を支配下に組み込んでいる。

　その手柄をひっさげての上洛なので、いつもよりいっそう鷹揚に構えていた。

「確かにそのような通達がございました。しかしこたびの馬揃えは、上様が帝のご臨席をあおいで行われる盛儀でござる。ひと足早く上洛してお迎えするのが臣下たる者の務めだと、先日も申し上げたはずでござる」

「又左がそう言うから、出発を二日早めてここまで来た。しかし、この雪じゃ。急いてはなるまい」

　勝家は鍋から徳利を上げようとしたが、あまりの熱さに、

「あっちっち」

　あわてて手を引っ込めて耳たぶをつまんだ。

「親父さま、何をしておられるのじゃ」

　利家は徳利の首に巻いた縄をつかんで酒をついだ。勝家は大ぶりの盃を、いかにも旨そうに飲み干した。

「やっと人心地がついた。そちも一杯どうじゃ」

「結構でござる。それより明日は晴れると宿の主も申しておりました。朝のうちに出発い

たしましょう」

「先は長い。不要の強行軍をして、兵や馬を疲れさせるわけにはいかぬ」

「上様のご上洛を迎えるのが、不要とおおせられるか」

「そうは言わぬが、我らが命じられたのは馬揃えへの参加じゃ。二十五日までに着けば良いと、お触れがあったではないか」

「それでも拙者は十九日までに着きたいのでござる。親父さまが発たれぬのなら、我らだけ先に行くことをお許しいただきたい」

利家は強引に許可を得ると、村井長頼と奥村家福にありったけのかんじきと馬わらじを買い入れるように命じた。

「兵たちに雪を踏み固めさせて峠をこえる。出発は明朝辰の刻（午前八時）じゃ」

夜半までに雪はやみ、翌朝には空が晴れていた。

利家の手勢は騎馬百、徒兵二百だが、道中は長いので替え馬百頭を従え、替え馬には鎧櫃などの荷物を背負わせている。

騎馬にも替え馬にも口取りの雑兵をつけているので、総勢は五百人になる。雑兵たちは腰に予備の馬わらじをぶら下げ、背中にかんじきを背負っていた。

辰の刻、一行は意気揚々と今庄の宿場を出て木ノ芽峠に向かった。日野川の支流の孫谷川ぞいの道を南西に向かっていく。

道は徒兵が二列縦隊で進めるほどの広さがあり、雪もそれほど深くないので心配したほどではなかった。

（だから大丈夫だと言ったのに……）

　勝家は慎重になりすぎて腰を上げようとしなかった。昔はあんな風ではなかったのに、年老いて気弱になったのだろう。

（あれでは、そろそろ潮時かもしれぬ）

　馬を進めながら、利家はそう考えていた。

　これ以上勝家に従っていても、大きな飛躍は望めない。だとするなら都で信長に会った時に、勝家の与力からはずしてくれと願ったほうがいいかもしれぬ。手勢をひきいて先発したのは、そんな思惑もあったからだった。

　峠が近づくにつれて、道の傾斜は急になり雪が深くなった。あたりは冬枯れの雑木林で、岩場が多く幅の狭い道がつづら折れになっている。脛のあたりまで積もった雪が陽に照らされ、目が痛いほど輝いていた。

　利家らは全員馬を下りて口を取り、かんじきをはいた雑兵が先に出て雪を踏み固める。こうした仕事には慣れた者たちだが、それでも地を這う虫のように少しずつしか進めなかった。

　これでは冬場の軍勢の移動など絶対に無理である。

（越前にいる限り、畿内で何かあっても駆け付けられないということだ）

　そんな不利な所に配されていることが、利家の焦燥をいっそう駆り立てていた。

峠まで半里（約二キロ）ほどの所にある馬立場で休息していると、

「父上、いかがですか」

利勝（利長）が水を入れた竹筒を差し出した。

「おう。ご苦労」

利家は利勝が手渡した竹筒の水を口にし、あまりの旨さに加減を忘れて飲み干してしまった。

「うまいな。つい飲んでしもうたが、近くにわき水があるのか」

「このあたりに詳しい雑兵が教えてくれました。あと半里（約二キロ）ほど行くと峠に出るそうです」

「ならば陽のあるうちに敦賀に着けよう」

利家は二十歳になった利勝の成長ぶりをたのもしく見つめた。背丈も伸び肩幅も広くなって、武芸の腕も篠原一孝と互角に戦えるようになっている。

ただひとつ気がかりなのは、真面目で気持ちが優しすぎることだ。これでは家臣に舐められるのではないかと、内心気を揉んでいるのだった。

「今日のうちに敦賀に着けるでしょうが、ひとつ気がかりなことがあります」

「ほう、何だ」

「峠の近くでは、鉢伏山から突風が吹き下ろすそうでございます。備えを充分にしておくべきだと存じます」

「それは嵐の時の話であろう。今日はこんなにいい天気だ。心配は無用じゃ」

「天気が良くても風は吹きます。このあたりを笠取峠と呼ぶのは、風で笠を吹き飛ばされるからだそうです」

「それならお前が、笠の緒をしめておけと下知して来い」

利家は利勝の背中を叩いて送り出そうとして、袋に包んだ物を脇差と一緒に差していることに気付いた。

「何だ、これは」

「笛でございます。噂に高い五条の大橋で吹いてみようと思っています」

「たわけが。源義経にでもなったつもりか」

上様の馬揃えはそんなに生やさしいものではないと、本気でどやしつけた。

小休止を終えて峠に向かった。雑兵たちが雪を踏み固めて道を開いてゆく。利家らは馬を引いてその後を進んでいったが、峠が近づくにつれて次第に風が強くなった。

岩場の多い山肌には枯木がまばらに生えているばかりで、鉢伏山から吹き下ろす風をまともに受ける。その風が昨日降った雪を巻き上げてあたりを白く包んでいった。

これでは先に進めない。いったん林の中まで下がって風がやむのを待つしかなかったが、馬がおびえて立ちすくむので動くことができなかった。

「者共。馬の首を抱き、目を布でおおってやれ」

利家は大声で下知した。こうすれば少しは落ち着かせることができる。馬揃えに備えて選りすぐってきた馬を、こんな所で傷めるわけにはいかなかった。

笠取りと呼ばれる風は容赦なく吹き荒れる。利家は前後も見えない白い闇の中に立ちつくし、柴田勝家が言ったように慎重を期した方が良かったかもしれぬと弱気になった。

馬は寒さに強いので心配はないが、このまま風がおさまらなければ将兵が耐えられない。吹雪の中で立ち枯れしそうだった。

（安心しろ。これしきの風に負けるわけがあるまい。安心しろ）

利家は馬の耳に口を当て、念仏のようにくり返した。

このところ利家は得も言われぬ焦りに取りつかれていた。今年でもう四十五歳になるというのに、越前府中三万三千石に封じられたままである。

それに比べて羽柴秀吉。藤吉郎のたわけは戦場離脱の大罪をおかしておきながら何のお咎めも受けず、中国方面の指揮を任されて華々しい手柄を立てている。播磨、備前、美作をほぼ手中におさめ、信長の四男於次丸（羽柴秀勝）を養子に迎えているほどだ。

一緒に越前府中に封じられた佐々成政も、越中一国の差配を任されて富山城（富山市本丸）に入っている。越後の上杉景勝に対抗できるのはお前しかいないと信長に見込まれ、十倍以上の所領を任されたのである。

（それなのに、このわしは……）

たったの三万三千石。還暦を迎えた親父さまのもとで鳴かず飛ばずの暮らしを送っている。このままでは信長の目にとまることもなく、一介の与力として終わるのではないか。

尾張(おわり)に錦をかざることもなく、冬が長く空が低い北陸で朽(く)ち果てるのかと思うと、絶望的な気分になる。

　このままでは駄目だ。京の都(みやこ)で信長と会った時に鮮やかな働きをして、「又左を呼びもどしてやろう。畿内か濃尾(のうび)の要所を任せて天下布武(ふぶ)のためにこき使ってやろう」と思わせなければならぬ。

　その第一歩が二月十九日までに上洛し、傾き者の趣向をこらした手勢で信長を出迎えることだ。利家はそう考えて雪の木ノ芽峠に挑んだのだが、思わぬ暴風にはばまれて立ち往生することになったのだった。

（地吹雪のたわけが。槍(やり)の又左を潰せるものならやってみろ。なあ）

　半ばやけくそになって馬に語りかけていると、風が急にやんだ。地吹雪となって舞い上がっていた雪が地上に落ち、頭上に広がる青空が見えるようになっていく。

　利家は前方の峠を見上げて息を呑んだ。

　何と、降り積もっていた雪が風に飛ばされ、道や山肌が見えている。木々の霧氷(むひょう)もきれいに払われ、春が来たようだった。

「者共、進め進め。天は我らに身方して下されたぞ」

　利家は大音声(だいおんじょう)を上げ、勇み立って木ノ芽峠を越えたのだった。

　一行はその日のうちに敦賀に着き、深坂峠(ふかさかとうげ)をこえて琵琶湖の西側の道を急ぎに急いだが、信長の上洛には間に合わなかった。粟田口(あわたぐち)から都に入ったのは二月二十日の夕方で、信長を出迎えた都人たちは褒美（ほうび）をもらって帰路についていた。

　悔やんでも後の祭りである。利家は疲れはてた家臣と馬をひきつれて本能寺に行き、信長に着到を告げることにした。ところが門前で長々と待たされたあげく、近習（きんじゅう）の小姓（こしょう）に対面はかなわぬと告げられた。

「なぜじゃ。前田又左衛門尉（またざえもんのじょう）が雪の木ノ芽峠を踏み越えて、越前からやって来たのだぞ」

　利家は小賢（こざか）しげな目をした小姓をにらみつけた。

「訳はおおせになりませぬ。私どもがお伺いすることはできませんので、宿所にお引き取り下されませ」

「それでは話にならぬ。物の分かった奴を連れて来い」

　小姓はしぶしぶ取って返し、烏帽子（えぼし）、大紋（だいもん）姿の初老の武士を連れて来た。馬揃えの奉行をつとめる明智光秀（あけちみつひで）だった。

「前田どの。ご無事のご上洛、祝着至極（しゅうちゃくしごく）に存じまする」

「上様にお目にかかり、ご報告申し上げたいことがござる。お取次ぎいただきたい」

「どのようなことでございましょうか」

「他聞をはばかるゆえ、直に申し上げまする。この通り、お頼み申し上げる」

　利家は深々と頭を下げた。光秀とは馬が合わない。二十一も年上だし、どことなく信用できないところがある。織田家中では新参者のくせに、偉そうに物知り顔をするのも気に喰わなかった。

「上様は安土からの長旅で疲れておられます。誰にも会わぬとおおせでございます」

「わしは越前からやって参りましたが、疲れてなどおりません」

「それはご壮健でよろしゅうございますな。上様のご気性は又左衛門どののもご存じでしょう。それがしごときには、どうすることもできませぬ」

「では、いつならお目にかかれましょうか」

「先程柴田勝家どのから、二十四日に上洛するとの知らせがございました。その時に同行なされるのがよろしゅうございましょう」

（それでは遅い。何のために我らだけ先発したか分からぬではないか）

利家はそう怒鳴りたかったが、光秀は賢そうな顔をしておだやかにほほ笑んでいる。どうやら勝家とは密に連絡を取り合っているようで、これ以上余計なことを言えば墓穴を掘りそうだった。


そのまま本能寺の近くの宿所に向かい、翌日に馬揃えの会場となる馬場を見に行った。

場所は内裏の東隣、建春門を出てすぐの所である。ここにあった広大な火除け地を、信長は馬揃え用の馬場にしたのだった。

南北は鷹司小路から一条大路までおよそ四町半（約四百九十メートル）、東西は万里小路から高倉小路まで一町半ばかり。馬場にするために雑草を刈り取り、百軒以上もの民家をたちのかせて美しく整地してあった。

内裏に面した高倉小路には、正親町（おおぎまち）天皇のご来臨をあおぐための桟敷（さじき）が造られ、その上に行宮（あんぐう）を建てている。屋根は唐破風（からはふ）で飾り、黒漆塗りの柱には金箔（きんぱく）がちりばめてある。

行宮より二町ほど下った所には、武家用の高床が組まれていた。信長が着座する場所のようで、長さが二十間（けん）（約三十六メートル）、奥行きが三間ほどもあったが、今は何も建てられていなかった。

「帝はあの行宮で、信長公はあちらの桟敷で、馬揃えをご覧になるそうでございます」

村井長頼と奥村家福は、昨日のうちに当日の詳細を聞き込んでいた。

「あれだけ広い高床だ。当日はどんな建物が建つのだろうな」

利家は馬場の広さと華やかさに圧倒された。

「確かなことは分かりませんが、安土城のご天主をかたどったものになるという噂でございます」

長頼が答えた。

「それでは帝の行宮よりも高くなるのではないか」

「信長公はご自身の権勢を示すために、あえて行宮よりも高い建物を造られるようでございます。それは不敬に当たると、公家衆などはささやき合っているそうでございます」

「いくら上様でも、そんなことはなさるまい。前（さき）の右大臣様ゆえ、朝廷の仕来りは存じておられるはずだ」

「ところがこの度は、帝のご叡覧に供することだけが馬揃えの狙いではないと、寺の者が申しておりました」

　家福が横から言い添えた。

　信長は当日、イエズス会のヴァリニャーノという宣教師（バテレン）を招いている。馬揃えの本当の目的は、その宣教師に自分が日本の国王だと示すことだと言うのである。

「馬揃えに参加されるのか。イエズス会の方々が」

　利家も宣教師のルイス・フロイスやオルガンチーノと何度か会ったことがある。信長は彼らをひときわ大事にしていて、安土城下に教会や神学校（セミナリヨ）を建てさせたほどだった。

「さようでございます。しかも明日上洛されるアレッサンドロ・ヴァリニャーノという方は、日本に来た宣教師の中ではフランシスコ・ザビエルさまに次ぐ高い地位だそうでございます。のう、長頼どの」

「イエズス会の東インド巡察師とかいう役職だと聞き申した。西はアフリカとか申す国から東は日本国まで、イエズス会の布教地区を視察するように、イエズス会の総長に命じられたそうでございます」

　家福にうながされて長頼が話を引き継いだ。

「そのため日本のキリシタンたちは、神様でも迎えるようにヴァリニャーノどのを迎えているそうでございます。数日前に高槻城（たかつき）（高槻市城内町）下で復活祭とか申す祭りをおこなったところ、二万人もの信者が集まったそうでございます」

「何だ。その復活祭とは」

「神の子であるイエス・キリストは、処刑されて三日目に生き返ったそうでございます。それを祝う祭りゆえ、復活祭と呼ぶようでござる」

「家福、ヴァリニャーノという方は、明日上洛されると申したな」

「さようでござる」

「京に着いたばかりなのに、お前たちはどうしてそれほど内情に通じておるのじゃ」

「宿所の寺で働く雑人(ぞうにん)がキリシタンだというので、信者の集まりに連れて行ってもらったのでござる。明日の上洛を迎えるために隣国から来た信者たちが、世話役の家に二十人ばかり集まっておりました」

「何ゆえそのような勝手をした」

「ヴァリニャーノどのを、信長公が心待ちにしておられると聞いたからでござる。のう、長頼どの」

　家福が再び長頼に話をふった。

「さよう。今度の馬揃えがヴァリニャーノどのを迎えるためのものなら、殿も同席なされることがございましょう。その時何も知らないようでは不覚を取りかねませぬゆえ、下調べをしておくべきだと考えたのでございます」

「それならどうして、わしに知らせなかった」

「殿は湯につかっておられたゆえ、お伝えできなかったのでござる。それにどれほどの話が聞けるかも分かりませんでしたので」

事後の報告にすることにしたが、ご不満とあらばどのような処分も受けると、二人が狛犬のように実直そうな顔を並べた。

翌日の午後、利家は利勝や重臣たちを従え、姥柳町の近くにあるイエズス会の南蛮寺（教会）に行った。

ヴァリニャーノの一行が未の刻（午後二時）に到着するというので、家臣をやって見物の席を確保させようとしたが、物見高いのは都人の常である。

寺の前の蛸薬師通はすでに人や牛車で一杯で、京都所司代の村井貞勝の配下が、一行が通れる道幅をかろうじて空けていた。

利家たちは蛸薬師通と新町通の辻で一行を待つことにしたが、そのまわりも見物の群衆で立錐の余地もないほどである。多くがキリシタンらしく、首にロザリオを下げたり手に十字架を持っていた。

信長が宣教師のルイス・フロイスに初めて会ったのは、永禄十二年（一五六九）のことだ。この前年に足利義昭を擁して上洛した信長に対し、フロイスは洛中での居住と布教の許可を求めた。

信長が快くこれに応じたのは、泉州堺（堺市）を拠点とした南蛮貿易を掌握するためだった。

当時、南蛮貿易はマカオを拠点としたポルトガルが支配していて、同国の許可を得た船だけが日本に来航していた。そのため南蛮貿易を円滑に行うには、ポルトガル総督府との仲介役が必要になる。

この役割をはたしていたのが、ポルトガルの支援を得て世界布教に乗り出していたイエズス会だった。

信長がイエズス会を優遇し、洛中に南蛮寺を建てさせたり、安土に教会や神学校を造らせたのは、ポルトガルとの友好関係を維持する必要があったからである。

何しろ火薬の原料の硝石（しょうせき）や弾（たま）の原料である鉛の大半は輸入に頼っている。南蛮貿易がとどこおれば得意の鉄砲隊も使えないので、信長にとっては死活問題だった。

ところが宣教師を洛中に居住させ布教の自由を認めたことに、朝廷や寺社からいっせいに非難の声が上がった。

「日本は神道を基（もと）とし、仏教、儒教の教えを合わせて成り立つ国である。しかも都は帝が内裏をいとなまれ、神仏が鎮護する聖なる場所だ。南蛮人を立ち入らせ、キリスト教の布教を許すとは、本邦破滅のもとである」

神官も僧侶も口を極めて主張し、信長に許可の取り消しを求めた。その先頭に立ったのが日蓮宗の僧、朝山日乗（あさやまにちじょう）である。

そこで信長は日乗とフロイスに宗論を命じ、どちらの教えが正しいか決することにした。結果は日乗の惨敗、フロイスの完勝だったが、日乗は信長が岐阜城に帰っている間に正親町天皇に直訴し、洛中から宣教師を追放せよとの綸旨（りんじ）を得てイエズス会を追い出しにかかった。

窮地におちいったフロイスは、岐阜城を訪ねて救いを求めた。

すると信長は、

「内裏も公方も気にするには及ばぬ。すべてのものは余の支配下にあり、余の命に従っておればよい」

そう言って、引きつづき保護することを確約したのである。

信長の全面的な支持を得て、洛中での信者の数は増加の一途をたどり、天正四年（一五七六）に南蛮寺の建立に至ったわけだが、キリスト教の布教については今も朝廷や寺社は反対しつづけている。

それが信長との対立の原因にもなっていたが、信長は委細かまわず馬揃えの日に正親町天皇とヴァリニャーノを同席させ、「すべてのものは余の支配下にある」ことを示そうとしているのだった。

「父上、そろそろです。一行が四条大路からやって来ます」

利勝が指さす方向から、前後を屈強の兵に守られたヴァリニャーノの一行がやって来た。

先頭を歩くのは、黄金の十字架を高々とかかげた黒い肌をした若者だった。

身の丈は利家よりも高い。六尺七寸（約二メートル）はあろうかという偉丈夫で、長い手足と芯の強そうなしなやかな体付きをしていた。

「あれが噂の南蛮坊主でございます。宣教師がアフリカという国から連れてきたそうでございます」

村井長頼が利家に体を寄せてささやいた。

男の後方には黒い長衣（ちょうい）を着た四人の宣教師が歩いている。真ん中のヴァリニャーノも先頭の男と同じくらいの身長があり、白い顔に金色のひげをたくわえている。その両側にはフロイスとオルガンチーノ、少し遅れて日本人修道士ロレンソが従っていた。

ロレンソの横を歩く鎧武者は、高槻城主の高山右近（たかやまうこん）である。右近はジュストの洗礼名を持つキリシタンなので、信長からヴァリニャーノの警固役を命じられ、騎馬八十、徒兵二百を出して任に当たっていた。

利家は一行が南蛮寺に向かっていくのを見送りながら、やはりこのまま北陸にいては駄目だと思った。

柴田勝家が上洛する前に、信長に会う手立てはないか。どうにかして信長の目にとまることはできないか。宿所に帰ってからも利家はそのことばかりを考えていたが、夕方になって思いがけない使者が来た。

「上様のご下命でございます。明日の午（うま）の刻（午前十二時）に、ご子息とともに本能寺に参るようにとのことでござる」

使者は明智光秀の家臣だった。

「ご用件は」

「南蛮の宣教師を引見するゆえ、同席せよとおおせでござる」

「承知したと明智どのに伝えよ」

利家は喜びを押し隠し、不満でもあるような仏頂面をした。

信長は何のために宣教師と会うのか、他には誰が同席するのか。たずねたいことは山ほどあったが、老獪な光秀は使者には何も知らせていないはずだった。

(はたして、何のために……)

わしらに同席を命じられたのかと、利家は床についてからも考えつづけた。

信長の目的はヴァリニャーノという巡察師に、己の力を見せつけることだ。だとすれば母衣衆のように屈強の家臣をそろえて、威勢を示したいのではないか。

しかし、それなら倅まで呼ぶ必要はあるまい。信長は以前から利勝に目をかけてくれているが、人前で披露できるほどの武芸ではないことは知っている。だとすれば、狙いは別にあるのだろうか……。

考えれば考えるほど分からなくなる。こうなれば何があっても動じないことだ。命を差し出す覚悟さえ定めておけば、恐れることはない。利家はいつもの思案にたどり着き、ようやく安心して眠りに落ちることができた。

翌日、利家は利勝らを従えて本能寺をたずねた。南蛮寺の前の蛸薬師通を五町ほど西に向かうと、南側に高い塀と堀で囲った一角がある。

寺の西門では明智の兵が警固をつとめ、中に入る者を厳しく検めている。他の重臣も続々と集まっていたが、供はすべて寺の外で待たされていた。

　利家は名前を告げ、利勝とともに境内に入った。美しく白砂を敷きつめた庭に配した踏み石が、くねりながら本堂へつづいている。玄関口では明智光秀が裃姿で皆を迎えていた。

「前田どの、ご参集大儀にございます」

「昨日はご使者をいただきかたじけない。この間の申されようから、柴田どのと一緒に対面するとばかり思っておりましたが」

「上様のおおせでございます。上々首尾を祈っております」

　ついそんな皮肉が口をつくのは、出世頭となった光秀への嫉妬と反感があるからだった。

　光秀の小姓が案内したのは、五十畳ほどの広間の末席だった。いぐさの匂いのする真新しい畳の部屋に、三十人ばかりが西と東に分かれて居流れていた。

　西には信長の嫡男信忠、次男信雄、三男信孝、甥の津田信澄などの一門衆と、丹羽長秀、村井貞勝などの重臣たち。

　東には衣冠姿の前関白近衛前久、前久の嫡男で内大臣の近衛信輔（後の信尹）、権中納言の正親町季秀と日野輝資などの公家衆が着座していた。

　やがて太刀持ちの小姓を従えて信長が上段の間についた。いつものようにきらびやかな装束をまとい、感情を消し去った能面のような表情をしている。

　だが体から発する威圧感はすさまじく、信長が現れた瞬間から広間の空気が一変し、誰もが息を呑んで姿勢を正した。

（これが、上様だ）

利家は信長の凄みを全身で受け止めながら、何が起こっても対応できるように背筋を伸ばして丹田に気を集めた。

「これから上様は、イエズス会のヴァリニャーノさまを引見されます。皆も同席させよとのご下命ゆえ、ご参集いただきました」

光秀が上段の間のすぐ下で主旨を告げた。

「それでは高山どの、お願いいたす」

呼びかけに応じて、廊下に控えていた高山右近が宣教師たちを案内してきた。先頭はヴァリニャーノ、その後ろにフロイス、オルガンチーノが従っている。

室内で見れば、ヴァリニャーノの大きさはいっそう目立つ。背が高いばかりか肩幅も広く胸板も厚く、体重は四十貫（約百五十キロ）はありそうだった。

ヴァリニャーノは信長の前で正座し、窮屈そうに体をゆすった。フロイスとオルガンチーノが左右について通訳をつとめた。

「本日はお目通りをお許しいただき、かたじけのうございます。こちらがイエズス会の東インド巡察師、アレッサンドロ・ヴァリニャーノさまでございます」

日本での暮らしが長いフロイスは、作法通りに深々と頭を下げた。

「ヴァリニャーノさまはイエズス会総長のメルクリアンさまから、東インドにおける布教の状況を視察するように命じられ、インドのゴアに赴任された後、二年前に肥前(ひぜん)の口之津(くちのつ)（南島原市）に到着なされました。このたびは……」

「日向守(ひゅうがのかみ)、例の椅子を持て」

　信長がフロイスの話をさえぎって命じた。

　光秀は赤いビロードを張った大きな椅子を運び込ませ、ヴァリニャーノに勧めた。

「正座には慣れておられまい。掛けよとおおせでございます」

　光秀の言葉をフロイスが通訳すると、ヴァリニャーノはほっとした笑みを浮かべ、騎士風の礼をして椅子に座った。王座のように立派な椅子は、ヴァリニャーノが献上したものだが、信長はさっそくこうした形で返礼したのだった。

「このたびは馬揃えにお招きいただき、ありがとうございます」

　ヴァリニャーノのイタリア語を、同国人のオルガンチーノが通訳した。

「私は二年前にマカオを出て、日本にやって参りました。そしてイエズス会の活動状況を視察しておりますが、織田信長さまに甚大なるご支援をいただいていることは、インドのゴアにいた頃から報告を受けております。イエズス会総長やポルトガルのインド総督とともに厚く御礼申し上げます」

「余も宣教師たちの働きに満足しておる。安土の神学校での教育も理にかなったものじゃ」

「ありがとうございます。このたび信長さまにお目にかかるために上洛したのは、ヨーロッパの状況が大きく変わったからでございます。そのことはフロイスから事前に報告させていただいた通りでございます」

信長が長年交易してきたポルトガルは、昨年一月に王家の後継者争いが原因で分裂し、スペインのフェリーペ二世によって併合された。そこでヴァリニャーノはスペインの要請を受け、信長との仲介役をはたすために上洛した。

その報告をフロイスから受けた信長は、馬揃えを行うことで己の権勢をヴァリニャーノに見せつけ、交渉を有利に運ぼうとしていた。

「聞いておるが、その話は馬揃えの後でよかろう。例の南蛮坊主はどうした」

「ご命令に従って連れて参りましたが、身分卑しき者ゆえ庭で待たせております」

フロイスが答えた。

「軒先に連れて参れ。日向守、公家衆を次の間に案内し、南蛮からの献上品を披露するがよい」

近衛前久を筆頭とする公家衆が退出するのを待って、フロイスが黒人の若者を連れて来た。黒く輝くような肌をして背がすらりと高い。武人としても通用しそうな立派な体付きだった。

信長は動かぬ目でじっと若者を見つめていたが、

「洗ってみろ」

ふいに低い声で命じた。

「恐れながら、何とおおせでございましょうか」

光秀の家臣がおもねるようにたずねた。

「墨をぬっているのかもしれぬ。洗って確かめてみろ」

「ははっ、ただ今」

数人が水を張ったたらいを中庭に持ち込み、若者の襟付きの上着を脱がせて背中を洗った。若者の上半身は、しなやかで引き締まった筋肉におおわれている。戦いの場で強さと速さ、しぶとさを発揮するのはこうした体付きをした者なのである。

信長はすぐにそれを見て取ったらしい。水で洗っても肌の色が変わらないことを確かめると、家臣にしたいのでゆずってくれとフロイスに申し入れた。

「この者を、でございますか」

「その方らは人の売り買いもしておるではないか。言い値で構わぬゆえ、余にゆずってくれ」

「しかし、それは……」

フロイスは悪事をあばかれたように動揺し、オルガンチーノと相談した上でヴァリニャーノの意向を確かめた。

「お望みなら献上したいが、本人の意志を無視するわけにはいかないと、巡察師さまはおおせでございます」

オルガンチーノはそうした論法でこの場を乗り切ろうとした。

「おれは承知でございます」

驚いたことに若者が日本語で答えた。

「マダガスカル島でポルトガル人に捕らえられ、奴隷として船に乗せられました。信長さまが目をかけて下さるなら、お仕えさせていただきます」

「ほう。どこで日本の言葉を覚えた」

「マカオにいた時、薩摩から売られてきた娘に教わりました」

「武道の心得があるようだな」

「一応のことは」

「ならば相撲を取ってみよ。相手は」

信長は切れ長の目で重臣たちを見回したが、相手ができそうなのは長身の前田利家しかいなかった。

「又左、庭に出よ」

「ははっ」

利家は一挙に緊張した。

相手は自分より頭ひとつ背が高い。しかも手足が長く、腰が強そうである。もし負けたなら面目は丸潰れだが、断ることなど出来ないのだから、戦場のように命懸けの勝負に出るしかなかった。

(どうする。どうすればこの男に勝てる)

利家は庭に下りながら相手をうかがい、活路を見出そうとした。

信長は相撲好きである。ふいに思いついて家臣たちを競わせる時も、もろ肌脱ぎにしてまわし替わりの太縄をつけさせる。

二人の仕度がととのうのを待つと、地面に土俵を描かせ、

「忠三郎、行事（行司）をつとめよ」

娘婿の蒲生忠三郎賦秀（後の氏郷）に命じた。

「お二方、これへ」

忠三郎にうながされ、利家は蹲踞して黒人の若者と向き合った。こうして正対すると、相手はひときわ大きく感じられる。膝を曲げて腰を落とすと、太股の筋肉が異様なばかりに大きいことが分かる。

しかも手足が長いので、策もなく組み合ったなら体ごと引きつけられて身動きが取れなくなりそうだった。

（何か、勝てる手立てはないものか）

相手の弱みを見つけようと考えをめぐらしているうちに、子供の頃に大人たちと相撲をとったことを思い出した。

ひと回りもふた回りも大きな相手なので、まともに立ち合っては勝てない。そこであみ出したのが、頭で低く当たって前まわしを取り、右足で内掛けにいく戦法である。

大人になるうちに自分より背が高い相手がいなくなったので使うことはなくなったが、

取り方のコツは覚えている。この若者に勝つにはそれしかなかった。

「手をつき、構えて」

忠三郎がうながしたが、利家はわざと動作を遅らせて相手の重心の位置をさぐった。

前のめりになっているなら、下から突き上げればのけぞらせることができるが、相手は腰を深く落としてどっしりと構えている。

唯一とも思える弱点は、首が長くあごが細いことだ。鍛えることができない喉元に頭突きをくらわせ、前まわしを取ると同時に内掛けにいく。その動きを頭の中でねり上げてから、利家はゆっくりと両手をついた。

「始め」

忠三郎のかけ声とともに、利家は相手の喉元に頭から当たった。

だが相手の背丈は思った以上に高く、額が胸元に当たった。それでも勢いにまかせて前まわしを取り、踏み出した相手の足をねらって内掛けにいった。

ところが若者は腰を低くし、ひざをたわめてこれをかわした。利家は瞬時に足を抜いてまわしを引きつけ、押し込みながら反対の足でもう一度内掛けにいった。

戦場（いくさば）で鎧武者と組み合った時には、こうした連続技であお向けに倒し、馬乗りになって首をかく。戦の修羅場で磨き上げた技を体がしっかりと覚えていた。

これには若者も対応できず、踏みとどまろうともがきながら尻餅をついた。

「又左、でかした」

信長の甲高い声がふってきた。いつの間にか縁側に出て、前のめりになって観戦していた。

「ははっ、かたじけのうござる」

利家は全身が鳥肌立つほどの喜びを感じながら縁先に平伏した。

「南蛮坊主の取り口も見事であった。今日からは弥助（やすけ）と名乗り、余の馬廻りをつとめよ」

「ありがとうございます。お仕えいたします」

弥助という日本名を与えられた若者が、利家の隣に黒い体を並べた。

信長は勝ち戦の後のような高揚した足取りで上段の間にもどり、

「ところで、犬千代（いぬちよ）」

利勝に呼びかけた。

「ははっ」

利家は昔の癖で反射的に返答した。

「そちではない。息子の方じゃ」

信長は利勝を御前に呼び付け、今日から高山右近、蒲生忠三郎とともにヴァリニャーノの接待役をつとめよと命じた。

これは近習に取り立てるのと同じくらいの大抜擢（ばってき）である。だが利勝は驚いたそぶりも見せず、

「承知いたしました。つとめさせていただきます」

端正な所作で頭を下げたばかりだった。

（倅が呼ばれたのは、そのためか）

利家は信長の配慮に感謝しながら、これで利勝の前途は大きく開けるかもしれないとひそかに期待していた。


天正九年二月二十八日は快晴だった。

西暦で言えば一五八一年四月一日。桜の花が咲き始める健（すこ）やかな季節である。空は薄青色に晴れわたり、吹き来る風には新芽の香りがただよっている。

信長が天覧に供すると称して計画した馬揃えは、この日の辰（たつ）の刻（午前八時）から行われた。

内裏の建春門の外に高床を設置し、その上に行宮を建てて天皇の御座所としている。そこから南に二町ほど下った所にもうひとつの高床があり、安土城天主閣の最上階に似た金（きん）箔瓦（ぱくがわら）を使った甍（いらか）を上げている。

そこが信長の御座所で、朝廷と武家が並び立つさまを表していた。

馬場の北側の一条大路と東側の万里小路には多くの見物人が集まり、馬揃えが始まるのを今か今かと待っている。

諸将の入場口は馬場の東南にもうけられていた。

陣幕を張りめぐらした南北一町（約百九メートル）、東西十丈（じょう）（約三十メートル）ほどの区画に、入場する順番に整列する。乱れがちになる騎馬の列を、明智光秀の家臣がととのえていた。

「一番は丹羽五郎左衛門尉長秀どのと摂津、若狭の衆でございます。二番は蜂屋兵庫頭頼隆どのと河内、和泉の衆。三番はわが主明智日向守が大和衆の旗頭となり申す。くれぐれもお間違いがないように」

口やかましく指示されて、旗頭の武将と十五騎ばかりが三段になって整列する。

四番は村井貞勝の嫡男貞成と根来衆で、その後ろに信長の嫡男信忠と美濃、尾張衆。次男信雄と伊勢衆。三男信孝や甥の津田信澄などの一門衆がつづく。

ここまでが入場口におさまる人数で、その次の近衛前久や嫡男信輔ら公家陣参衆と、細川右京大夫信良、伊勢兵庫頭貞為ら旧幕府奉公衆は、馬場の外のさら地で順番を待っていた。

前田利家ら越前衆はその後ろで、さら地にも入りきれずに万里小路に縦一列になって並んでいた。

旗頭は柴田勝家で、鎌倉時代のような緋威の大鎧をまとって漆黒の馬にまたがっている。銀の鍬形を打った兜はいかにも古めかしいが、これはこれで勝家らしい好みだった。

利家は銀色の南蛮具足を着込み、つばの広い真っ赤な西洋帽をかぶっている。背中には黒のビロードのマントを羽織り、大きな剣梅鉢を金糸で刺繍していた。

この姿で純白の馬に乗りたかったが、目当ての馬が見つからず連銭葦毛で我慢するしかなかった。

「又左、よき馬が見つかったではないか」

勝家がふり返って笑いかけた。

「白馬を探して馬市（うまいち）に行き申したが、これしか手に入らなかったのでござる」

「白馬は体が弱くて長持ちがせぬ。葦毛の方がよほど丈夫じゃ」

「親父さまの鎧、どこで求められましたか」

そんな古臭いものをと言いかけ、利家は危うく言葉を呑んだ。

「これは斎藤別当実盛（さいとうべっとうさねもり）所用の逸品じゃ。鎧師が掘り出し物があると言うので、大枚をはたいて求めたのだ」

やがて数百の太鼓が入場を告げ、見物の群衆が上げる歓声が地鳴りのように聞こえてきた。一番の組から次々に馬場に入り、東側の通路から西側に進んで正親町天皇と信長の御前を通り過ぎる。

一番、二番、三番と出て行くにつれて、外に控えていた者たちが入場口に入っていく。公家陣参衆につづいて旧幕府奉公衆、その次が利家たちの番だった。

「この線まで進んで下され。先頭は旗頭の柴田どの、その後ろに五騎ずつ三段になって馬場に入っていただきます」

光秀の家臣は出場の間合いを取り、きれいな隊列にしようと大童（おおわらわ）である。

利家は勝家の後ろの一組目の真ん中、左は不破光治（ふわみつはる）、右は越前大野（おおの）郡（大野市）を任されている金森長近だった。

「陣参衆、どうぞ。奉公衆、次でござる」

指示されるままに前の者たちが出てゆき、利家たちの順番がやってきた。

真っ直ぐに並んだ緋色の柵の外側に、見たこともないほど大勢の見物人が集まっている。

いずれも祭りのような派手な装いをして、男も女も興奮に我を忘れた表情をしている。

利家は傾き者の本能に火をつけられた心地がして、これこそ信長だと思った。誰も知らなかった世界に、家臣ばかりか群衆までも連れていく。これから作るべき国の形、生きるべき未来を示してくれる。

その道を突き進むためなら、我が身など投げ出しても構わない。命令とあらば何千、何万人といえどもなで斬り（皆殺し）にしてやる。利家は全身が粟立つ感動を覚えながら連銭葦毛の馬を進めた。

馬場の直線を北に進み、なだらかな弧を描いて左に回り、南向きの直線に入って正親町天皇の御前に出る。

行宮には御簾が垂らされているので玉体を拝することはできないが、天皇が座しておられる貴い気配は伝わってきた。

やがて信長の御前にさしかかった。安土城天主閣の最上階を模した建物に、ヴァリニャーノが贈ったビロードの椅子を運び込んで傲然と腰を下ろしていた。

御座の横に並べた椅子に黒い長衣を着たヴァリニャーノとフロイス、オルガンチーノが座っている。その横には高山右近、蒲生忠三郎、息子の利勝が取次ぎ役として控えていた。右近はジュスト、忠三郎はレオンの洗礼名を持つキリシタンである。武勇に秀でているばかりか、知識、教養、文化的素養においても織田家中において一、二を争う俊英で、信長の覚えもめでたい。

この二人と相役になったのだから、利勝にはさぞ荷が重いだろう。利家はそう案じていたが、椅子の側に正座をした利勝はいつもと変わらない力みのない表情をしていた。

（ほう、犬千代の奴）

案外やるではないかと、利家は嬉しくなった。この役を立派にはたしたなら、右近や忠三郎のように重用されるかもしれない。そうなれば利勝ばかりか前田家の前途も開けるだろう。

（姿勢と所作は美しく。返答は即座に歯切れよく）

利家は若い頃に己に言い聞かせていた信長に仕える秘訣（ひけつ）を、利勝にとどくようにと胸の中でとなえていた。

五間（約九メートル）ほどの高さに組まれた高床の上で、利勝は馬揃えをながめていた。折しも越前衆が柴田勝家を先頭に目の前を進んでいくところである。

父利家は南蛮具足をまとい、勝家のすぐ後ろを進んでいた。そこは与力の中でもっとも武功のある者に与えられる位置だが、赤い帽子をかぶり黒いマントを羽織った利家の姿は、武将たちの中でも際立っていた。

　信長を真似た恰好だが、大柄の利家には良く似合っている。武芸でも誰にもひけを取らないことは、遠目にも分かるほどだ。惜しいのは乗っている馬が小柄なので、人馬の均整がとれていないことだった。

「あの黒マントの方が、利勝どののお父上ですね」

　フロイスが名簿を見ながらたずねた。

　万事抜かりのない光秀は、見物人のために名簿と行軍の順番を記した案内書きを配っていた。

「そうです。又左衛門尉利家と申します」

「すばらしい。我が国の騎士のようです」

　フロイスはポルトガルのリスボンにいた頃に王室の書記をつとめていた。そのせいかイベリア半島を再征服（レコンキスタ）した騎士団にひときわ敬意を抱いていた。

　やがてすべての将兵が、馬場の中央に整列して正親町天皇の行宮に向かって深々と頭を下げた。

　それからしばらく所在のない時間があり、入場口から百余の笛と鼓の音が鳴り響いた。見物衆が何事かと目を向けるのを待って、信長主従の入場が始まった。

　最初に出てきたのは二列になった先手（さきて）で、腰にはそろいの打矢（うちや）（手突き矢）をさしている。その後ろから元相撲取りで厩（うまや）別当の青地与右衛門（あおちよえもん）が、信長の愛馬六頭を引き連れて進んできた。

　先頭の馬は鬼葦毛。利家が乗った葦毛よりひと回り大きく、額のあたりにひし形の黒い毛が生えている。馬の前方の左右には柄杓や草桶、水桶などを持った中間が歩いていた。

　二番目の馬は小鹿毛。鹿のような褐色で、四肢のひざから下が黒い。三番は大葦毛、四番は遠江鹿毛、五番は小雲雀といい黄と白毛の混じった珍種である。六番は河原毛で亜麻色の長い毛をして四肢が長い。

　いずれも日本中の大名が信長に献上した馬の中から選りすぐったもので、溜息が出るような名馬ばかりである。これに従う中間たちは、黄色の水干と白い袴をつけて立烏帽子をかぶっていた。

　そうしていよいよ漆黒の大きな馬に乗って信長が登場した。ヴァリニャーノが献上したアラビア産の馬で、他の六頭よりひと回り大きい。

　こんな馬がこの世にいるとは想像もできないほどである。

　信長の装束も能役者かと見まがうばかり派手なものだった。赤白の小袖に蜀江の錦（中国の蜀地方で産する赤地錦）の小袖を重ね、袖口は縒金で飾り立てている。肩衣も袴も、紅の緞子に桐に唐草の文様をあしらった豪華なものである。

　腰には天皇から贈られた白い牡丹の造花をさし、白熊の毛皮で作った腰蓑を巻いている。頭には唐冠をかぶって頭巾をつけ、後ろの襟には梅の枝をさしていた。

「あの装束にはどんな意味があるかと、巡察師さまがおたずねでございます」

フロイスが高山右近に声をかけた。

右近はどう答えていいか分からず、蒲生忠三郎に意見を求めた。

「謡曲『高砂（たかさご）』の中に松の精の老夫婦が登場し、やがて住吉（すみよし）明神も現れます。上様の装束は住吉明神にならったものだと思われます」

蒲生忠三郎の返事をフロイスが伝えると、ヴァリニャーノはすぐさま次の質問をした。

「住吉明神とは何ですか？」

「航海の安全をつかさどる海の神として尊崇（そんすう）されています。謡曲『高砂』の中では夫婦愛の象徴である松の精霊が登場し、それに導かれるように住吉明神が現れて舞を披露するのです」

「その謡曲の主題は何ですか？　何のために演じられるものですか？」

ヴァリニャーノがこだわるのは、信長の装束、扮装の意味を読み解き、何を伝えようとしているか把握するためだった。

「『高砂』は夫婦愛の尊さと、国の平安が君の恵みによって保たれていることを寿（ことほ）ぐものです。祝言（しゅうげん）の時には必ず謡われるほど良く知られています」

「恵みを与える君とは誰のことでしょう。信長どのですか？」

「いいえ。謡曲や和歌では、君という言葉は天皇のことをさします」

「それなら信長どのは、天皇の平和を祝福するためにあのような装束をされているのですか？　それは今日の馬揃えの主旨とちがうと思いますが？」

「住吉明神を祀られたのは神功皇后だという伝承があります」

忠三郎の窮地を見かねて、右近が口をはさんだ。

「神功皇后は朝鮮半島にあった三つの国を征伐されました。その航海を住吉明神が助けたので、帰国の後に神社を作って祀られたのです」

「すると信長どのは、その神様に姿を変えることで、神功皇后のように海外に進出すると表明しておられるのでしょうか？」

ヴァリニャーノはようやく納得したのか、馬場を回る信長を満足そうにながめた。

ちょうど行宮の前にさしかかっていたが、信長は御座所に目を向けようともせずに前を見据えたままだった。

「僭越ですが、私の考えを申し上げてもよろしいでしょうか」

利勝は忠三郎にたずねた。

「どうぞ。遠慮は無用です」

「忠三郎どのは住吉明神と言われましたが、上様は渡唐天神をかたどっておられるのではないでしょうか」

「渡唐天神だと思う訳は？」

「襟の後ろに梅の枝をさしておられることです。また蜀江の錦を用い唐草の文様が描かれた小袖を着ておられるのも、渡唐天神が着ている唐服を模したものではないでしょうか」

「確かにそうかもしれない。いや、きっとそうでしょう」

「あの、渡唐天神とは何でしょうか？」

　フロイスが口をはさんだ。

「菅原道真公が他界した後に、天神になったという信仰があります。彼は学問の神様としてあがめられるほど優秀な人でしたが、神となった後も向学心はおとろえず、唐に渡って禅を学んだという伝説があるのです」

「唐とは今の明国のことですか？」

「そうです。渡唐天神とは菅原道真公が唐に渡ったことを言い、梅の枝を持ち唐服を着た姿で描かれます」

　忠三郎はそう説明し、利勝が生まれた前田家は菅原家の子孫だと付け加えた。

　フロイスがこれを伝えると、ヴァリニャーノはさっそく次の質問をした。

「信長さまの姿が渡唐天神だとしたなら、それにはどんな意味が込められているのでしょうか？」

　これには忠三郎も高山右近も答えられず、困惑した顔を見合わせるばかりだった。

「天神の子孫の前田どのはどうですか？　何か思い当たることはありませんか？」

「推測にすぎませんが、よろしいでしょうか」

「神の前で己を隠す必要はありません。何でも言って下さい」

「天神さまは唐に渡って禅を学ばれました。このように我が国は古くから唐を手本にし、多くのことを学んできました。上様は渡唐天神の姿をすることで、そのことを伝えようとしておられるのだと思います」

利勝の言葉にフロイスとオルガンチーノが驚愕し、これをヴァリニャーノに伝えたものかどうか額を寄せて話し合った。

「どうした。この青年は何と言ったのかね」

ヴァリニャーノに催促されてオルガンチーノがイタリア語で通訳した。

「ほう。我らの任務を、この青年は知っているのだろうか？」

「詳しいことは信長さまにも伝えておりません。知っているはずはありません」

三人の宣教師は立ち上がり、黒い長衣を寄せ合って何事かを話し合った。その間もヴァリニャーノは信長の行進の様子をじっと見つめていたが、やがてオルガンチーノに指示を伝えた。

「ジュストどの、レオンどの、そして前田どの。これはあなたたちだけに伝える重大な秘密です。決して他言しないと神に誓ってくれますか？」

フロイスが瀬踏みするような用心深い口調でたずねた。

右近と忠三郎は誓う証に胸の前で十字を切った。利勝も忠三郎に教えられて同じことをした。

「巡察師さまが信長さまに対面されるのは、スペインとの仲介をするためです。国交を樹立するに当たってスペインが求めているのは、明国を征服するために日本の軍勢を派遣してもらうことです。このことはまだ信長さまに伝えてはいませんが、巡察師さまが上洛されると私が申し上げた時から、信長さまは各方面から情報を集め、出兵の要請があると判断されたのでしょう。その上で前田どのが言われた意味で渡唐天神の姿をなされたのなら、明国を征服するつもりはないと表明しておられると解釈しなければなりません。これではスペインとの仲介がはたせなくなります」

三人が青ざめるほど驚いたのはそのためだった。

「お言葉ですが、利勝どのが言われた通りかどうか分からないではありませんか」

右近が疑問を口にした。

「もちろん分かりません。しかし交渉というものは万全を期し、細心の注意を払って進めなければ目的をとげることはできません。まして巡察師さまと信長さまの交渉は、イエズス会がこれまで通り日本で布教できるかどうかの命運をかけたものです。そこであなたたちに頼みがあります」

右近と忠三郎が姿勢を改めてフロイスと向き合った。入信した者は洗礼をさずけた洗礼親には絶対に逆らえないので、宣教師から頼まれれば断ることはできなかった。

「頼みというのは、信長さまの装束が渡唐天神なのか、その意図は前田どのが言われた通りなのかどうかを確かめることです。やってもらえますね？」

「その役目は私が引き受けます。利勝どのは入信しておられませんので、そのようなことを頼むわけにはいきません」

忠三郎が申し出た。

「それでは渡唐天神への懸念は、レオンどのお一人の考えということにして下さい。前田どの、それでいいですね」

利勝は何も分からないまま承知したが、日本とスペインとの凄まじい外交交渉の現場に、そうとは知らずに立たされていたのだった。


馬揃えは未の刻（午後二時）に終わり、夕方から慰労の宴がもよおされた。

平服に着替えた信長が上段の間につき、召し抱えたばかりの弥助が太刀持ちとして従っている。広間では一門衆、公家陣参衆などが、高い位置を占めていたが、信長が最初に声をかけたのは前田利家だった。

「又左、これへ」

「ははっ」

利家は弾かれたように立ち上がり、信長の御前に出た。

「弥助との相撲、見事であった。褒美をとらすゆえ、望みがあれば申せ」

「馬を一疋、いただきとうございます」

利家は間髪いれずに答えた。

「馬だと？　国ではないのか」

「この身に合う馬がおりません。上様がお引きになった六疋は、いずれも見事な馬ばかりでよだれが出るほどでございました」

「良かろう。好きな一疋を取るがよい。その馬を得たなら、何とする」

「上様の御馬先をつとめ、大事の戦で討死しとうございます」

「勝家、この儀はどうじゃ」

信長は利家の上司に当たる勝家の意向をたしかめた。

「北陸平定のためには、又左衛門尉はなくてはならぬ武将でございます」

「であるか。ならば又左の望みがかなうのは、天下布武の後だな」

「ははっ。有り難き幸せ」

利家は即座に従ったが、勝家の融通のきかなさがうらめしくてならなかった。

「気落ちするな。馬も国もくれてやる」

信長の思いがけない一言が降ってきた。

「能登一国を任せるゆえ、越中の佐々成政と力を合わせて励め」

「はっ」

利家は額が床につくほど深々と平伏した。

「それに犬千代」

信長が声をかけたが、利勝は末席で頭を下げただけだった。

「そちには娘のお永をつかわす。忠三郎とともに近習をつとめよ」

娘婿にして側近にするというのである。こんなことが現実に起こるとは、利家にはとても信じられなかった。

（あやつが上様の婿(むこ)になる？　ということは一門衆になるということではないのか）

そんなことがあるはずがない。これはきっと戯言(ざれごと)か悪い夢だ。

（又左衛門、だまされるな。ぬか喜びして後で恥をかくのはお前だぞ）

利家は懸命に冷静になろうとしたが、喜びが目の端からも唇からもあふれ出して、福笑いのお亀さんのような顔付きになった。

「又左、何を一人でうつけておるのじゃ」

信長が怪訝(けげん)な顔をした。

「恐れながら、耳がつんとして上様のお言葉を聞きもらしてしまいました。倅に何とおおせられましたか」

「お永の婿にして、近習に取り立てる。今度は聞こえたか」

「ははっ、有り難き幸せ」

喜びのあまり我を忘れることがある。利家は初めてそれを体験し、指がくい込むほどにひざ頭を握りしめて正気を保とうとした。


信長が利家に能登一国を与えると正式に通達したのは、馬揃えから半年後の天正九年八月末だった。利家は所領を受け取るために、兄の前田安勝(やすかつ)や重臣の三輪吉宗(みわよしむね)らを七尾(ななお)城に派遣したが、自身は越前府中城から動こうとしなかった。

能登一国を与えられたからには、府中三万三千石は召し上げられる。その前に転封(てんぽう)の仕度を終えなければならないし、越後の上杉景勝にそなえて軍勢の手配もしなければならなかった。

越中、能登の情勢は風雲急を告げている。上杉家の相続をめぐって起こった「御館の乱」を乗り切った上杉景勝が、武田勝頼と同盟して失地回復を目ざしていたからである。

これをはね返して能登を確保するのが信長から課せられた利家の役目だが、状況はきわめて厳しかった。能登一国を与えられたと言っても、年貢などの徴収ができるのは来年からである。

それまでは手元の蓄えだけで諸経費をまかなわなければならないが、馬揃えに加わるために大金を使ったので蓄えが底をついている。先立つ物を用意しなければ、この先の計画を立てることさえできなかった。

利家は村井長頼と奥村家福に今後の収入がどれほどあるかを確かめ、詳しく報告するように命じた。

「今年は夏の長雨と秋口の冷え込みのせいで、二万五千石ほどの物成（収穫）しか見込めません。そのうち当家の取り分は一万四千石ほどでございます」

長頼が村ごとの収穫を書き付けた帳簿を示した。

領民に五割以上の負担を強いているわけだが、領主の取り分のうち半分ほどは家臣に扶持として与えるので、前田家の収入は七千石ばかりになる。

その収入で直臣たちを養い、戦役の義務をはたすことが求められる。合戦になれば百石あたり三人の出陣が割り当てられるので、三万三千石だと九百九十人の将兵が必要である。しかも出陣中の食費や滞在費、移動費、弾薬などの購入費もかかるのだから、たまったものではなかった。

「それで今は、どれくらいの蓄えがあるのだ」

利家は不作の帳簿を見て溜息をついた。

「御金蔵（ごきんぞう）に残っているのは五百両（約四千万円）ほどでございます」

会計担当の家福が答えた。

「たったそれだけか」

「馬揃えのために千両ちかくかかり申した。それがひびいております」

「この先の収入は」

「これから七千石の年貢米が入ってきたとして、そのうち半分を金に換えれば三千五百両ほどになります。しかし六割は、もろもろの支払いに当てなければなりません」

「すると手元に残るのは千四百両。蓄えを合わせても千九百両にしかならぬではないか」

利家は素早く算盤（そろばん）をはじいた。戦国武将には珍しく算術の素養がある。七つ珠（だま）の算盤は若い頃から愛用しているものだった。

「これではどうにもならぬ。何か金策の手立てはないか」

利家は御破算（ごはさん）にしてたずねたが、二人は実直そうな顔を並べて黙り込むばかりだった。

能登はおよそ二十一万石である。そのうちの鹿島（かしま）郡の半分は長連龍（ちょうつらたつ）（孝恩寺宗顓（こうおんじそうせん））、羽（は）

咋（くい）郡は土肥親真（どいちかざね）の所領なので、利家の直轄領は十五万石ばかりになる。それはつまり四千五百人の出兵義務を負うということだ。

　それに応じるには将兵を召し抱え、武器や武具をそなえなければならない。鉄砲隊も今の五倍ほどに拡充し、弾薬を買い入れる必要にも迫られる。

　その上、もうひとつの難題があった。能登は日本海海運の要衝（ようしょう）で、海をへだてて越後と向き合っている。上杉家は直江津（なおえつ）（新潟県上越市）を拠点として強力な水軍を編成しているので、これに対抗するために水軍を充実させる必要がある。

　ところが長年内陸の府中を領してきた利家には、水軍の備えがまったくなかった。これを早急に整備するためには船を買い入れ、船頭や水夫（かこ）を雇わなければならない。

　あれやこれや考えれば、能登の拝領など辞退して府中での暮らしにしがみつきたいほどだった。

「皆さま、精が出ますね。お疲れさまでございます」

　妻のまつが息抜きにお茶と柿を運んできた。

　まつはふくよかに太って、肩も腰もどっしりと広い。利家より十歳下だが、長女の幸（こう）を頭に女子五人、男子二人を産んだ肝っ玉母さんである。

　器量が良くて賢くて働き者。三拍子そろった女房どのだが、玉に瑕（きず）なのは思ったことをずばずばと口にすることだ。これには利家もやり込められることが多く、もう少し何とかならないかとひそかに望んでいた。

「帳簿を広げ額を寄せて、何の相談でございましょうか」

「能登一国を拝領したが、我が家の蓄えは底をついておる。このままではどうにもならぬ」

利家は思わず弱音をはいた。

「この書き付けが、そうでございますか」

まつは家福が作った帳簿に素早く目を通し、宙を見つめて何かを考え込んだ。

「何か良い思案があるか」

「能登に移るのに、あといかほど必要でしょうか」

「千五百、いや二千両ばかりであろう」

「何か手立てはございますか」

「それがないから苦労しておる。槍の又左も銭には勝てぬ」

「銭を得るには三つしか方法がない。古老の方々がそう申しておられました」

「うむ、三つとな」

利家は期待に身を乗り出した。

「稼ぐ、借りる、奪うでございます。どれにするかは殿方がお決めになることでございましょう」

まつは重い腰をひょいと上げて去っていった。

「殿、どれになされまするか」

家福が大真面目にたずねた。

「今からでは稼ぐ手立てなどあるまい」

「日野川上流の木を切り出せば、三国湊（みくにみなと）の廻船（かいせん）業者が高値で買うと申しております」

「それはならぬ。転封前に火事場泥棒のような真似をしては、前田家の信用にかかわる」

目先の利益より信用が大切なことは、利家もよく知っている。何より信長に男を下げたと見られたくはなかった。

今は奪う相手もいないので、残る手段は借金である。九月中旬の秋晴れの日に、利家は日野川ぞいの道を下って北庄（きたのしょう）城へ向かった。

これ以上柴田勝家に借りを作りたくはないが、こうした時に当てになるのは親父さましかいなかった。

（お前はいいな。生まれつき銭を背負っていて）

利家は連銭葦毛の首をなでながら心の中で語りかけた。

灰色の馬体に銭を散らしたような白い文様が入っていることからこの名がついている。

信長から鬼葦毛を拝領したが、あまりに立派すぎて、怪我（けが）でもさせたらと思うと普段使いにはできない。だからこうして連銭葦毛を乗り回しているのだった。

（いったいいつになれば、わしは鬼葦毛が似合う武将になれるだろうか）

独りごちた途端、馬がふんと鼻息をはいて首を左右に振った。何やら鼻で笑われた気分だった。

北庄城は柴田勝家が天正三年（一五七五）に越前に入国した時から築きはじめたもので、高石垣の上に安土城をしのぐ九層の天守閣を上げていた。

　平地に築いた平城《ひらじろ》だが、まわりには幅十四間（約二十五メートル）もの堀をめぐらし、本丸、二の丸、三の丸の曲輪《くるわ》を配して守りを固めている。

　城下の足羽川《あすわがわ》には九十九《つくも》橋をかけて北陸道の通行の便をはかっているが、これは長さ八十八間（約百六十メートル）、幅三間、高さ二間という巨大なものだった。

　しかも面白いことに、橋の南半分が石で北半分が木で作られている。石は名石として名高い笏谷《しゃくだに》石で、大理石で作ったように美しく加工されている。すべてを石造りにしなかったのは、敵に攻められた時に木の部分を焼き落として守りを固めるためだった。

　勝家は九頭竜川《くずりゅうがわ》にも舟橋をかけていたが、長さは百二十間（約二百十メートル）にもなる大きなもので、舟は越前海岸の津々浦々から集め、鎖は領民から刀狩りで集めた刀や槍を鋳潰《いつぶ》して造っている。

　いずれも勝家の北陸における権勢の大きさと経済力の豊かさを示していた。

　勝家は天守閣下の本丸御殿にいた。斎藤別当実盛所用の大鎧をかざった部屋で、茶碗の品定めをしている。大ぶりで赤土色の井戸茶碗、安南《あんなん》（ベトナム）の染付《そめつけ》茶碗、瀬戸黒の舟形《ふながた》茶碗。いずれも名人の箱書きがついていた。

「親父さま、どうなされたのでござる。こんな物を」

「おう、又左か。三国湊に行ったところ、都から道具屋が来ておってな」

天下の名物があるので買わないかと誘われたという。

「今度は茶碗でござるか」

「その言い草は何じゃ。いつも偽物をつかまされていると言いたげではないか」

「そんな意味ではございません。それでいくらでござる。天下の名物は」

「この染付茶碗は安南の窯元に注文して焼かせたものじゃ。二百七十両（約二千百六十万円）の値がついておる」

「に、二百七十両……」

連銭葦毛が三頭も買える値段だった。

「瀬戸黒の舟形茶碗は、村田珠光どのの遺愛の品で三百二十両」

「…………」

「この井戸茶碗は高麗わたりで、奥高麗と呼ばれておる。値がつけられぬほどの名品ゆえ、値抜けと申すそうじゃ」

勝家はさも大事そうに井戸茶碗を両手でささげ持った。

「親父さまの領内には、銭を生み出す港があって良うございますな。それがしは内陸の府中ゆえ、銭の工面に四苦八苦しております」

「こたびは能登を拝領したではないか。あそこには七尾や穴水、輪島などの港がある。三国湊や敦賀、若狭との交易を盛んにすれば、そちの手にも銭がざくざく入ってこよう」

勝家の言葉は誇張ではなかった。この頃、日本では商品や貨幣の流通量が増大し、商業流通がかつてないほど盛んになっていた。

その原因は天文二年（一五三三）に石見銀山に新しい精錬技術（灰吹法）が導入されてシルバーラッシュが起こったことと、南蛮貿易が始まって大量の商品が日本に持ち込まれたことだ。

流通量が増大すれば、海運、水運の需要も増大する。船の運航量が増え、港を使用する頻度も高くなる。港を持つ領主は入港する船から津料（港湾利用税）、関銭（関税）を徴収できるので、農業の何倍、時には何十倍もの収入を得ることができた。

「銭がざくざくなどと、そんなに簡単には参りませぬ。ところでその間抜け……、いや、値抜けとやらは、いかほどの値がついたのでござろうか」

「これか。五百五十両（約四千四百万円）じゃ」

「買われるのでござるか」

「三つも買うことはできぬ。どれかひとつじゃ。都で上様の茶会があった時に、献上の品として持参したいのでな」

「ならば目利きに見てもらった方が良いのではござらぬか」

「見てもらった上で、この三つを選んだ。わしもそれほどうつけではないぞ」

勝家が明るい目をして機嫌よく笑った。話を切り出すなら今だった。

「実は、親父さま。銭を貸していただきたいのでござる」

「ほう、いくらじゃ」

「千五百……、いや二千両」

「転封の費用が足りぬか」

「能登に行けばただちに上杉勢に備えなければなりません。水軍も編成しなければならぬし、今の所帯ではまかなえぬのでござる」

「それは承知しておる。二千両で良ければ明日にも府中城にとどけてやろう」

「かたじけのうござる。利子として年五分を支払います。借用証文も書きますゆえ」

「そちとは親子同然の仲ではないか。利子も証文もいらぬし、能登の治政が軌道に乗ってから返してくれればよい」

「ご恩は生涯忘れませぬ。親父さまあっての又左でござる」

「ならば転封の祝いに、この染付茶碗をやろう。そのかわり、頼みを聞いてくれぬか」

「改まって、何でござろうか」

　利家は思わず心の中で身構えた。

「鬼葦毛のことじゃ。上様から拝領した名馬に、そちは乗っておらぬというではないか」

「常には乗っておりませぬ。怪我などさせては一大事でござるゆえ」

「ならば、わしに貸してくれぬか」

「鬼葦毛を、親父さまに？」

「そうじゃ。何ならあと千両貸してやってもよい。頼む。この通りだ」

　勝家は「瓶(かめ)割り柴田」の異名をとった果断な男である。頼むとなればなりふり構わなかった。

「実は来月中頃に、勝豊や佐久間盛政がわしの還暦祝いをすると言うのだ。このところ華やかな祭りもなかったので、重臣や町役を招いて祝いがしたいと」

「それは結構なことでございますな」

「その時、実盛公所用の大鎧を着て城下に入りたいのだが、似合いの馬がおらぬ。そこで鬼葦毛を借りたいのだ」

「あれは上様から拝領した馬でござる。勝手に貸すことはできませぬ」

「ならばわしが上様の許しを得る。それでいいな」

「何とも難しい注文でござるな」

利家は嫌だった。大事にしている宝物を、人に触れられるほど不愉快なことはない。だが二千両を借りた手前、嫌だとは言いにくかった。

「これが他の者なら、こんなことは頼まぬ。又左だから恥を忍んで頭を下げておる。祝いが終わったならすぐに返すし、起請文を書いても良い」

「分かりました。それほどおおせられるなら」

「貸してくれるか」

「上様の了解が得られたなら、迎えの馬丁を寄こして下され」

利家は本音をねじ伏せて応じた。

勝家は三日後に樽（たる）に入れた延金（のべがね）二千両（重さ約七十五キログラム）をとどけてきた。三つの樽を荷車に積み、十人ばかりの警固をつけただけである。しかも念入りに安南の染付茶碗まで添えていた。

これで転封の資金はできたが、利家は七尾城に向かおうとしなかった。勝家に強引に押し切られたせいか、心の中に名状しがたい不快さが残っている。腹立ちまぎれに染付茶碗を叩（たた）き割りたいほどだった。

「お前さま、そろそろ腰を上げないと、上様からお叱りを受けますよ」

まつが箒（ほうき）を使いながら、利家の陰気を追い払おうとした。

「分かっているが気持ちが萎（な）えてな」

「いさかいでもなされたのですか。柴田さまと」

「そうではない。そうではないが……」

利家は心意気で生きている。借金の形（かた）も同然に鬼葦毛を貸すと約束したために、その心意気を手放した気がするのだった。

信長から書状が来たのは十月四日の夕方だった。

「上様が、これをお渡しせよと」

勝家の使者がうやうやしく書状を差し出した。

鬼葦毛を借り受ける件で安土に行ったところ、これを託されたという。利家は一読するなり、横面を張り飛ばされたような衝撃を受けた。

内容を要約すれば次の通りである。

「その方には能登国の知行を申し付けたので、越前府中の所領は菅屋九右衛門尉に与える。当年の年貢などはその方のものだが、来年からの分は菅屋に渡すように。それから妻子も必ず能登国へ引っ越させねばならぬ。監督のために菅屋を越前につかわすので、さよう心得よ」

これだけでもかなりきつい文面だが、さらに次のような追って書きがあった。

「なおなお、その方の府中の居城、ならびに家臣たちの屋敷など、不正のないように念を入れて菅屋に渡すように。分かったか」

おそらく信長は、利家が府中でぐずぐずしていると聞いたのだろう。だから手厳しく書いて叩き出そうとしているのだ。

「委細承知した。明日にも妻子を連れて能登に向かう所存じゃ」

親父さまにそう伝えよと使者をにらんだ。信長に良からぬことを伝えたのは、この男にちがいなかった。

「ははっ、心得ました」

「鬼葦毛のことはどうじゃ。上様はお認めになったか」

「くれてやった馬ゆえ、好きにして構わぬ。そうおおせでございました」

「ならば北庄へ連れて行くが良い。当家の馬丁をつけてやろう」

利家は未練を断ち切って申し出た。信長に叱り飛ばされた悔しさが、猛烈な負けん気を呼び覚ましていた。

翌朝、利家は夜明けとともに兵を集めた。供をするのは村井長頼、奥村家福ら馬廻り衆二百騎、鉄砲隊を主力とする徒兵三百である。

「よいか。これは強行軍の訓練である。七尾までおよそ四十里（約百六十キロ）。身方が七尾城に立てこもって救いを待っていると思って駆けよ」

四年前に似たような状況があった。上杉謙信に攻められた七尾城を救援するように命じられたが、長雨にたたられて進軍を見合わせたために、長一族を見殺しすることになったのだった。

「四里（約十六キロ）を一刻（二時間）で駆ければ、明日の朝までには七尾に着く。者共、覚悟は良いか」

利家は連銭葦毛を右に左に乗り回し、将兵一人一人の面構えを見て回った。

「前田家の侍は国入りの時に夜通し駆けた。これこそ漢の語り草じゃ。お前たちの子孫が、わが家の先祖はその中にいたと胸を張れる勲しを立てよ。いざ、つづけ」

利家は朱槍を突き上げて鐙をけった。それにつづいて長頼の百騎、徒兵三百が駆け、家福の百騎が殿軍をつとめた。

妻のまつや子供たちは前田秀次や篠原長重、高畠孫十郎らに警固させ、二泊三日の旅程で七尾に向かわせることにした。

利家らは北庄城下を通り過ぎ、海沿いの北陸道に出た。潮騒を聞き海からの風に吹かれながら江沼郡、能美郡、石川郡を通り抜けて夕方に金沢城下に着いた。

ここまでおよそ二十五里（約百キロ）。残り十五里である。金沢城主の佐久間盛政が用意した陣屋で半刻（一時間）ほど休憩すると、夜の到来をものともせずに北に向かった。

星明かりを頼りに羽咋郡を抜け、邑知潟ぞいの道を石動山の山影を見ながら東へ向かう。徳田の山間を抜けて七尾に入ったのは、十月六日の辰の刻（午前八時）だった。

目の前には七尾湾が波静かに広がっている。その向こうには能登島、東には崎山半島が横たわり、胞衣のような内海の世界を形造っていた。

七尾城は石動山から崎山半島につづく尾根を利してきずかれている。城山（松尾山）から七つの尾根が分かれてふもとに伸びているので、七尾と呼ばれるようになった。

そのふもとに七尾の町は広がっている。東西一里（約四キロ）、南北一里ほどの平坦地に城下町が営まれ、七尾湾と接する所には北陸有数の港があった。

利家らは西往来をたどって城下に入り、大手道を通って城に向かった。

城山のふもとには東西に六町（約六百五十四メートル）ほどの頑丈な土塀（惣構え）がめぐらされ、畠山家の居館だった高屋敷や重臣たちの屋敷を守る構造になっている。

惣構えの門をくぐると、前方左手の高台に大念寺の大きな屋根がそびえている。能登一国を受け取るために先発した前田安勝らは、この寺を陣所にして各方面との連絡に当たっていた。

「又左衛門、どうしたのじゃ。先触れもよこさずに」

朝餉(あさげ)の最中だった安勝は、利家らが来たと聞いて境内に走り出てきた。

「人馬の足を鍛えるために一昼夜、駆け通して参りました」

「越前府中からか」

「たかだか四十里。雑作もないことでござる」

利家は豪快に笑い飛ばそうとしたが、さすがに精も根も尽きはてていた。

「ともかく物具(もののぐ)を脱いで休め。すぐに足すすぎを用意させるゆえ、本堂に横になるがよい。その前に粥(かゆ)を食べるか」

「腰兵糧を食べて参りましたので、粥は無用でござる。皆で横にならせていただきたい」

利家は兜と鎧の胴を脱いで小具足(こぐそく)姿になると、本堂の床に倒れ込むように横になった。

どれほど時がたったのだろう。

気を失うように眠りの底に引きずり込まれ、一瞬とも永遠とも思える時間をすごした後に、何かに弾(はじ)かれるように目をさました。

いつもと天井がちがう。ここはどこだと上体を起こすと、本堂の床に家臣たちが身を寄せ合って眠っていた。百戦錬磨(れんま)の馬廻り衆が横になり、いびきをかいたり寝息をたてたりしている。

利家は強行軍で七尾まで来たことを思い出し、家臣たちが愛(いと)おしくてたまらなくなった。主従の契(ちぎり)を結んだだけなのに、命をなげうって励んでくれる。この者たちのためにも、新しい領国の統治を失敗するわけにはいかなかった。

利家は皆を起こさないように忍び足で本堂から抜け出し、安勝がいる庫裡に向かった。人の気配を感じてふり向くと、村井長頼と奥村家福が同じように忍び足で従い、利家を警固する構えを取っていた。

安勝は庫裡の書院を居室にしていた。八畳ばかりの部屋には、領国の統治に関する書き付けや帳簿が足の踏み場もないほど置いてあった。

「いかがでござる。仕事はうまく進んでおりましょうか」

九月初めに七尾に入った安勝に、利家は二つのことを頼んでいた。一つは在地領主や地侍たちに交名注文（臣従を誓う名簿）を出させること。一つは津々浦々の船主たちに、船と水夫の数を記した書状を出させること。

これは新たな軍勢と前田水軍を編成するために、早急に実現しなければならなかった。

「交名注文は領内の七割以上の者たちが出しておる。畠山七人衆のうち温井や三宅などが上杉方に従って越後に走ったために、この者たちに従ってきた土豪や地侍は去就に迷っておるようじゃが、当家に従うしか道はないと分かるであろう」

「さすがに兄者でござる。地侍が一揆などを結んで歯向かうことのないように、今後も油断なく事を進めて下され」

「難しいのは船主たちじゃ。船と水夫の書き付けを出せと求めておるが、従った者は四割ほどしかおらぬ」

「たった四割でござるか」

「又左衛門、この地には海の神さまが鎮座しておられてな。海運や漁業に従事する者たちから深く信奉されている」

「それは気多本宮（現能登生國玉比古神社）のことでござろうか」

「そうじゃ。能登国総鎮守とあがめられる神社で、古くから大きな力を有してきた。能登の海民は気多本宮の氏子や神人となることで、海運や漁業に従事する権利を認められてきたのだ」

　気多本宮とは、能登一宮の気多大社（羽咋市）の本宮という意味である。だから世俗の権力に従ういわれはないと、船や水夫の書き付けを出すことを拒んでいる。

　これは中世を通じて寺社が保持してきた守護不入権（守護大名の支配を拒む権利）に関わるので、安勝も対応に苦慮していた。

「分かり申した。これから城に上がりたいのですが、案内していただけましょうか」

「お易い御用じゃ。しばし待ってくれ」

　安勝は近習を呼び、酒とにぎり飯を用意するように申し付けた。

　利家は村井長頼と奥村家福を従え、安勝に案内されて七尾城に向かった。七つの尾が伸びると言われる山容の中でも、最大のものは蹴落川（木落川）の左右を走る尾根で、向かって右側の尾根伝いに大手道がつづいている。

　標高百丈（約三百メートル）の城山の山頂まで、距離はおよそ一里（約四キロ）。長坂と呼ばれるだらだら坂を登ると、道は次第に険しくなる。やがて城の外郭にめぐらした袴腰と呼ばれる平坦地にたどりつくが、目の前には山肌を削って作った高く険しい切岸（きりぎし）がそびえている。

利家は大手道を歩きながら、七尾城が難攻不落と言われる理由がよく分かった。上杉謙信でさえ一年ちかく攻めあぐね、最後は調略（ちょうりゃく）によって内紛を起こさせ、ようやく落城させたのだった。

大手門にあたる厳重な門をくぐると、山上の城とは思えないほど広々としていた。目の前には三の丸から本丸までつづく尾根がそびえていて、横に走る曲輪（くるわ）が階段状に配されている。その上に桜馬場（さくらのばば）や本丸があった。

だが城内は天正四年（一五七六）以来の争乱によって荒れはてている。御殿や矢倉は焼け落ち、畠山家が栄華をほこった頃の面影を伝えるのは、城構えの大きさだけだった。

「この城も修復しなければならぬな」

それにはいくらかかるかと、利家は荒れはてた城を見上げて溜息（ためいき）をついた。

「ここを居城になされますか」

村井長頼がたずねた。

「まずはふもとの高屋敷を再建して陣所にする。しかし上杉勢が攻めてくるおそれがあるゆえ、ここを詰めの城にしておかねばなるまい」

調度丸（ちょうどまる）からつづく坂を上がり、本丸に向かった。本丸の下には二段の曲輪をきずいて敵の侵入をはばんでいた。

「兄者、畠山どのの頃は、この城に住んでいたのでござろうか」

「夏と秋だけ山上に住み、冬と春の間はふもとの高屋敷に住んでおられたそうじゃ」

安勝は地元の者から以前のことを詳しく聞き取っていた。

「さようでござろうな。冬場は雪におおわれ北風が吹き抜け、住めたものではありますまい」

「四月初めに山上に上がり、九月末にはふもとに下りられた。その時には管領家の格式に従って家移りをなされるので、多くの見物人が集まったそうじゃ」

畠山家は足利幕府の管領をつとめた名門である。百七十年ほど前に畠山満慶が能登一国を拝領して七尾を拠点としたが、京とのつながりが深く、多くの公家や学者、歌人、僧侶などが能登を訪ねて畠山家の庇護を受けた。

七代義総の頃には能登畠山文化と称される成熟期を迎え、のちに長谷川等伯のような天下一の絵師を輩出する母体となったのだった。

本丸に立つと目の前に雄大な眺望が開けた。眼下には七尾湾が横たわり、その先には能登島があって、波静かな内海を形成している。能登島の彼方には能登半島が日本海に向かって突き出していた。

領主は港に入る船から津料と関銭を徴収できるので、船が航行する夏から秋にかけては日々銭が入ってくる。畠山家が七尾城をきずくことができたのは、その収入があればこそだった。

「兄者。北のはずれに追いやられた気がしておりましたが、凄(すご)い国を拝領したものでござるな」

利家は信長の厚遇に改めて気付き、大過なく国を治めなければならないという決意を新たにしていた。

「まことにその通りじゃ。だが豊かな国こそ、治めるのは難しい」

「船主たちのことでございましょうか」

「そうじゃ。城下の西側に港があろう。あのあたりを所口(ところぐち)といい、気多本宮の神域とされている」

安勝が腕を伸ばして指し示したあたりに、松林に囲まれた気多本宮の境内が広がっていた。所口の港をすっぽりとおおう位置にある境内は、八町四方もの広さがあり、四十八の支院や坊が営まれている。

その規模は七尾城下の四分の一を占めていることが、本丸からながめてみればよく分かる。しかも支院や坊は問屋(といや)（海運業者）や土倉(どそう)（倉庫業者）の役割をはたしていて、船主や水夫たちを支配しているのだった。

「そなたの能登統治が成功するかどうかは、気多本宮を従わせられるかどうかにかかっておる。よほどの工夫と覚悟が必要じゃ」

「あれほどの規模であれば、銭もたいそう持っておりましょうな」

「夏から秋にかけては、月五百両（約四千万円）の収入があるそうじゃ」

「す、すると半年で三千両になりまするな」

それを得る権利は、領主たる自分にある。利家はそう考え、妻のまつに教えられた「稼ぐ、借りる、奪う」の最後の手段を行使する決意をしたのだった。

利家らは本丸の地べたに座り、安勝が持参した酒とにぎり飯の馳走にあずかった。

塩をきかせたにぎり飯は甘味のある酒と相性がいい。まして眼下の絶景を見ながら口にすれば、登城の疲れが吹き飛ぶほどに旨かった。

「兄者、頼みがあります」

利家は竹筒の酒を飲み干し、谷に向かってほうり投げた。

「明後日の正午に、七尾湾ぞいの船主たちを集めていただきたい。入国にあたって申し渡すことがあると触れて下され」

「それは構わぬが、状況は変わっておらぬ。四割ほどしか集まらぬぞ」

「気多本宮にも触れを回し、氏子の船主たちを寄こすように命じるのでござる」

「それではかえって本宮は反発し、いっそう頑なになろう」

「そうなったなら、槍の又左が出向きまする。長連龍どの、土肥親真どのにも兵をひきいて来てもらいます」

「戦をするつもりか。気多本宮と」

「望んではおりませぬが、従わぬなら仕方がござるまい」

翌十月七日の未の刻（午後二時）、まつの一行が大念寺に入った。

五歳になる与免や四歳の又若丸（後の利政）などを連れての長旅だが、まつは疲れた様子も見せずに子供たちの世話をしていた。

前田秀次や篠原長重、高畠孫十郎らは五百余の兵をひきいている。大念寺には収容しきれないので、惣構えの東側にある妙国寺に配することにした。

利家はさっそく評定を開き、気多本宮への対処について話し合った。集まったのは村井長頼、奥村家福、安勝、秀次、長重、孫十郎、三輪吉宗の七人である。

「明日の正午、七尾湾ぞいの船主たちを集め、当家が入国するに当たっての心得を、殿が直々に申し渡されます」

長頼が状況を説明した。この集まりに気多本宮に従う者たちが来なかったなら、武力によって従わせると決めていた。

「気多本宮は所口の港を含む八町四方の神域と四十八の坊や支院を持ち、七尾湾の交易と漁業の権益を握っております。多くの船主や水夫を支配し、守護不入権を楯に取って当家の下知に従いません。この悪弊を改めて一国平均にしなければ、上様が目ざしておられる新しい天下はきずけない。殿はそう決断されたのでござる」

「これはまた、入国早々の難題でございますな」

秀次が長重や孫十郎の気持ちを代弁した。

「その通りじゃ。だが気多本宮のやり方を認めるわけにはいかぬ。雑草を抜くなら早い方がよい」

　利家の決心はゆるがなかった。

「しかし気多本宮は孝元天皇の御代に創祀された能登国の総鎮守で、領民に厚く信仰されていると聞きました。事を構えるとなると、領民の反発も大きいのではないでしょうか」

「わしは気多本宮を否定しているのではない。今後も総鎮守として祭祀をおこない、能登の国と領民を守ってもらわなければならぬ。だがその権威と守護不入権をふりかざし、四十八坊に問屋や土倉を営ませ、船主や水夫を支配するようなことを許しておくわけにはいかぬ。それゆえ祭祀は本宮に任せ、港の支配は当家が行うようにするだけだ」

「五郎兵衛兄者も、同意でございましょうか」

　秀次が安勝の意向をたずねた。

「わしは今朝気多本宮を訪ね、明日の集まりに船主を参加させてくれるように頼んだ。頭を下げるのはこれで三度目じゃ。それでも従わぬのであれば致し方あるまい」

　安勝は利家の指示に従い、三輪吉宗と計略をねり上げていた。

「それでは明日の段取りを、説明させていただきます」

　吉宗が気多本宮の絵図を広げた。

　本宮の社殿は所口の港の近くの小丸山にあり、そのまわりを四十八の坊や支院が取り巻いていた。

「四十八坊のうち、もっとも強硬なのは、港の側の太平坊、小丸山の東の長楽坊、西の修徳坊でございます。この三坊の社僧が気多本宮を支配していると言っても過言ではありません。そこで」

吉宗は扇の先で絵図を指しながら説明をつづけた。

「明日の集まりに気多本宮が船主を参加させなかったなら、ただちに当家が六百、長家と土肥家が二百ずつ、計一千の兵をもって押し寄せます。そうして船主を出すように求め、従わぬなら武力の行使も辞さぬと申し渡します」

参集の刻限は正午の鐘が鳴り終えるまでとし、それでも船主を出さなければ境内に乱入して三坊を焼き払う。

「その時、長家と土肥家の兵には小丸山を包囲させ、兵火が気多本宮の社殿に及ばないようにいたします。これは本宮を敵とするものではないと示すためでございます」

「その三坊は武装した神人たちを抱えているのではありませんか」

秀次がたずねた。

「太平坊に百人、他の二つには五十人ほどの供御人がいます」

「すると戦になりますね。どれくらいの武装をしているのでしょうか」

「鉄砲と弓を持っているでしょうが、詳しいことは分かりません」

「案ずるな。わしが陣頭に立って指揮をとる」

利家は一気に決着をつけるつもりである。そして能登の領民たちに、時代が変わったことを知らしめなければならなかった。

「ならば又左衛門兄者、ひとつお願いがございます」

「何じゃ、右近（秀次）」

「気多本宮の坊を焼き討ちしたという噂は、数日のうちに安土にとどきましょう。その中には当家を悪しざまにののしるものもあると存じます。それを信長公が真に受けられたなら、近習をつとめる利勝に災いがおよぶおそれがございます」

秀次はそこまで見通し、利家が自ら安土を訪ねて事の顚末を信長に説明してもらいたいと言った。

「確かにその通りじゃ。事が済み次第、安土に向かうこととする」

翌朝、利家は思いがけず早く目を覚ました。気多本宮と事を構えることに、ある種の恐れを感じている。緊張に心が張り詰め、安閑と眠ってはいられなかった。

（又左衛門、どうした。何を恐れておる）

利家は馬をなだめるように自分に言いきかせたが、体の奥底から次々と寒気がわき上がってきた。

（もしやこれは、神仏のたたりか）

そんなことさえ思われて落ち着けない。邪念をふり払おうと、まだ薄暗い中庭に出て水垢離をした。下帯ひとつになり、井戸の水をくみ上げて頭からかぶる。そうして信長の苛烈さにならおうとした。

（上様は比叡山延暦寺を焼き討ちにし、僧俗三千人以上を誅殺された。越前でも伊勢長島

でも、数万人の一向一揆をなで斬りにされた）

それは敵対したことだけが理由ではない。寺社勢力が商業や流通の利権を持ち、守護不入権に守られて富を独占していたからだ。これを改め、誰もが商売ができる新しい世を作ろうとしたのである。

利家も一国を預かる身になり、信長と同じ決断を迫られている。ここで尻ごみするようでは、「又左の腑抜けが」とののしられても申し開きができなかった。

「気多本宮を攻めることにした」

朝餉の席でまつに告げた。賛成してもらいたいと、心のどこかで思っていた。

「あら、そうですか」

まつは飯をよそいながらそう言っただけだった。

「銭を得るには稼ぐ、借りる、奪うしかないと、そなたも言ったではないか」

「それは殿方がお決めになることです。責任はしっかり取って下さいね」

（お前、それはないだろう）

まつの澄ました顔を見て利家はそう思ったが、何かを言ってもやり込められるばかりだった。

巳の刻（午前十時）になって、長連龍と土肥親真がやってきた。二人とも二百人ずつの精鋭をひきつれ、惣構えの外に待機させていた。

「ご無事のご入国、おめでとうございます」

二人はそろって頭を下げた。

連龍は三十六歳。七尾城が上杉勢に攻められた時に信長のもとに救援要請に走ったが、遊佐続光らが寝返ったために一族がことごとく殺され、首を倉部浜にさらされた。

能登が信長の所領になると、連龍には鹿島半郡三万石余が与えられ、天正九年（一五八一）六月には遊佐続光らを討ち取って父や兄の仇を報じた。この年の秋に能登が利家に与えられると、連龍は鹿島半郡を領したまま利家の与力につけられたのだった。

土肥親真は上杉家の重臣で、天正五年（一五七七）に謙信に従って能登に攻め入り、功あって末守（末森）城の城主に任じられた。昨年柴田勝家を大将とする織田勢が能登に侵攻すると、降伏して末守城主の地位と羽咋郡の領有を認められた。

能登が利家に与えられると、長連龍と同様に与力としてつけられたのだった。

「今日の段取りはお聞き及びのことと存ずる。土肥どのは兄安勝、長どのは弟秀次の指示に従い、気多本宮の警固に当たっていただきたい」

利家が命じると、左右に控えた安勝と秀次が軽く頭を下げた。

「我らは四十八坊の者どもを押し詰め、以後は勝手の振る舞いをせぬように申し聞かせまする。従わぬ時は戦になるやもしれませぬゆえ、本宮の社殿に兵火がおよばぬようにしていただきたい。本宮に逃げ込もうとする輩がいたなら、打ち捨てにして構いませぬ」

やがて大念寺の鐘が正午を告げた。

荘厳な余韻があたりにただよっている間に、七尾湾ぞいの船主が集まってきた。総勢は六十余人になるはずだが、集まったのは半数ばかりで、気多本宮に属する者たちは一人も来なかった。

報告を受けた利家は、ただちに一千余の兵をひきいて出陣した。

気多本宮は八町四方の広さがあるが、中心となるのは小丸山の社殿を取り巻く四町四方である。

西は御祓川（みそぎがわ）（東へ付け替える前の旧御祓川）を外堀とし、東は西往来に接し、北は所口の港に面している。まわりに築地塀（ついじべい）を高々とめぐらし、東西に厳重な門を構えた城のような造りである。

東の門は長楽坊が、西の門は修徳坊が守護していて、港を扼（やく）する位置に太平坊がある。神仏習合の気多本宮は本閣山所口寺（ほんかくざんしょこうじ）の名も持ち、三つの坊はいずれも大きな本堂といくつかの伽藍（がらん）をそなえていた。

利家は村井長頼、奥村家福ら五百の兵をひきいて東の門に押し寄せた。安勝と秀次は百の手勢をひきいて、長連龍、土肥親真とともに西の門に回った。

異変に気付いた本宮の者たちは、東西の門をぴたりと閉ざして様子をうかがっていた。

「能登一国を拝領した前田利家である。気多本宮の神主どのに申し入れたき儀があって推参つかまつった。開門願いたい」

利家は南蛮胴の鎧をまとい、連銭葦毛にまたがって門前に進み出た。

二層造りの門の楼上には長楽坊の者たちがいて、あわただしく奥と連絡を取り合っている。やがて門扉が内側に開き、立派な袈裟をまとった初老の僧が対応に出てきた。

「拙僧は長楽坊の執事をつとめる暁光でございます。お話をうけたまわりましょう」

「本日の正午までに船主を大念寺まで寄こすように通達した。入国以来これが三度目じゃ。しかるに所口から一人も来ておらぬ。これはいかなる訳じゃ」

　利家は馬上から僧をにらみつけた。

「本宮ではご領主さまの申し付けに従うように、氏子たちに申し聞かせております。それなのに行っておらぬとは解せぬことでございます」

「その言葉、しかと相違ないな」

「相違ございませぬ」

「ならば未の刻（午後二時）の鐘が鳴るまで猶予を与える。所口の船主どもを門前に集めよ。応じぬなら武威をもって従わせるまでじゃ」

「お待ち下さい。急にそのようなことをおおせられても」

「そちは神主どのにこのことを伝えればよい。さっさと行け」

　未の刻の鐘まではあと半刻（一時間）ほどしかない。暁光は血相を変えて奥へ引っ込み、門扉が音をたてて閉ざされた。

　返答を待つ間に、高畠孫十郎が秀次の使者としてやって来た。

「右近（秀次）さまも修徳坊の者に船主を出すように命じ、返答を待っておられます」

「さようか。応じぬ場合は手はず通りに進めよ」

「そのことでございますが、右近さまは考えがあるとおおせでございます。申し上げてもよろしゅうございますか」

「構わぬ。申せ」

「修徳坊の中に、長連龍どのと懇意の僧がおられるそうでございます。その僧を内応させることができれば、焼き討ちせずとも修徳坊を攻め落とすことができると、右近さまはおおせでございます」

作戦変更に関わることなので、孫十郎はひときわ慎重になっていた。

「右近が言うなら見込みがあるのだな」

「長連龍どのがその僧に密使を送り、すでに話をつけておられます。お許しをいただければ、うまくいくものと存じます」

「良かろう。これだけの伽藍じゃ。無傷で手に入れられるなら、それにこしたことはない」

未の刻が間近になって、暁光が二人の従者とともにやって来た。

「船主どもはどうした。一人も来ておらぬではないか」

「お申し付けを伝えましたが、海の神さまのご加護がなければ仕事ができぬと言い張って、従おうといたしません。申し訳ないことでございます」

「たわけたことを申すな。わしが当国の領主となったからには、そのような勝手は一切許さぬ」

「申し訳ございません。本宮でも船主たちを説得いたしますので、今年末まで待っていただきたい。神主さまがそのようにおおせでございます。ご迷惑をかけるおわびに、これをお渡しするようにと」

暁光が差し出した書状には、銀百貫を献上すると記されていた。

銀一貫（約三・七五キログラム）は金二十両（約〇・七五キログラム）と交換するのが相場である。百貫だと二千両（約一億六千万円）の値打ちがあった。

（うむ。銀百貫か）

利家の食指が動いた。

あやうく喉から手が出そうになったが、これは気多本宮の時間かせぎである。年末までに防備を固め、上杉勢と通じて敵対するかもしれなかった。

「先程申し渡したとおりじゃ。未の刻の鐘が鳴るまでに船主どもを集めなければ、武威をもって従わせる。時は少ない。無駄にするな」

利家は暁光の目の前で書状を引き裂いた。

再び門扉が閉ざされ、閂（かんぬき）をさす気配が伝わってきた。境内をあわただしく駆け回る足音も聞こえてくる。こうなれば自衛するしかないと、戦う準備をしているようだった。

やがて近くの寺の鐘が未の刻を告げた。

ゆっくりと間合いを取って打ち鳴らす鐘の音が、空気を震わせて伝わってくる。秋の空は高く澄み、野山は色鮮やかな紅葉に包まれている。こんな日に無慈悲なことをしたくはないが、気多本宮が下知に従わぬならやむを得なかった。

「時は尽きた。かかれ」

利家の号令が下り、前田家の精鋭がいっせいに動き出した。長楽坊の築地塀に梯子（はしご）をかけて境内に乱入した者たちが、抵抗する者たちを鉄砲で撃ち倒し、閂をはずして門を開けた。

坊を守ろうとする者たちは本堂の前に楯を並べ、鉄砲や弓で応戦しようとする。だが村井長頼の配下が長鉄砲の筒先を並べ、棒火矢（ぼうびや）を次々に本堂に撃ち込んだ。

本堂は紅蓮（ぐれん）の炎に包まれ、軒先から黒煙が噴き出し始めた。

寺の者たちが背後を気にして浮き足立つのを見ると、奥村家福が車竹束（くるまたけたば）を構えた徒兵（かち）を突撃させた。竹束を台車に載せたもので、竹束で矢弾（やだま）を防ぎながら台車ごと敵に体当たりする。

押すのは足腰を鍛え上げた屈強の者たちばかりなので、楯を並べた敵はそのまま弾（はじ）き飛ばされ、竹束の後ろからつづく槍隊の餌食（えじき）になった。

「刃向かう者は討ち捨てにせよ。逃げる者には構うな」

利家が朱槍を持って最前列に出ると、敵は長楽坊の裏口から小丸山の気多本宮へ逃げ込もうとした。

ところが西の門から本宮に向かった安勝と土肥親真らが参道を封じている。そこで港の側の太平坊に逃げ込んでいった。

利家らは敵を追って太平坊に迫った。秀次らも修徳坊を無傷で手に入れた上に、坊内にこもっていた反前田勢を太平坊に追い込むことに成功した。

「前後の門を封じよ。一人たりとも逃がすな」

利家は坊に火を放ち、中にいる者たちを討ち取るように命じた。

所口の港の船主たちは、船を沖に避難させて様子をうかがっている。これからは前田家に従うしか生きる道はないことを、苛烈な処断によって示さなければならなかった。

「又左衛門兄者、お待ち下され」

秀次が長連龍と四十がらみの屈強の僧を連れて駆けつけた。

「この方は修徳坊の仁導どのでございます。連龍どのとは若い頃に孝恩寺でともに修行されたそうでございます」

「そなたか。内応してくれたのは」

「さようでございます。坊内の僧や供御人の中には、前田家に従うべきだと考えている者もおります」

だが三坊の社僧たちの支配に抗することができず、やむなく従っている。だから自分が太平坊に出向き、和を結んだ上で今後のことを話し合うようにしたい。仁導はそう申し出た。

「坊内に入れば裏切り者として殺されるぞ。せっかく拾った命を粗末にするな」

「同僚たちを助けられるのであれば、命など惜しくはありません。やらせて下さりませ」

「連龍どの、どう思われる」

「仁導は助かりたいために内応したのではありません。前途のある修行者を、生かしたいと願ってのことでございます」

連龍が旧友の後押しをした。

「さようか。ならばやってみよ」

利家の許しを得た仁導は、丸腰で太平坊の門前に出て和睦（わぼく）の交渉がしたいと呼びかけた。ところが楼上にいた十人ばかりが有無を言わさず矢を射かけた。

全身に矢をあびた仁導は、両手を広げて呼びかける姿勢のまま真後ろに倒れた。

「だから言ったのじゃ。坊を焼き、一人残らず討ちはたせ」

利家が号令を下すと、前田の精鋭が再び動き出した。鉄砲隊は門といわず本堂といわず棒火矢を撃ち込み、車竹束の強兵（つわもの）が突撃していく。

太平坊が天に向かって炎を噴き上げるのに、さして時間はかからなかった。

第三章　越中侵攻（えっちゅうしんこう）

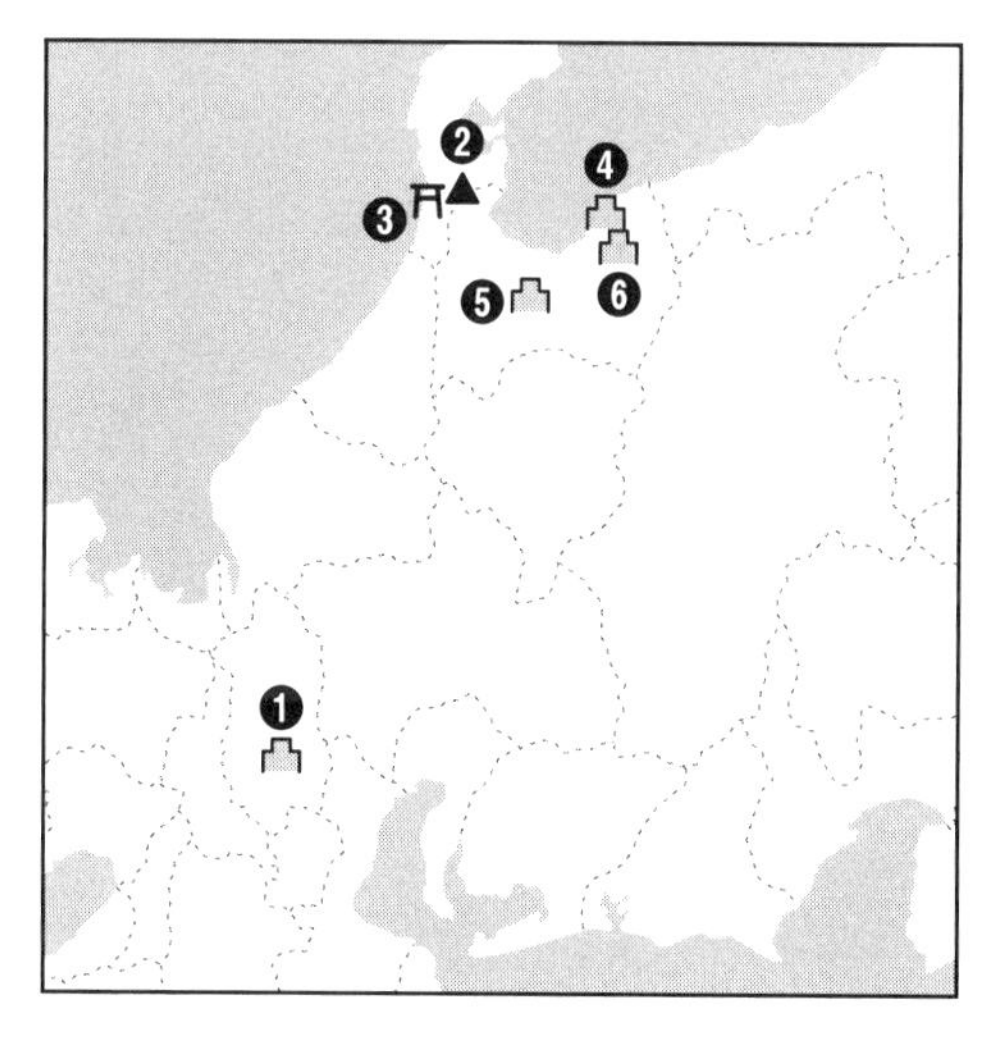

❶ 安土城　❷ 石動山　❸ 気多大社
❹ 魚津城　❺ 富山城　❻ 松倉城

気多本宮を焼き討ちにした二日後、前田利家は妻のまつを連れて安土に向かった。

織田信長に会って能登拝領の御礼を言上しなければならないし、入国早々に気多本宮と事を起こした顚末を説明しなければならなかった。

寺社の守護不入権を否定し、武家の領主権を確立するのは信長の基本方針だから、焼き討ちにしようがなで斬り（皆殺し）にしようが咎められるとは思わない。

だが弟の秀次が言ったように、誰かが良からぬ噂を信長の耳に吹き込み、安土城に出仕している利勝（利長）の立場を危うくするかもしれないので、時をおかず安土に向かうことにしたのだった。

天正九年（一五八一）十月十日、夜明けとともに七尾を出た一行は羽咋へつづく道を西に向かった。利家は連銭葦毛の馬に乗り、まつは四方輿を用いている。前方を秀次が、後方をまつの兄篠原長重が二十騎ずつをひきいて警固していた。

能登の冬は足早である。木々は落葉を始め、地面にふり積もり始めている。北からの風が木立ちを抜けて吹き付けてくる。馬上ではもろに風を受けるので、手綱を持つ手がかじかむほどだった。

時々鋭く鳴くモズの声を聞きながら徳田の山間を抜け、邑知潟のほとりの良川に着いた。

利家らはここに馬を預け、五艘の船に分乗して羽咋に向かうことにした。

「羽咋と敦賀で一泊し、三日目には安土に着く。陸路を行けば七尾から安土までは七十五里（約三百キロ）もあるが、船を使えば楽なものだ」

利家は舳先の席にまつと並んで座った。見渡すかぎり自分の領国だと思うと、何ともいい気分だった。

まつは従者に持たせた包みを開けて弁当を取り出そうとしたが、

「あら、大変」

大きな声を上げて口元を押さえた。

「どうした。忘れ物か」

「玉に餌をやるのを忘れていました。今頃おなかを空かせていないかしら」

玉は与免と又若丸（後の利政）が可愛がっている猫である。二人ともまだ幼いので、まつが餌の世話をしていた。

「猫はねずみをとるものだ。そんな風に甘やかせば、役立たずになるばかりだ」

「でも又若が、玉にねずみをとらせたくないと言うのです」

「どうして」

「前にねずみを食べているところを見て大泣きしていました。音を立てて頭を嚙みくだくので、恐ろしかったのでしょう。それ以来、餌をやってくれとせがむのです」

「武士の子が、そんな不甲斐なくてどうする」

とても戦場には出られまいと、利家は頭をかきむしりたくなった。

「いいではありませんか。慈悲や思いやりをたくさん持っているのですから」

まつは竹の籠に詰めた弁当を利家や秀次、篠原長重らに渡した。中には海藻をまぶしたにぎり飯と、山菜とたけのこの煮付け、小魚の飴煮が入れてあった。

「ほう、これは旨いな」

利家はにぎり飯に舌鼓を打った。上品な塩の味と海の香りがして、絶品と言うべきだった。

「それはぎんばさ（赤藻屑）という海藻です。乾燥させたものを水でもどして使います」

「これはたけのこだろう。もう冬になるのに、よくこんなに立派なものがあったな」

「それも乾燥させたものです。今頃たけのこなどとれませんから」

「それがこんなに旨いのは、奥方どのの料理の腕がいいからかね」

「ちがいますよ。能登は冬が長いので、夏場に野菜や山菜を乾燥させて室で保存するそうです。だから水でもどすと、取れたてのような風味が出るのです」

「なるほど。土地には土地の知恵があるのだな」

利家は能登への入国に忙殺され、ゆっくり足許を見る余裕もないのだった。

「ところで、お前さま」

まつに改まって呼びかけられ、利家はどきりとした。こんな口調の時には決まって難しい話になるのだった。

「利勝と永(えい)姫さまの婚礼があると言っておられましたが、まことでしょうか」

「都で馬揃え(うまぞろえ)があった時、上様は利勝に永姫さまを妻(めあ)わせて近習(きんじゅう)にするとおおせられた。現に利勝は今、安土城で上様に仕えておる。それゆえこの機会に婚礼をするとおおせられても不思議ではあるまい」

「もしそうなったら、婚礼は当家の屋敷ですることになるのではありませんか」

「そうであろう。織田家に婿(むこ)入りする訳ではないからな」

「それなら国持大名の格式で、永姫さまをお迎えしなければなりますまい。ちがいますか」

「その通りだ。上様がひときわ可愛がっておられる姫君だからな」

「その費用はどうなさるおつもりですか」

「心配するな。どうにかなる」

利家は投げやりな言い方をして、話に深入りされることを避けようとした。

実はすでに金の用意はできている。焼き討ちした気多本宮の太平坊には百貫（約三百七十五キログラム）の銀ののべ棒と、二千両（約七十五キログラム）の金の小粒がたくわえてあり、焼け跡から回収することができたのである。

利家はこのうち金二千両を持参し、千両（約八千万円）を信長に献上し、残りを利勝の婚礼費用に当てる心積もりをしている。

だが、あまり外聞のいい話ではないので、まつには言いたくはないのだった。

「どうにかなるとは、何か当てがあるのですか」

「それはお前が言ったように、殿方の裁量というものじゃ。ほら見ろ。あれが石動山といって、古くから信仰された霊山だ。七尾城とは峰つづきで、山頂にある天平寺が裏鬼門の守りをつとめてくれる」

利家は邑知潟の南につらなる山を指し、まつの追及をかわしたのだった。

羽咋は日本海海運の要衝である。邑知潟を通じて七尾と密接につながり、能登半島の西の玄関口の役割をはたしている。

孝元天皇の御代に七尾に気多本宮が祀られ、それより二代後の崇神天皇の代に羽咋に気多大社が分祀されたのは、七尾と羽咋の密接なつながりを示すものだ。

羽咋に着いた利家は真っ先に気多大社に参拝し、国主の格式で玉串をささげて多くの貢物をした。気多本宮を焼き討ちしたことへの領民の批判は大きいので、気多大社を尊重することで祭神を否定している訳ではないことを示したのだった。

翌朝、大型の外洋船に乗って羽咋を出て、越前三国の湊に寄港した後、夕方に敦賀に着いた。ここでも氣比神宮に参拝し、三日目には谷間の街道を通って琵琶湖の北岸の塩津に出た。

塩津から再び船に乗り、夕方には安土に着いた。

湖にせり出した安土山の山頂に、五層七重の天主閣がそびえている。三層までは大屋根を重ね、四層五層を望楼型にした斬新な造りで、最上階の壁や柱には金箔を張り、屋根の軒丸瓦にも金箔を用いている。

夕陽をあびて赤銅色に輝く天主閣を見上げて、利家はしばらく茫然としていた。何という美しさ、何という壮大さだろう。

桶狭間の戦いに勝ってわずか二十一年で、信長はこれだけのことを成し遂げた。あと十年もすれば、日本を誰も想像さえできなかった素晴らしい国にするにちがいなかった。

「まつ、お前に言っておかねばならぬことがある」

利家は感動のあまり熱に浮かされたようにつぶやいた。

「わしは気多本宮を焼き討ちにし、四千両の金銀を奪った。それは上様と新しい国をきずくためで、決して私欲に駆られたのではない」

「そうですか。分かりました」

まつはそう言っただけである。十二歳で嫁いだ時から、こんな風に利家の生き方を受け容れてきたのだった。

安土城の舟入に船をつけると、正面に大手門があった。外堀にそって三つの門がならび、築地塀でつないである。真ん中の門の向こうに広々とした石造りの階段があり、山頂にそびえる天主閣までつづいていた。

「この門は帝をお迎えするために築かれたものだ。帝は中央から、家臣や客は左右の門から出入りする。秦の始皇帝の阿房宮にならったものだ」

利家はまつに説明してやった。

阿房宮は始皇帝が渭水のほとりの小山に築いた王宮で、京の妙心寺の南化玄興が記した『安土山ノ記』に、「宮の高きこと阿房殿よりも大に似たり。城の険しきこと函谷関よりも固し」の一節があることを覚えていた。

「上様はどうして阿房宮に似せて城を造られたのでしょうか」

まつはいつも本質を鋭くついている。

利家は少なからずたじろぎ、

「帝をお迎えするためであろう。本丸には内裏の清涼殿とそっくりの御殿をこしらえておられるからな」

そう言ってお茶をにごしたのだった。

大手道の石段を登ると、右手に利家の、左手に秀吉の屋敷が向かい合って建っている。

これを見れば二人が織田軍団の先鋒をになっていることが、誰の目にも明らかだった。

屋敷の前で、息子の利勝と篠原一孝が裃姿で待っていた。二人とも着物の色目も着こなしも良く、越前府中にいた頃とは見違えるように垢抜けていた。

「父上、遠路のご出仕、大儀にございます」

利勝が近習らしい言葉を使い、腰の大小を受け取ろうとした。

「わしは良い。まつの荷物を持ってやれ」

「母上、お疲れでしょう。さあ、どうぞ」

利勝はまつが後生大事に抱えてきた手荷物を受け取り、屋敷の奥に案内した。

「立派になりましたね。上様にお仕えするのは、さぞ苦労が多いことでしょう」

まつはいつものように利勝には甘かった。

「苦労などしておりません。日々学ぶことが多くて、月日がたつのを忘れるほどでございます」

「学ぶことが多いと申したが」

利家は屋敷に腰をすえるなり、何をそれほど学んでいるのかとたずねた。

「そうですね。たとえば」

利勝は席を立ち、地球儀と宇宙の絵図を持ってきた。

「これはイタリア語で地球儀（グローボ）といいます。ご存じでしょうか」

「お、おお。もちろん」

「最近西洋では、地球はこのように毬（まり）のような形をして太陽のまわりを回っていると考えられているそうです」

利勝が広げた絵図には、地球が一年をかけて太陽のまわりを一周し、月が一月をかけて地球のまわりを一周する様子が記されていた。

「上様から教わるのか。そのようなことを」

「この方面は蒲生忠三郎（がもうちゅうざぶろう）（氏郷（うじさと））どのに教えていただいております。天文学（アストロノミア）と言うそうです」

「学ぶのは結構だが、あまり遠くへ行くな。人は飯を食い田畑を耕して生きておる」

その現実こそ大事なのだと、利家は言いたかった。

「おおせの通りですが、実はこうした知識が日々の暮らしのためにも必要なのでございます。たとえば朝廷が使っておられる暦（こよみ）では、日食も月食もほとんど予測することができません。ところがアストロノミアを用いた西洋の暦は、これを正確に言い当てることができるのです」

「ほう、さようか」

「ポルトガルやスペインが世界の海に乗り出したのも、地球が丸いと知ったからです。もしそれが事実なら、西へ西へ、あるいは東へ東へと向かえば、元の場所にもどることができる。そう考えた船乗りたちが、このイベリア半島から船を出しました」

利勝が地球儀を回し、ユーラシア大陸の西の端を指さした。

先端に位置するポルトガルはバスコ・ダ・ガマを東に向かわせ、インドのゴアまでの航路を発見した。奥にあるスペインはコロンブスを西へ向かわせてアメリカ大陸に到着した。

そうして大航海時代の扉を開き、世界中に植民地を持つ大帝国になったのである。

「ところが昨年、この両国の関係に異変が起きました。ポルトガル王家が跡継ぎ問題で紛糾（ふんきゅう）している間に、スペイン国王がポルトガルを併合してしまったのです」

「そのようなことがあるのか。西洋でも」

利家は興味を引かれた。

「西洋の方が容赦のない戦をするようでございます。スペイン国王のフェリーペ二世はポルトガル王を兼任すると、ポルトガルの国土も海外の領地も自国に併合してしまいました。それゆえ」

利勝は地球儀を利家の前に置き、赤く塗られたポルトガルの領地と、緑色のスペインの領地を示した。

赤色はアフリカやインドの沿岸から東南アジアのマラッカやマカオまで伸びている。緑色は南北アメリカの沿岸からフィリピンのマニラまで、飛び石のように散らばっていた。

「これはポルトガルが併合される前の色分けですが、今やこのすべてがスペインのものになりました。このようにぐるりと地球を取り巻いているので、スペインは『太陽の沈まぬ大国』と呼ばれているそうでございます」

「利勝、その話は次の機会に聞くとしよう。上様のもとに案内してくれ」

「失礼しました。それでは上様のご意向をおうかがいして参りますので、お伝えすべきことを話して下さい」

「この又左衛門が、上様に会うのじゃ。取次ぎなど無用であろう」

「ところが近頃はご多忙ゆえ、どなたも取次ぎを通すようにとおおせでございます」

「ならば頼む。用件は能登拝領のお礼と、気多本宮の仕置きについての報告じゃ」

門前払いをされたような失望を覚えながら、利家は気多本宮が下知に背いたために焼き討ちにしたいきさつを告げた。

「これは献上品の目録じゃ。上様に披露してくれ」

利勝は目録を丁重に受け取り、

「夜までにはご下知をお伝えします。遅くなるようなら、先にお休み下されませ」

そう告げると篠原一孝を従えて屋敷を出ていった。


利勝と一孝は玄関を出て、大手道の石段を登り始めた。

安土山の高さは六十六丈（約百九十八メートル）。その山頂に建つ天主閣に向かって、真っ直ぐに階段がつづいている。

階段の傾斜は急で石の段差が大きいので、袴をたくし上げて登らなければならない。利勝は黙々と足を運びながら、父が急に老けたように感じていた。

都での馬揃えの後、利家は北陸へもどり、利勝は安土に出仕するようになったので、離れていたのはたった七ヵ月半である。それなのに妙に野暮ったいというか田舎臭くなったというか、輝きを失ったように感じられる。

それは日々信長に近侍して鮮やかな世界を見ているためだろうが、父に対してこんな感情を持つことが我ながら意外で、申し訳ない気がするのだった。

「なあ、一孝。お前もそんな風に感じなかったか」

「いいえ。大殿は相変わらず大殿らしゅうございます」

「伯父上に対してはどうだ。少し小さくなられたように感じたが」

「義父は昔から小柄でござる。それにもう知命の歳をこえておりますので、いたし方のないことでしょう」

一孝はこだわりのないさばさばとした性格で、利勝の微妙な気持ちの揺れを汲み取ることができなかった。

「それでは気多本宮のことはどうだ。父上は入国早々に仕置きをされたようだが、このことについてはどう思う」

「好ましいことではありますまい。しかし越後の上杉が能登や越中に侵攻しようとしている状況を考えれば、一刻も早く国内をまとめ上げる必要があったのでございましょう」

「その通りだが、他にやり方がなかったものかどうか」

人と人の関係は卵を扱うのに似ている。強く握れば壊れてしまうし、壊れたら取り返しがつかない。だから手間をかけ知恵を絞って、相手を思う所まで導かなければならないのである。

（それなのに、父上は……）

そんな物思いに取りつかれていたせいか、足の上げ方が足りなかったのだろう。蹴つまずいて石段にすねを打ちつけてしまった。

「殿、大事ございませぬか」

一孝が素早く腕を支えたので転倒を防ぐことができたが、打ちつけたすねはしびれるように痛んだ。

「ここに座って、しばらくお休み下され。近頃はお疲れなのでござる」

利勝が座った階段には、石仏が横になって天をあおいでいる。安土城を築く時に石材として転用したもので、石仏のお顔は丸くて愛らしい。利勝は猫の頭のように石仏の顔をなでてみた。

眼下には安土の城下町が広がっている。信長が家臣たちに移住を強制し、税の優遇をして商工業者を集め、中山道(なかせんどう)を城下に引き入れて築いた織田政権の首都である。

城下の一角には高い塔を持つ南蛮寺と、西洋風の二階建ての神学校(セミナリヨ)がある。信長がイエズス会との親交をはかるために建築を許可したものだが、今は閉鎖されて火が消えたようだった。

原因は信長とイエズス会巡察師アレッサンドロ・ヴァリニャーノの交渉が決裂したことである。都での馬揃えの後、信長とヴァリニャーノは安土に移動して交渉をつづけた。そこで何が話し合われたかについては、通訳として立ち会ったルイス・フロイス以外に知る者はいない。

そして七月十五日の盂蘭盆会(うらぼんえ)の夜、信長は安土を離れるヴァリニャーノを送るために、安土城の軒先に提灯(ちょうちん)を吊るし、津島祭りの巻藁(まきわら)船のように光で飾り立てた。しかもローマ教皇へのみやげとして、狩野松栄(かのうしょうえい)(永徳(えいとく)の父)に描かせた安土城の屛風絵(びょうぶえ)まで渡したが、五ヵ月にもわたった交渉は合意には至らなかった。

それは盂蘭盆会という仏教の行事を送別の日に選んだことでも明らかだし、この日に信長が摠見寺を建立し、自分をご神体とする盆山（庭などに置く山の形の石）を安置していることにも表れている。

これは一神教のキリスト教では絶対に許されないことである。しかし信長は、あえてこうした行動を取ることで、キリスト教やイエズス会と決別したことを天下に知らせた。

この大胆な決断によって、外交的な問題ばかりか国内のキリシタンたちにどう対処するかという問題まで抱え込み、天下統一事業は大きな危機に直面していた。

大手道は東に折れて、黒金門へとつづいている。ここから先が安土城の主郭で、天主閣のある本丸、二の丸、三の丸が配されている。利勝と一孝は黒金門を抜け、二の丸の枡形門を通り、天主台の高石垣の下まで進んだ。

ここから見上げる五層七重の天主閣は、異様なばかりの迫力に満ちている。それはこの国を新しく作り変えようとする信長の思想と覇気を象徴しているが、中でも特筆すべきは一層から本丸に向かって張り出した広縁である。

広縁は京の清水寺の舞台のように頑丈な柱で支えられ、庇でおおわれている。信長は安土城に天皇をお迎えし、正月には天皇と広縁に立って万民の参賀を受けるつもりである。

そのために清涼殿とそっくりの御殿を本丸に建て、天皇に京からの移徙を迫っている。

しかもその御殿は、天主閣の一層にある信長の御座所から見下ろす位置に造られている。

「内裏も公方も気にするには及ばぬ。すべてのものは余の支配下にあり、余の命に従っておればよい」

信長はルイス・フロイスにそう豪語したが、その方針を安土城の構えによってはっきりと示したのだった。

信長は御座所にいた。革のズボンに木綿のシャツという西洋風の姿であぐらをかき、膝の前に広げた日本の絵図に見入っていた。

絵図には織田家の勢力範囲と、敵対勢力の版図、その境目で敵と対峙している麾下の武将の名が記されていた。

西の毛利輝元には羽柴秀吉、東の武田勝頼には徳川家康、北の上杉景勝には柴田勝家が向かっている。前田利家の名は、勝家与力として佐々成政とともに小さく記されていた。

「又左が来たか」

信長は絵図から目を離さず、利勝に問うた。

「先ほど、母とともに到着しました」

「まつを連れて来たのは、そちの婚礼に備えてのことだな」

「そのように申しておりました」

「手回しのいいことだ」

その声には何の感情もない。信長はこの先の戦略に集中していて、他のことに考えが行かないのである。

（悩んでおられる。苦しんでおられる）

利勝はひしひしとそう感じ、少しでもお役に立てることはないかと気を配るが、二十歳の身にできることは何もなかった。

「先を急がねばなるまい」

信長の考えが言葉となってこぼれ出た。

「奴らは世界中に領地を獲得してきたが、そのやり口は狡猾(こうかつ)で容赦(ようしゃ)のないものだ。そうであろう」

「弥助(やすけ)どのからも、そのようにうかがっております」

利勝は信長の近習となった弥助と親しくなり、いろいろと教えを受けるようになった。

弥助の祖国はポルトガルの領地にされ、自身も奴隷(どれい)としてポルトガル船で働かされた。

そのためにイエズス会やポルトガルが、どのような手口で他国を領地にするかよく知っている。そのことについて語る時には、弥助は涙を浮かべ、時には憤りに目を血走らせるほどだった。

「奴らは余が意のままにならぬと見て、別の者に天下を取らせようとするだろう。豊後(ぶんご)の大友(おおとも)か安芸(あき)の毛利を旗頭にして、西国、九州のキリシタン大名たちを結集しようとするはずじゃ。余の家臣の中にもキリシタンは大勢いる。ぐずぐずしていれば、その者たちにまでイエズス会は調略の手を伸ばすだろう」

大友宗麟(そうりん)はキリスト教に入信しているし、毛利家は石見(いわみ)銀山の銀を用いて南蛮貿易を盛んに行っている。旗頭にするには打ってつけだった。

「立ち入ったことを、おたずねしてよろしいでしょうか」

「構わぬ。申せ」

「ヴァリニャーノさまとの交渉は、どうして決裂したのでございましょうか」

「それを聞いて、どうする」

信長が殺気をおびた鋭い目を向けた。

「上様がどんな問題に直面しておられるのか、知りたいのでございます。そうでなければ、お側にいて役に立つことはできませぬ」

「役に立つか、そちが」

「そうありたいと、願っております」

利勝は誰の前でも自然体でいられる稀有の才能を持っている。だから信長にも臆することなく思ったことが言えるのだった。

「ほう、さようか」

信長は珍獣でも見るような顔をして、利勝の目の奥をのぞき込んだ。並の者なら耐えられない視線だが、利勝は心の窓を開けて平然と見られるままにしていた。

「ヴァリニャーノのたわけはこう言った。スペインと国交を結ぶに当たって、友好の実を示してもらいたいと」

「……………」

「友好の実とは、スペインが望んでいることに手を貸すということじゃ。奴らが何を望んでおるか分かるか」

「明国を征服することでしょうか」

利勝は馬揃えの時、ヴァリニャーノやフロイスがそう話すのを聞いていた。

「ヴァリニャーノはこう言った。スペインは神の恩寵を受け、太陽の沈まぬ大国になって世界を良き方へ導いている。最後に残った未開の国が明国ゆえ、これを征服してキリスト教を伝えるのがスペインとイエズス会の役目である。だから日本からも軍勢を出して、神の事業に協力してほしいとな。こんなたわけた話を聞けると思うか」

「上様は馬揃えの時から、そうした要求をされると知っておられたのでございましょうか」

「なぜ、そう思う」

「あの日の装束は渡唐天神とお見受けしました。日本が古くから唐を師とあおいできたことを、示そうとなされたのではないかと拝察いたしました」

「その通りじゃ。スペインの手先となって明国を攻めることなど、余には決してできぬ。まして異国人同士を戦わせ、双方が疲弊するのを待って漁夫の利を得るのが奴らの得手と知ればなおさらじゃ」

「弥助どのの国も、そうやってポルトガルの領地にされたと聞きました」

「あれは見所がある。又左と相撲をとる姿を見てそう思ったが、期待以上の働きをしておる」

弥助がポルトガルやスペインの内情を教えてくれなければ、ヴァリニャーノの口車に乗せられるところであった。信長は卒直にそう語った。

「イエズス会と手を切ったなら、南蛮貿易にさしさわりがあるのではないでしょうか」

「そうならぬように堺の千宗易（利休）や津田宗及、博多の神屋宗湛に、南蛮との交易路を開くように申し付けている」

「承知いたしました。お教えいただき、かたじけのうございます」

「又左は何しに来た。能登をくれてやった礼か」

「さようでございます。献上品の目録を預かって参りました」

信長は差し出した目録にざっと目を通すと、

「このような物はいらぬ。銭があるなら、上杉景勝を亡ぼすために使えと伝えよ」

そう言って目録を利勝に突き返した。

「承知いたしました。拝謁の上で入国の状況などを報告させていただきたいと申しておりますが、いかがでしょうか」

「明日の朝一番に会う。まつを連れて顔を出せと伝えよ」

「ははっ」

「ところで、お永に会うたか」

「蒲生忠三郎どのの屋敷で、一度お目にかかりました」

「わが娘ながら、奇妙な奴であろう」

「八歳にして、天賦の才をそなえておられるとお見受けいたしました」

「又左がいる間に祝言をする。その前に一度、お永の部屋を訪ねてやれ」

永姫の話になると、信長の表情が急におだやかになるのだった。


翌朝、利家とまつは利勝と一孝に案内されて城に上がった。

小柄なまつは段差がきつい急な石段に往生していたが、利家に手を引かれて何とか黒金門までたどりついた。

黒い鉄を張り乳金具（ちちかなぐ）を打った門扉はぴたりと閉ざされている。開門は辰（たつ）の刻（午前八時）と定められているが、利勝は用心のために早めに案内したのだった。

「西洋では時計というものが作られ、一日を午前と午後十二時間ずつ均等に分けて表します。上様は宣教師から贈られた時計を用い、城内の時間を西洋風にするように命じられました。開門は午前八時になります」

「その時間とやらは誰が知らせるのじゃ。時計の役というような者がいるのか」

利家は興味を引かれた。辰の刻のような大まかな表示ではなく、時間を正確に知ることができれば便利である。特に戦場（いくさば）で時間をぴたりと合わせて軍勢を動かすことができれば、待ち伏せも奇襲も思いのままだった。

「城内の摠見寺に時計を置き、朝八時の開門から一時間おきに鐘を撞（つ）くようにしています。そうして午後五時には閉門いたします」

「そうすれば、八、九、十、十一……」

利家は指を折って閉門までの時間を数えた。

その時、摠見寺の鐘がひとつ、素っ気なく鳴った。それと同時に黒金門の門扉が音をたてて開かれ、四人は天主台の下を通って本丸まで進んだ。

「まあ、何ということでしょう」

清涼殿と同じ造りの本丸御殿を見て、まつは驚きに息を呑んだ。

「だから言ったろう。上様はここに帝をお迎えするつもりでおられると」

「しかしお前さま、そんなことが許されるのでしょうか」

まつは朝廷に対する尊崇の念がひときわ強い。清涼殿を見下ろす位置に天主閣があるのだから、不敬を危ぶむのは当たり前かもしれなかった。

「それは……、どうだろうな」

利家は利勝に説明を求めた。

「上様は東宮（皇太子）であられる誠仁親王の五の宮さまを猶子にしておられます。やがて五の宮さまがご即位なされば、上様は天皇の父である太上天皇と同様の地位につかれます。そうしてお二人で天下の政にのぞまれるのですから、不敬には当たらないと存じます」

「そうでしょうか。祭りの神輿でさえ上から見たら罰が当たると言われているのに、清涼殿を下に見るとは」

まつは納得しかねるようだった。

「滅多なことを申すでない。我々には考えも及ばないことを、上様は成し遂げようとしておられるのだ」

利家があわててたしなめた。

天主閣の入口には、端正な顔立ちをした若者が待ち受けていた。

「森蘭丸どのです。今日は当番なので、天上の間まで案内していただきます」

利勝が引き合わせた。蘭丸は織田家の家臣だった森可成の三男で、四年前から信長に小姓として仕えていた。

「利家さまのことは、父がよく語ってくれました。槍を取っては織田家随一であると。今日はよろしくお願いいたします」

蘭丸が丁重に頭を下げた。歳は十七だが、所作も顔付きも大人びていた。

「可成どのには若い頃に世話になった。生きておられたなら、そちの成長をさぞ喜ばれたことであろう」

二人は蘭丸に案内されて天主閣に入った。高石垣の内側の一重目は土蔵として用い、その上に六重（外見は五階）の天主閣が載せられている。

二重目は南北二十間（約三十六メートル）、東西十七間で、三百四十坪の広さがある。信長が御座所としている所で、部屋数は二十余り。座敷の柱はすべて黒漆でぬり、金碧障壁画をはめ込んでいる。

三重目は十二畳や八畳の部屋がいくつか配され、狩野永徳らの手になる花鳥画や西王母の襖絵で彩られている。

四重目もいくつもの部屋に分けられ、岩や竹、松、桐など自然を画題にした襖絵が配されている。

五重目は屋根に破風をつけた所で、外からは四重目と五重目が三階のように見える。そして六重目が外柱を朱色に塗った八角形の階で、内部は内陣と外陣に仕切られていた。

仕切りの外側には阿鼻叫喚の地獄図が描かれ、牛頭が亡者を詰め込んだ火車を引き、阿鼻大城の門前で冥途の役人と亡者の引き渡しの交渉をしている。

その絵の激しさに度肝を抜かれながら内側に進むと、釈迦十大弟子と釈迦成道御説法の次第が描かれていた。

「お前さま。これは御仏の教えによって地獄から救われ、極楽にいたるということでしょうか」

まつが内陣と外陣の仕切りに描かれた絵をしみじみと見入った。

「そうであろう。上様はそうした世をきずこうとしておられるのだ」

蘭丸にうながされて狭い階段をのぼり、最上階の七重目に上がった。全体の広さは三間（約五・四メートル）四方だが、外に廻り縁をめぐらしているので、部屋は二間四方、八畳しかない。

戸を立てきってろうそくを灯した部屋に、信長が端座していた。

「又左、まつ、よう来た。まずは座敷のしつらえを見よ」

最上階のこの部屋は天上の間と呼ばれている。壁にも戸板にも金箔を張り、三皇五帝と孔門十哲が描かれている。三皇は神、五帝は聖人で、古代中国の理想の皇帝とされている。孔門十哲は孔子の十大弟子のことだ。

四方の内柱には上り龍と下り龍。天井には天女が宙を舞って迎えに来る天人影向図。すべて金箔の上に描いたもので、ろうそくの灯りを受けて鈍く輝いていた。

「いかがじゃ。天上の間は」

「目もくらむばかりのきらびやかさで、結構この上なきものと存じます」

「まつ、そなたはどうじゃ」

「私のように無学な者には、上様のお考えがよく分かりません」

利家がハラハラするようなことを、まつは平気で口にした。

「ほう。何がどう分からぬのじゃ」

「この絵は唐の国の方々と存じますが、どうしてわが国の聖人君子の絵になさらなかったのでしょうか。この城を阿房宮の形に似せて造られたのと、何か関係があるのでしょうか」

「これ、出過ぎたことを申すな」

利家はたまらず口をはさんだ。

「構わぬ。まつはいくつになった」

「三十五でございます」

「子は？」

「二男五女を持ちました」

「良う努めた。その割には若々しく美しいではないか」

信長はやさしい気遣いをしたが、

「それは暗い中でご覧になるからでしょう」

まつはにべもなかった。

「それでは蘭丸、西側の戸を開けよ。明るい所でまつを拝ませてもらおう」

蘭丸が片ひざ立ちになって戸を開けた。明るい朝の光に照らされ、遠くに連なる比良(ひら)山地と満々(まんまん)と水をたたえた琵琶湖が見えた。

「そこでは見えまい。廻り縁まで出るがよい」

信長にうながされ、利家とまつは外に出た。目もくらむほどの高さで、鳥にでもなったようだった。

「これは……」

見事なものでございますなと言いたかったが、さすがの利家も驚きに息を呑んだ。

まつはへなへなと座り込み、欄干(らんかん)につかまって目をつむった。

「お前、どうした」

「目がくらんで……、血の気が引いて、立っていられません」

まつの声も体も震えている。こんな高所に立ったのは初めてなので無理もなかった。

「まつよ。明るい所で見ても可愛らしいではないか。目を開けぬと、天上の間に来た甲斐がないぞ」

信長が楽しげにからかった。

「嫌でございます。早く地上におろしてくだされませ」

「仕様のない奴だ。せっかくの上様の思し召しを」

実は利家も足がすくんでいる。だがそのようなそぶりは露ほども見せず、まつの体を支えて座敷にもどった。

「蘭丸、まつを下に連れて行き、茶でも飲ませてやれ」

二人が下りるのを見届けると、信長は四方の戸を開け放った。東西南北が見渡せて、まさに天空に浮いているようだった。

「犬千代はまつに似たらしい。妙に強情なところがある」

「わがまま者で、申し訳ございません」

「構わぬ。まつほど賢い女子は滅多におらぬ。他には藤吉郎の女房くらいであろう」

「二人は大の仲良しで、おねどのに頼まれて娘の豪を養女に出したほどでございます」

「あと二、三人は子を作れ。そちが取った大将首より多くなければ、後生が悪かろう」

「ははっ、かしこまってござる」

「この城を阿房宮に似せて造り、三皇五帝や孔門十哲の絵を描かせたのはなぜか。まつはそうたずねたな」

そちはどう思うかと、信長の目がにわかに厳しくなった。

「天下布武のためと存じますが、それ以上の考えは及びません」

利家は正直に答えた。

「天下布武とは何か」

「武家が政の権をすべて握ることでございます。それゆえ上様は守護不入権や、寺社や公家による市や座の支配を否定なされました」

それに従って、自分も気多本宮を焼き討ちにしたと言いたかった。

「その通りだが、問題はその先じゃ。武家が作る新しい天下はどうあるべきか、どのような形にすれば多くの者が納得してくれるか、余は長年考えてきた」

初めは室町幕府を再興すればいいと考えて足利義昭を擁立したが、古くさい幕府の制度では商業や流通が主流となった今の時代には合わなかった。

それなら朝廷を中心に立てようと、天正四年（一五七六）には内大臣に、翌年には右大臣になったが、政権担当能力を失って久しい朝廷はさびついた刀も同然だった。

そこで信長は刀を磨き上げ、創立当初の姿にもどすことにした。それは朝廷を中心とした律令制を復活させることで、手本としたのは奈良時代の日本ではなく、秦や漢、唐の時代の皇帝制だった。

もともと日本の律令制は隋や唐に学び、公地公民制や租庸調の税制を取り入れたものだ。

だから本家本元の制度にならうことで、完全な律令制をきずき上げようとした。

「それゆえ余は、この城の四層と五層を阿房宮に似せて造り、天上の間に三皇五帝を描かせている。又左、そちには分かるか。余がなぜこれほど律令制にこだわるのか」

「愚か者ゆえ、分かりませぬ」

「ひとつは戦を終わらせ、天下統一を成しとげるためじゃ。応仁の乱以来百年以上も戦が終わらぬのは、諸国の大名が私有地を持ち、わが領国だ、わが領民だと我を張ってきたからだ。律令制の頃のように公地公民制にして、皆が朝廷に従う体制を作れば、こうした争いを一挙に終わらせることができる」

　信長はいつになく饒舌だった。

「余が本丸に清涼殿を造り、帝にお住まいいただこうとしているのも、太上天皇になって朝廷を動かそうとしているのも、律令制を再興するためなのだ。そうして一刻も早く天下統一をはたし、国を富ませ兵を強くしなければ、日本は西洋のたわけどもの領地にされてしまう。又左よ。余はそれが分かっていたからイエズス会を保護し、ポルトガルとの交易を盛んにして、西洋の知識と技術を取り入れようとしてきた」

　ところが去年の一月にポルトガルがスペインに併合され、スペインと新たな外交関係を結ぶ必要に迫られた。そこでイエズス会のヴァリニャーノを仲介者とし、五ヵ月にわたって交渉をつづけたが決裂したのである。

「それゆえ家臣や領民にも、キリスト教と手を切ってもらわねばならぬ。余を神体とする盆山を摠見寺に祀り、参拝させることにしたのはそのためじゃ」

「それほど手強いのでございましょうか。キリシタンというものは」

「日本には三十万人の信者がおるとヴァリニャーノは申した。そのうち十万人は兵士となるので、明国を征服するために使ってもらいたいと」

「十万人でございますか」

それは織田家が動員できる兵力に匹敵する。織田家の配下にも高山右近や蒲生忠三郎のようなキリシタン大名がいるが、彼らは入信する時に洗礼親に絶対の忠誠を誓っているので、いざとなれば信長にではなく宣教師に従うおそれがあった。

「それゆえ奴らが態勢をととのえる前に天下統一を成し遂げ、付け入る隙を与えぬようにしなければならぬ。そうであろう」

「まことに、さようでございます」

「来年のうちに上杉、武田、毛利との方をつける。その後は九州征伐を行って奴らの根拠地を叩き潰し、二度とわが国に手出しができぬようにする。我らの役目はそこまでじゃ」

「我らと、おおせられますと」

「天下統一を終えたなら、信忠や若い者たちに国造りを任せる。そちの息子の犬千代もその一人じゃ」

「ははっ、有り難き幸せ」

利家は反射的に平伏したが、それは信長のために骨身を削って働いてきた利家たちの世代を使い捨てるということでもあった。


利勝と永姫の婚礼は七日後の十月二十日に行われることになった。

仲人をつとめる織田信忠の屋敷で顔合わせをし、摠見寺で婚礼をあげ、前田屋敷で披露の宴をもよおす手筈（てはず）である。

この日、利家は朝から落ち着かなかった。これで前田家は織田家の一門衆に準じた地位を与えられる。それは信じられないような幸運、身にあまる厚遇で、嬉しさのあまり地に足がつかない感じがする。

まるで雲の上を歩いているような心地だが、それと同時に立場が変わることへの言いようのない不安と恐れがあった。

それに利家には、近頃気に病んでいることがあった。献上しようとした一千両（約八千万円）を、信長が受け取らなかったことだ。

上杉攻めのために使えとおおせられたと利勝は言ったが、それは働きが足りないという意味ではないだろうか。そんな懸念が黒雲のようにわき上がり、気多本宮を焼き討ちしたと言い出す汐（しお）を失ってしまった。

このことが利家の負い目になっている。それやこれやで、めでたい日だというのに一向に気分が晴れなかった。

「又左衛門兄者（あにじゃ）、何か意に染まぬことでもございましょうか」

弟の秀次が気づかった。披露宴の仕度を任され、用意万端ととのえていた。

「何でもない。上様の姫君を嫁に迎えるのが恐れ多くて、腰の座りが悪いだけだ」

利家はそう言い張り、気がかりを抱えているとは絶対に悟られないようにした。

「お前さま、利勝の仕度がととのいました」

介添え役のまつに案内されて別室をたずねた。

利勝は褐色（濃紺）の紋付に灰色の袴をつけ、床几に腰を下ろしていた。側にはいつものように篠原一孝が従っていた。

「利勝、気分はどうだ」

利家は緊張をほぐしてやろうと軽い調子で声をかけた。

「今日は天気にも恵まれ、ありがたいことでございます。足元が悪いと、ご列席の皆さまが迷惑なされますから」

利勝は自分のことより客のことを気にしていた。

「そんな仲人口のようなことを言うな。嫁を迎える気分はどうだとたずねておる」

「責任の重さを痛感しております」

「そうであろう。何しろ上様の姫君だからな」

しかもまだ八歳なので、子供を預かったようで気骨が折れるだろう。利家はそう案じていた。

「今日は永姫さまがお食い初めをなされた日だそうでございます。それに合わせて婚礼をするように、上様がお申し付けになられました」

「もう会ったのか、姫さまに」

「三日前に局を訪ね、親しく話をさせていただきました」

「どんなお方だ」

「実に利発で愛らしいお方でございます。会って話をなされたなら、父上もきっと驚かれるでしょう」

「さようか。織田家は美形の血筋ゆえ、さぞお美しいことであろう」

「お前さま、まだびんそぎもすませていない童女でございますよ」

美しいという言葉は大げさだと、まつが口をはさんだ。

びんそぎとは女子の元服式で、十四、五歳で行うのが一般的だった。

「まつよ。お前が嫁にきてくれたのは十二歳であった。まだびんそぎもすませていなかったが、充分に美しかったぞ」

「嫌ですよ。そんな世辞まで、上様の真似をしないで下さいな」

「真似ではない。わしは正直なことを申しておる」

それが分からぬかと、利家は不機嫌になった。床入りはびんそぎをすませてからするものだが、利家は待ちきれずに前田家でびんそぎをしてやった。

そうしてまつは、翌年に長女の幸を産んだのだった。

「ところで利勝、ひとつ教えてもらいたい」

利家は話の向きを変えて気づまりを打開しようとした。

「私で分かることでしたら、何なりと」

「上様は唐の皇帝にならって律令制の国をきずかれるそうだ。安土城を阿房宮に似せて造られたのは、それを知らしめるためだそうだが、それとこれとどんな関係があるのじゃ」

「阿房宮は秦の始皇帝がきずかれたものですが、手本となるものがすでにかの国にはありました。周王朝の頃に皇帝の御座所とされた明堂です」

「それはいったい、いつの時代だ」

利家は利勝の話に懸命についていこうとした。

「王朝が成立したのは、今から二千六百年ほど前だと『史記』に記されています。それから八百年ほど国がつづき、秦の始皇帝に亡ぼされました」

「そんな古い時代の建物のことが分かるのか」

「正確に分かるわけではありません。しかし隋の宇文愷という方が明堂についての記録を集め、その姿を再現されたそうでございます」

それによれば一階は丸い形をして、屋根付きの広縁が張り出している。皇帝が万民の参賀を受けられるようにしたもので、安土城もこれにならっている。二階は正方形、三階は八角形に造られ、丸い屋根でおおわれていた。

「ご天主の四層、五層はこれと逆になっています。それは上様が京の金閣を手本にされたからだと聞いております」

「鹿苑寺の金閣なら、わしも拝ませてもらったことがある」

「私は拝したことはありませんが、一層は寝殿造風で金箔が貼られておらず、二層は舞良戸や格子窓などを用いた武家造。三層が三間四方の正方形で禅宗様（唐様）になっていると存じます」

「確かにそうじゃ。三層は安土城の五層とよく似ておる。しかし、上様はどうして金閣などに似せて造ろうとなされたのじゃ」

「金閣は足利三代将軍義満公が、明堂にならって造られたものだからでございます」

「な、何だと」

利勝の話は利家の理解をこえている。いつの間にそんなことまで勉強したかと、呆気にとられるばかりだった。

「義満公は明国の皇帝から日本国王の称号を与えられ、我が国の皇帝になろうとなされました。それゆえ御座所を明堂に似せて造られたのです。上様も安土城の大屋根の上に明堂を載せられたのですが、四角の上を八角形にすると形が悪いので、今のようになされたそうでございます」

「そのようなことを、誰に教えてもらった」

利家の口調が鋭くなった。知識は時に身を滅ぼす諸刃の剣となる。あまりに内情に踏み込めば、口を封じるために命をとられるおそれがあった。

「右筆の武井夕庵さままでございます。上様は安土城をきずくに当たって、さまざまな歴史や故実を調べるように、武井さまにお命じになったそうでございます」

両家の対面は午前十時からと決められている。利家らは午前九時の鐘を合図に屋敷を出て、大手道を登って信忠の屋敷に向かった。同行するのは新郎の利勝とまつ、秀次、篠原長重と一孝の五人である。いずれも正装をし、ぎこちない足取りで石段を登っていった。

信忠の屋敷には枯山水（かれさんすい）の中庭がある。庭に面した客間でしばらく待たされた後、

「どうぞ、こちらへ」

侍女に案内されて対面所に向かった。

「今日は上様も同席なされるのであろうか」

利家にはそれが一番の気がかりだった。

「いいえ。お出ましになるのは披露宴の時だけでございます」

対面所の上座には信忠と正室のすずが並び、下座には蒲生忠三郎、堀久太郎（ほりきゅうたろう）（秀政（ひでまさ））、池田元助（いけだもとすけ）、長谷川秀一（はせがわひでかず）が控えていた。四人は利勝の近習仲間で、文武ともに秀でた者たちだった。

利家ら六人が席に着くのを待って、永姫の一行が入ってきた。

信長が座るべき席は空けて、まつの正面に永姫の母てる、利勝の正面に永姫、その脇に乳母と侍女頭が着席し、秀次、長重と向き合った。

八歳の永姫は、髪を禿（かぶろ）にした童女姿でちょこんと座っている。二十五歳のてるの方が、利勝の嫁にふさわしいと思えるほどだった。

「それではご両家の紹介をさせていただきます」

　蒲生忠三郎がまず前田家を、次に織田家の女たちの名を告げた。永姫の乳母は池田恒興(元助の父)の娘きよ、侍女頭は丹羽長秀の妹しげといった。

　次に信忠が仲人として祝いを述べた。

「この縁組みによって当家と前田家は親戚になった。私と利勝は義兄弟となり、利家どのには義父になっていただく。これからも天下静謐のため、力を尽くしていただきたい」

「ははっ、有り難き幸せでござる」

　利家がいち早く頭を下げ、まつと利勝が少し遅れてそれにならった。

「この機会に双方とも、たずねておきたいこと、伝えておきたいことがあろう。遠慮はいらぬゆえ、気がねなく申すがよい」

「お言葉に甘えて、おたずねいたします」

　まつが即座に、永姫が当家に輿入れされるのはいつ頃になるかとたずねた。

「ご覧の通り年端もいかぬ娘ゆえ、びんそぎがすむまでは手元においておきたいと考えております。いかがでしょうか」

　てるも真っ直ぐに物を言う。こうした所も信長に気に入られていた。

「びんそぎはいくつでなされますか」

「早くても十二歳でしょうか」

「それでは四年後になりますね」

「さようでございます」

「お前さま、いかがでございましょうか」

「そ、そうだな」

利家はあわてて考えているふりをした。

実は一目見た時から永姫の可愛らしさに魅了されていた。こんな天女の卵のような娘が当家の嫁になってくれるかと、幸せいっぱいの気分になっている。

永姫もそれを察しているようで、時々いたずらっぽい視線を投げてくるのだった。

対面はとどこおりなく終わり、両家の者たちは婚礼が行われる摠見寺に向かった。前方に二層の本堂や三重塔が建っている。それを見上げて、永姫がふと足を止めた。

「ナギとナミが祝いに来てくれました。何かほうびを用意しておいてちょうだい」

侍女頭のしげに命じた。

初老のしげは、それならここにと着物の胸元を押さえた。

「おい。ナギとナミとは何のことだ」

利家は利勝に体を寄せてたずねた。

「永姫さまが仲良くしておられるカワセミです。本堂の上を飛んでいったのでしょう」

「見えなかったぞ。そんなものは」

そもそも人とカワセミが仲良くなれるはずがないと、利家は端(はな)から思い込んでいた。

「前田のお義父(とう)さま」

横を歩く永姫が、初めて利家に声をかけた。

「ははっ、お呼びでございましょうか」

利家は足を止めて片膝をついた。

「お義父さまなのですから、そのような行儀は無用ですよ」

「いえ、上様の姫君でござるゆえ、そういう訳には参りませぬ」

「私は鳥や虫や草花とも仲良しです。ナギとナミはあたりの様子を確かめてから、本堂の屋根にとまるでしょう」

「それは結構なことでござる」

「それから父のこと、あまり気に病まないで下さいね。父はお義父さまを誰より信用していますから」

（えっ？）

気に病んでいることなどおくびにも出していないのに、掌(たなごころ)を指すように見抜かれている。これはどうしたことだろうと、利家は狐(きつね)につままれた気がした。

婚礼は摠見寺の本堂で行われ、織田信忠が媒酌(ばいしゃく)の労をとった。

利勝と永姫は信長のご神体の下で三々九度の盃を交わし、晴れて夫婦(めおと)になった。式を終えて外に出ると、二層の屋根に二羽のカワセミがとまっていた。

二人の結婚を祝福するようにツィツィと鳴いている。オスは空の色に染まったような青色の背をしている。メスは森の色を写したような緑色だった。

「ほら来てくれたでしょう。ほうびを上げて下さいな」

永姫は顔を上げ、カワセミに向かって嬉しげに手を振った。

披露宴は午後一時から前田家の屋敷で行われた。

急なことで内輪だけの祝いになったが、織田家の一門や重臣、利勝の近習仲間や前田家の縁者など、三十人ばかりが列席した。

利勝は永姫と上座に座り、神妙な顔をして皆から祝いの挨拶を受けた。つつがなく式を終えることが一番である。永姫が疲れると気の毒なので、なるべく短い時間で切り上げたいと考えていた。

「利勝さま、そのようなお心づかいは無用ですよ」

永姫がくりくりとした愛らしい目を向け、今日はナギとナミが来てくれたから大丈夫だと言った。異能の童女で、人の心を読めるばかりか先のことを言い当てる力までそなえていた。

「今日は上様が手ずからもてなして下さる。それが終わったなら、二人とも退席していいとおおせだ」

「あら、まだ上様と呼ぶのですか。義理の息子になられたのに」

「冬姫さまを娶られた蒲生忠三郎どのも、上様と呼んでおられる。義父上と呼びたいところだが、忠三郎どのにならうことにした」

永姫の異能に気付いて以来、利勝は何もかも正直に話すことにしている。嘘はすぐに見抜かれるのだから、取りつくろったところで仕方がない。正直でさえいれば何もかも分かってくれるのだから、これほど楽なことはなかった。

「上様のお成りでございます」

近習頭の堀久太郎が先触れをつとめ、肩衣袴(かたぎぬはかま)姿の信長が祝いの膳をささげて入ってきた。

信長は茶の湯の宗匠(そうしょう)のように端正な所作で利勝の前に膳を置き、

「婿どの、永を嫁にしていただきかたじけない」

両手をついて頭を下げた。

「こちらこそ、かたじけのうございます。永姫さまと夫婦になり、上様のご縁につながることができたこと、これに優(すぐ)る果報はございません」

「お永はどうじゃ。利勝の嫁になれて嬉しいか」

「嬉しゅうございます。こんなに心の澄んだ殿方はおられません」

「ならば父が祝いの餅を作ってやろう」

信長は堀久太郎に麦こがしを入れたすり鉢を運ばせ、湯を注いですりこぎでねり始めた。麦の粉をこがしたものを湯でねり上げ、葛粉(くずこ)を加えるとわらび餅のようになる。これを茶碗に取り分けて二人の前に運んだ。

「さあ食べよ。三日夜(みかよ)の餅じゃ」

平安時代の婿取り婚の頃、求婚する男は娘の家に通って一夜を過ごした。これが三日目になると婚約が成立したと見なし、娘の父親は三日夜の餅を供して男をもてなした。そして男が帰宅する時には、娘の着物（三日夜の衣(きぬ)）を渡して二人の仲が円満であるように祈った。

織田家は劔(つるぎ)神社（丹生(にゅう)郡越前(えちぜん)町）の神主だった頃から、古式ゆかしい伝統を守っている。信長も永姫のためにその仕来りを尊重し、三日夜の餅ばかりか三日夜の衣まで用意していた。

「これを受け取ってくれ。永が袖を通した帷子(かたびら)じゃ」

唐子(からこ)を描いた緋色(ひいろ)の帷子を載せた折敷(おしき)を、神妙な顔をして差し出した。

利勝は両手を伸ばしてこれを受け取ったが、信長のもてなしはこれだけではなかった。

何と謡曲『高砂(たかさご)』を謡ったのである。

〽高砂やこの浦舟(うらぶね)に帆を上げて
　月もろともに出潮(いでしお)の
　波の淡路の島影や
　遠く鳴尾(なるお)の沖過ぎて

信長は何でもできる男である。若い頃から幸若舞(こうわかまい)を好んでいるので、拍子の取り方も声の出し方も堂に入っている。

しかしこれほど楽しげに芸を披露するのは、絶えて久しいことだった。

運命の天正十年（一五八二）が明け、信長は二つの敵に直面することになった。

一つは備後の鞆ノ浦（福山市）を拠点とする将軍足利義昭で、これを西国の雄毛利輝元が副将軍となって支えていた。

もう一つはイエズス会を中心としたキリシタン勢力で、これには「太陽の沈まぬ大国」となったスペインという強大な後ろ盾があった。

スペインはポルトガルを併合し、マカオ、マニラを拠点として南蛮貿易を支配している。この貿易路が断たれれば弾薬の輸入ができなくなるので、鉄砲の大量使用によって覇権を確立してきた信長にとって死活問題だった。

さらに懸念すべきは、イエズス会の主導によって日本最大のキリシタン大名である豊後の大友宗麟と毛利輝元が手を結ぶことだった。

もし両者が同盟し、将軍義昭を奉じて諸大名に挙兵を呼びかけたなら、信長の命運は尽きるだろう。キリシタンは外部ばかりでなく織田家の中にもいるのだから、裏切り者が続出する事態になりかねなかった。

それを防ぐ方法は二つしかなかった。一つは弾薬の備蓄がある間に武田、上杉、毛利などを屈服させて天下統一を成し遂げること。もう一つは信長自身が将軍となり、足利義昭から大義名分を奪うことだった。

信長は目的をとげるべく、この年二月に行動を起こした。

木曾義昌を調略して身方に引き入れたのを機に、嫡男信忠を大将とする六万の大軍を信濃、甲斐に侵攻させ、武田信玄の後継者である勝頼を征圧することにしたのである。

武田勝頼は越後の上杉景勝と甲越同盟を結んでいる。そこで上杉の動きを封じるために、信長は柴田勝家を大将とする北陸勢に、越中から越後に侵攻するように命じた。

まず標的としたのは、上杉家が越中東部の守りの拠点としている松倉城と魚津城（ともに魚津市）である。この作戦に、能登一国を拝領した前田利家も加わっていた。

利家らは三月初旬に富山城に入り、佐々成政や神保長住ら越中勢と合流して計略を申し合わせた。利家、勝家らは一万五千の兵で魚津城を、成政は一万の兵で松倉城を攻め、富山城には神保長住を大将とする三千の兵を残して守りを固めることにした。

三月十日の早朝、利家らは富山城を発って魚津城に向かった。

幸い晴天で空気は澄んでいる。前方には雪をかぶった立山連峰が青空を背にしてつらなっている。山のふもとには山桜が薄桃色の帯となってつづき、あたりの野原には春の草花が色とりどりの花をつけていた。

利家は立山連峰を間近に見て、美しさと雄大さに心を打たれた。七尾城からも海をへだてて望むことはできるが、こうして眼前にすると迫力に圧倒され、自分が豆粒のような存在でしかないと思い知らされるのだった。

魚津城は立山連峰から流れ出す角川の下流にあった。南を角川、北を神明川（鴨川）、西を海、東を深田（湿田）によって守られた要害の地である。

北陸道がとおる交通の要衝であり、魚津港は富山湾の要港のひとつなので、古くから新川郡の中心地として栄えていた。

角川の浅瀬をわたった織田勢は魚津城の南方に本陣をおき、城攻めの手順を決めることにした。ところが各将が席について間もなく、富山城から急使が駆け込んで来た。

「申し上げます。本日未明、上杉方に通じた者が富山城に乱入し、神保長住どのを人質として城を乗っ取りました」

「な、何だと」

柴田勝家が床几をはね飛ばして立ち上がり、主謀者は誰だとたずねた。

「小嶋職鎮、唐人親広らでございます」

「人数は」

「夜陰に乗じて城に押し入り、門を固く閉ざしております。人数を確かめることができません」

「三千もの兵を抱えていながら、どうしてそのような輩に城を乗っ取られるのじゃ」

「どうやら神保どのの手勢の中に、上杉方に内通した者がいるようでございます」

「富山城内の者が、上杉方を引き入れたと申すか」

神保長住のうかつさと越中侍の節操のなさを、勝家は膝を叩いて悔しがった。

もともと小嶋職鎮も唐人親広も神保家の家臣で、長住の父長職とともに上杉謙信に従っていた。

ところが、天正六年（一五七八）に謙信が急死すると、二人とも織田信長に従い、職鎮は火宮城（射水市日宮）、親広は小出城（富山市水橋小出）を任された。

これは織田方として行動していた長住が、信長の支援を得て富山城に入った後、二人の服属を許すように信長に嘆願したからである。

「それからわずか四年しかたたぬのに、恩人の長住どのを幽閉して上杉方に通じるとは、日和見と言うか利に聡いと言うか、あきれ返った者たちではないか」

「恐れながら、それが越中気質なのでございましょう」

使者は今さらそんなことを言われても困ると言いたげだった。

「さようでござる。今すぐ兵を返して富山城を攻めるべきと存じまする」

利家の判断は勝家よりはるかに早かった。

「確かにそうじゃが、魚津城はどうする。もし富山城の乗っ取りが上杉方と示し合わせてのことなら、魚津城の敵は我らが兵を返すのを待ち構えて襲いかかってくるであろう」

「この程度の城では、多くて二千ほどしか籠もれませぬ。この又左が殿軍をつとめますゆえ、親父さまは富山城までまっしぐらに駆けて下され」

「さようか。又左がそうしてくれるなら有り難い」

どうやら勝家が弱気なふりをしたのは、利家に殿軍の役を押し付けるためだったらしい。

ただちに陣を払って富山城に向かうように全軍に下知をした。

「又左衛門兄者、いつもながら損な役回りをなされまするな」

弟の秀次が苦笑した。

「それでいいのじゃ。親父さまはあれくらい言わなければ、尻を上げようとなされぬ」

「それでは私はひと足先に小出城に行きたいと存じますが、お許しいただけましょうか」

「何をするつもりじゃ」

「唐人親広の親族や郎党がどうしているか、確かめておきたいのでございます」

唐人親広は富山城を乗っ取る直前まで小出城にいて織田方に属していたが、城に残した一族や郎党には決行の直前に脱出するように命じたはずである。

「その者たちを捕らえれば、親広らの人数や計略を白状させることができましょう」

秀次は常に沈着で、一歩先を見据えていた。

まず柴田勝家の本隊九千。佐久間盛政の三千が角川をわたって退却を開始し、秀次が三百の手勢をひきいて小出城に向かった。

利家は三百騎の馬廻り衆と二百の鉄砲隊を指揮して魚津城南方の本陣に踏みとどまり、長連龍と土肥親真の軍勢を先に退却させ、村井長頼、奥村家福が指揮する前田勢一千をその後に従わせた。

利家らが富山城にもどったのは三月十三日の午後である。すでに松倉城攻めに向かっていた佐々成政も、一万の兵をひきいてもどっていた。

勝家は城の東の東勝寺に本陣をおき、諸将を集めて対応を協議した。

「方々、このような仕儀になり、申し訳ござらぬ」

南蛮胴の鎧をまとった成政が深々と頭を下げた。

信長から神保長住を与力にして越中一国を差配するように命じられている。長住の不始末は自分の責任だと、いさぎよく非を認めた。

「詳しいいきさつは、神保の家臣である寺島備前守より申し上げる」

「寺島でござる。それがしは三月十日から一千の兵を指揮して二の丸の守りに当たっておりました。するとその日の夕方、城外にいた小嶋と唐人が殿の命令だと言い、兵をひきいて本丸に入ろうとしたのでござる」

　そんな話は聞いていない。殿に確かめるのでここで待てと、寺島備前守は小嶋職鎮と唐人親広を引き止めたが、本丸から神保長住の一門の覚広が出て来て、

「長住どののお申し付けゆえ案ずるな」

　そう言って長住の書状を示した。

　これには寺島も従わざるを得なかったが、それから四半刻（三十分）もしないうちに、殿は上杉に身方されるので籠城の仕度にかかれと下知が下ったのである。

「二の丸の兵の多くは下知に従って城門を閉ざし始めましたが、それがしは解しかねるゆえ、二百の手勢をひきいて城を出たのでございます」

「まことか。長住どのが上杉方になられたというのは」

　勝家は思わぬ事態に困惑していた。

「そのようなことはないと存じます。覚広どのや小嶋、唐人に人質に取られ、身動きが取れないのだと存じます」

「城内の人数はいかほどじゃ」

「本丸に一千、二の丸に八百でござる」

「鉄砲は？」

「三百ばかりかと」

「又左、どうしたものかのう」

思案に詰まった勝家は、いつものように利家に話を向けた。

「それがしには城の構えも城内の様子も分かりません。内蔵助（くらのすけ）の考えを聞くべきでございましょう」

利家は佐々成政に後を任せた。

「これをご覧いただきたい」

成政が富山城の絵図を机上に広げた。

川に囲まれた一里（約四キロ）四方ばかりの低湿地が富山郷（ごう）で、城は土川（つちかわ）ぞいの南の高台を利して建てられていた。その高台に本丸をおき、北側の底地に二の丸を配している。本丸と二の丸には内堀と外堀をめぐらし、土川からの水を引き入れていた。

「寺島も申した通り、神保長住どのに謀叛（むほん）の意志はないと存じます。二の丸の兵が事情も分からず謀叛の輩（やから）に従っているのなら、兵を入れて一気に制圧することができましょう」

成政は果断な武将である。一つ年下の利家とは若い頃から武功を競い、信長麾下（きか）の黒母衣衆（くろほろしゅう）、赤母衣衆の筆頭に任じられた間柄だった。

「それはどうであろう。様子も分からぬまま攻め入っては、思わぬ不覚を取りかねぬ」

大将をつとめる柴田勝家は、いつものように慎重だった。

「城内の様子は寺島が申した通りでござる。今ならまだ、二の丸の者たちを身方に引きもどすことができるはずでござる」

「しかし敵は、神保長住どのを人質に取っておるのじゃ。むやみに攻め入っては、長住どののお命が危うくなる。攻めるにしても上様のご下知を待ってからにするべきであろう」

「これは柴田修理（しゅり）どののお言葉とも思えませぬ」

成政が気色（けしき）ばんで声を荒くした。

「越中一国はこの内蔵助が預かり、神保どのはそれがしの与力でござる。こうした場合の判断は、それがしに任せていただきたい」

「見殺しにすると申すか。神保どのを」

「かの御仁（ごじん）の不始末で、このようなことが起こったのでござる。それにこのまま手をこまねいていては、上杉勢や一向一揆に背後を衝（つ）かれましょう。そうなれば越後への侵攻が遅れ、上様のお申し付けを果たせませぬぞ」

「神保家は代々越中の守護代をつとめ、一門や親族も多い。ここで長住どのを見殺しにしたなら、その者たちが敵方になり、かえって越中平定に手間取ることになる。それに神保どのはそちの与力とはいえ、生殺（せいさつ）の権まで与えられているわけではない。お決めになるのは上様だ」

「それでは修理どのは、上様への使者がもどるまで待つとおおせられるか」

成政は鍾馗（しょうき）のような丸い顔を上気させ、殺気立った目で勝家を見すえた。

「手をこまねいているわけではない。富山城のまわりと、魚津、松倉へのつなぎの城に兵を入れ、越後への侵攻に備えておく」

「ご無礼ながら、そんなに悠長に構えておられるゆえ、藤吉郎ごときに虚仮（こけ）にされるのでござる」

「な、何だと」

勝家は毛むくじゃらの顔を怒りに赤くした。

「手取川（てどりがわ）の戦に敗れたのは、修理どのが七尾城への進軍をためらって戦機を失われたからでござる。今度もまったく同じではござらぬか」

「内蔵助、言葉が過ぎるぞ」

利家はたまらず間に入った。

「おぬしが一刻も早く城を奪い返し、失策を挽回（ばんかい）したいと思うのは分かる。だが城中では、長住どのばかりかご家族まで人質になっておるのじゃ。これを見殺しにしたとあっては、親父さまが申される通り越中の国衆の信頼を失うことになろう」

「又左、お前も能登一国を預かる身となったのであろう」

「おお、その通りじゃ」

「ならばそろそろ、親父さまから独立したらどうだ。すねかじりの三男坊ではあるまい」

「内蔵助、相手を見てから物を言え。血気にはやって相手構わず突きかかると、進退きわまることになるぞ」

　利家は若い頃から成政の傍若無人な態度に業を煮やしている。だから絶対に負けられぬと、男を磨いてきたのだった。

「又左、お前は算盤ばかりはじいておるゆえ、天下の大事が見えておらぬのだ。上様は甲斐の武田、越後の上杉を同時に攻め亡ぼそうとしておられる。今頃は信濃まで出馬して、陣頭指揮を取っておられる頃じゃ。我らはこれに呼応して、西から越後に攻め込まねばならぬ。越中一国にこだわっている場合ではないのだ」

「その通りだが、お前はそのために何をした。神保どのが人質になったと知った時、何か手を打ったか」

「こうして松倉城から取って返しておる。修理どのが許して下されば、わしの手勢だけで城を奪い返してみせる」

「内蔵助よ。だからお前は思慮が足りぬと言うのだ」

　利家は策ある者の余裕を見せて話を進めた。

「それなら又左、お前は何をした」

「わしか。わしは魚津城から取って返す途中、唐人親広の一族郎党を捕らえるために弟の秀次を小出城につかわした」

　利家は方便を使った。小出城に行くと言ったのは秀次だが、成政を説き伏せるためにこれを使うのは利家の才覚だった。

「唐人の親族を捕らえれば、奴らがどんな計略を立てているか突き止めることができる。人質にすれば神保長住どのと交換を持ちかけることもできよう。だから短気を起こすのはしばらく待て」

「しばらくとは、どれほどだ」

成政は表裏のない男である。腹を立てながらも、利家の言う通りだと思いはじめているのが透けて見えた。

「それは分からぬ。二、三日。いや、四、五日になるかもしれぬが、兵を損じずに城を奪い返すことができれば、これに越したことはあるまい」

利家は何とかこの場を丸くおさめたが、唐人の一族郎党を捕らえることはできなかった。

富山城を包囲して四日目、三月十七日に思わぬ噂（うわさ）が伝わってきた。織田勢は三月十一日に武田勝頼を討ち取り、甲斐、信濃を平定したというのである。

「まことか」

利家は村井長頼を呼んで真偽を確かめた。

「信濃や飛騨（ひだ）を往来する商人が申すことゆえ、間違いないと存じます。おっつけ信長公から詳しい知らせが参りましょう」

「さようか。上様のお力はかくも大きいとはいえ、あの武田がこれほど呆気（あっけ）なく亡びるとはのう」

利家は一抹（いちまつ）の寂しさを覚えた。

「武田の力が落ちていたのは事実ですが、さしたる抗戦もせずに亡びたのは、他に理由があるようでございます」

「ほう、どんな理由だ」

「信濃で山焼け（火山の噴火）が起こり、国中が灰に埋もれたそうでござる」

信濃と上野（こうずけ）の国境（くにざかい）にある浅間山は、織田信忠が甲州（こうしゅう）に向かった二日後、二月十四日に大噴火を起こした。被害は遠く離れた甲斐にもおよび、甲府では火山灰が七寸（約二十一センチ）ちかくも積もった。

このため武田勝頼も配下の武将たちも領民の無事をはかるのに手一杯で、侵攻してくる織田勢を防ぐ余力がなかったのだった。

「武田勝頼どのは配下の武将を頼って落ち延びようとなされましたが、滝川一益（たきがわかずます）どのの軍勢に行く手をはばまれ、天目山（てんもくざん）の麓（ふもと）で自刃（じじん）したそうでございます」

長頼は状況を聞き集めていた。

「勝頼どのとは、長篠（ながしの）の設楽ヶ原（したらがはら）で戦ったことがある。ひとかどの武将と見受けたが、名門武田家も天運に見放されたのかもしれぬな」

「武田を亡ぼしたとなれば、信長公は余勢をかって越後に兵を進められましょう。我らもその時に備えておかねばなりませぬな」

「ところがこのような体たらくじゃ。親父さまと内蔵助の足並みがそろわなければ、富山城を一気に攻めつぶすことはできぬ」

動くに動けず、悶々（もんもん）として日を送っていた時のことである。利家は小用を足すために陣所の外に出た。

雪におおわれた立山連峰の雄大な山々をながめながら用を足していると、目の前の草むらで何かが動いた。野ねずみか何かだろうと気にもしなかったが、それは草をゆらしながら前から横へ、横から後ろへと利家を取り巻くようにはい回り、再び元の位置に戻った。

「むむっ……」

利家は異変に気づいて刀の柄（つか）に手をかけたが、その時には何者かが背後に立っていた。

「前田又左衛門さまとお見受けいたす」

覆面をした男が声をかけた。

不覚にも完全に後ろを取られている。敵ならば殺されている間合いだった。

「誰だ、そなたは」

利家は刀の柄においた手をはずし、抗（あらが）う意志がないことを示した。

「盗みを稼業とする者でございます」

「そのような者が、何の用だ」

「富山城に立て籠（こ）もった輩に、手を焼いておられるとうかがいました」

「さようか。それで」

利家はちらりと背後の様子をうかがった。野良仕事に出る者のように腰刀を差しているが、体付きはいかにも敏捷そうだった。

「お役に立てることがあるのではないかと、声をかけさせていただきました」

「何ができる」

「城内に忍び入り、様子をさぐることができます。お望みとあらば、火を放って攪乱いたしましょう」

「そなた、忍びか」

「盗みを稼業としていると申し上げました」

「望みは」

「使えると見込まれたなら、家来の末席に加えていただきとうございます」

「良かろう。殊勝な申し様じゃ」

利家はそう言って油断させ、ふり向きざまに蹴りを入れて相手の足を払おうとした。

ところが男は軽々と飛び上がって蹴りをかわし、くるりと一回転して利家の前に立った。

しかも腰刀を抜き、いつでも斬りかかれる構えを取っている。

「いかがでございましょう。使えると見込んでいただけましたか」

「今夜のうちに城に忍び込めるか」

「むろん」

「ならば明日の朝までにわしの陣所に報告に来い。それによって決める」

「承知いたしました」

「その方、名は」

「家来になってから、名乗らせていただきます」

男は翌日の夜明け前にやって来た。

利家は勝家が本陣とした東勝寺の塔頭(たっちゅう)を陣所にし、門を厳重に閉ざして夜番の兵をおいている。ところが男はやすやすと境内に忍び入り、利家の寝所の庭先に黒い影となってうずくまっていた。

「盗っ人か」

「朝までに報告に来いとおおせられました」

異変に気付いた宿直(とのい)の者が駆け込んできたが、男は少しも動じなかった。

「それで首尾は」

「神保長住は妻子や侍女とともに本丸御殿に幽閉されております。神保覚広、小嶋職鎮、唐人親広らが厳しく監視しておりますので、自由に厠(かわや)へ行くことさえできませぬ」

「城内の様子はどうじゃ」

「本丸には七百、二の丸には五百ばかりと見受けました。鉄砲は二百ほどかと」

「妙だな。寺島は千八百と申しておったが」

「寺島が退去した後も、城を抜ける者がいたのでございましょう。謀叛の輩はこれを止めるために、小嶋と唐人の兵を配して門を閉ざしております」

「城を奪い返す手立てはあるか」

「それがしが再び本丸に潜入しますので、二の丸に攻め入って下され。その混乱に乗じて長住を盗み出し、前田さまのもとに届けます」

「そうしてくれれば、気がかりなく攻め落とすことができる」

「さにあらず。二の丸を制したなら、本丸で人質になっている長住の妻子や侍女と引き替えに、謀叛の輩全員を助けると申し入れます。さすれば死人を出さずにすみましょう」

「ならば二の丸に、内通者を仕立てることはできぬか」

「それは難しゅうございます。ただし」

手下が二人いるので、その者たちに城門を開けさせることができる。男は事もなげにそう言った。

「気に入った。今日から百石で召し抱える。仕事に応じて給金は別に渡す」

「この仕事の給金は、いくらでございましょうか」

「そうだな」

利家は一瞬ためらったが、文机(ふづくえ)に入れた巾着(きんちゃく)を中庭にほうり投げた。金の小粒が十五両（約百二十万円）ほど入っていた。

男は中身と重さを確かめ、

「それがしは四井主馬(よついしゅめ)と申します」

にやりと笑って経歴を語り始めた。

「伊賀(いが)の忍びの家に生まれ、諸国を渡り歩いた後、甲斐の武田家に仕えました。信玄公ご存命の頃でございます。勝頼公からも扶持（ふち）を受けておりましたが、浅間山の山焼けに遭い、武田を見限って新たな奉公先をさがしておりました」

「四井主馬、歳はいくつじゃ」

「四十六」

「わしと同じではないか。これから内蔵助の陣所へ行く。供をせよ」

利家は向かいの塔頭にいる佐々成政の陣所をたずね、主馬の計略を伝えた。

「その方、どうやって神保長住どのを盗み出すつもりだ」

成政は本当にできるのかと言わんばかりだった。

「本丸には辰巳櫓（たつみやぐら）がございます。夜半には見張りの者もおりませぬので、長住を連れて櫓に上がります」

「それからどうする。あの櫓から二の丸までは十間（約十八メートル）ばかりの高さがあり、下におりることはできぬ」

「長住に縄をかけて吊り下ろし、二の丸に入れた配下に受け取らせます。そうして炭小屋にでもかくして夜明けを待ち、城門を開けて身方に討ち入ってもらいます」

「内蔵助、どうじゃ。これなら雑作もあるまい」

「確かに、そうだな」

「ならばわしとおぬしで東西の門から討ち入り、城を奪い返そうではないか」

「又左、なぜわしを誘う」

成政が火薬でもかいだようにきな臭い顔をした。

「どういう意味じゃ。それは」

「これだけの段取りがあれば、そちの手勢だけで城を奪い返すことができよう。手柄を一人占めしたいとは思わぬか」

「見くびるな。わしはそれほどケチな男ではないわ」

成政より優位に立つ喜びに、利家の鼻の穴は馬のように開いていた。

「越中一国を預かっているのは内蔵助じゃ。手柄を立てて面目を保ってもらわねば、上杉との戦にも支障をきたすことになる」

「又左、おぬしがそう言ってくれるなら、わしが陣頭で指揮をとろう。しかし、修理どのはご承知なのか」

「昨日、親父さまが信濃につかわしていた使者がもどった。神保どのの扱いは任せると、上様はおおせられたそうじゃ」

「討ち入りのことも伝えてあるのだな」

「計略は密なるを要すだ。わしら二人でやろう」

「すまぬ。恩にきる」

成政が照れた顔をして礼を言った。

主馬はこの日の夜に城内に忍び込み、翌朝未明に手はず通り神保長住を盗み出した。そうして配下二人が二の丸の門を開けるのを待って、利家と成政が東西から兵二百ずつをひきいて乱入した。

「佐々内蔵助と前田又左衛門じゃ。神保長住どのに頼まれて、その方らを助けに来た」

成政が大音声(だいおんじょう)に呼ばわると、二の丸の兵たちは凍りついたように立ちつくした。それを見計らって四井主馬が直垂(ひたたれ)姿の長住を皆の前に連れ出した。

「わしが上杉方についたとは、謀叛の輩が流した虚説じゃ。まどわされるな」

長住が呼びかけると、家来たちは武器をおいて地べたに平伏した。

「本丸に籠もっておる者たちもよく聞け。人質を解き放って出て来るなら罪は問わぬ。城を出てどこへなりと行くがよい」

長住はそれを保証するために、本丸の門から二の丸の西門まで神保家の兵を二列に並べて道を作った。兵たちが両腕を組み合わせて攻撃する意志がないことを示すと、神保覚広や小嶋職鎮らが長住の妻子や侍女らを先に立てておずおずと出てきた。

従う者は百人ほどしかいない。謀叛に加わった家来の大半は、越中から逃げ落ちていく主(あるじ)に見切りをつけ、神保長住に従う道を選んだのである。

兵を損じることなく富山城を奪い返した利家は、忍びの力の大きさを痛感し、四井主馬に伊賀の忍びを集めさせて「偸組(ぬすみぐみ)」を作ったのだった。

富山城を奪回した利家らは、天正十年四月初めから魚津城攻めにかかった。

南の角川を背にして柴田勝家の本隊一万、出丸(でまる)のある北側には利家、長連龍らの三千、東には佐久間盛政の三千が布陣している。

これに対して上杉方は中条景泰、吉江信景、蓼沼泰重ら十二人の武将が二千五百の兵をひきいて立てこもっている。その中には加賀一向一揆の藤丸勝俊、亀田長乗の姿もあった。

一方、松倉城には佐々成政が一万の兵をひきいて攻めかかっている。富山城主だった神保長住は無事に助け出されたが、城を乗っ取られた不始末を信長にとがめられて失脚したために、成政が名実ともに越中の国主になっていた。

この頃、甲斐、信濃を制した織田信長は、徳川家康に案内されて富士遊覧の旅に出ている。富士川ぞいを南に下り、大宮（富士宮市浅間神社）に立ち寄り、東海道をゆるゆると安土に向かっていた。

その間にも柴田勝家に使者を送り、越後攻めは急ぐなと指示をしている。天下統一を急ぐために兵を損じることなく上杉を屈服させ、東国の平定を終えた後に西国の毛利家やキリシタン勢力と対峙したかったからである。

命令を受けた勝家は、魚津城のまわりに付城をきずき、籠城した敵への備えを厳重にするとともに、上杉景勝が救援に出て来た場合にも戦えるように空堀や柵を厳重に巡らすように命じた。

両軍のにらみ合いが半月ほどつづいた頃、越後の探索に出ていた四井主馬がもどった。

「上杉景勝は信濃口の仕置きのために、八千の兵をひきいて出陣しております。そこで能登の遊佐、三宅、温井らを魚津城の救援に向かわせました」

「遊佐らの人数は」

「一千ばかりでございます。これに越後衆三百ほどが同行しております」

一行が春日山城下（上越市）から出陣するのを、四井主馬は自分の目で確かめていた。

「たわけが。その程度の人数で何ができるというのだ」

「狙いは二つあると存じます。ひとつは前田家配下の能登衆を調略して離反させること。もうひとつは遊佐らを船で能登に渡して、ご領内に攻め込ませることでございます」

「その用意をしているのか」

「上杉水軍は生地の港（黒部市生地）を拠点としております。ここから船を出せば、能登までは一日で着きます」

「たわけどもが。我が領国に指一本でも触れてみろ。槍の又左がなで斬りにしてくれるわ」

　利家が危機感と怒りに総毛立っているところに、七尾城の兄安勝から書状が来た。領内の仕置きについて指示をあおぎたいという。

　ひとつは領民の処刑のことである。先に捕らえた上戸村（珠洲市上戸町）の百姓は処刑せよとの命令だったが、取り調べをしたところ正直者で村人の信頼も厚いので、助命することはできないか。

　もうひとつは米の貸し出しのことだ。近頃は不作と戦つづきで米価が高騰し、領内の四ヵ村が米を貸してもらいたいと願い出ている。どう対処すべきか指示をしてほしいというのである。

　これに対して利家は、四月十八日付で返書を送っている。これには当時の利家の気持ちと立場がよく表れているので、意訳して紹介させていただきたい。

「先に捕らえていた上戸村の百姓については、磔(はりつけ)にするように申し付けていたが、ひときわ正直な者なので処刑するのは行き過ぎではないかという意見をうけたまわった。しかし、たとえ仏であろうとも、将来のために必要なことなので、申し付けた通り成敗してもらいたい。またかの者一人に限らず、船を出さない者はすべて成敗するべきである。府中の港の海端(うみばた)にならべ、磔にせよ」

　上戸村の百姓の罪は船を供出しなかったことである。この頃利家は、能登から魚津まで物資をはこぶためと、上杉家の水軍力に対抗するために、津々浦々から船を徴発していた。ところが気多本宮を焼き討ちしたことへの反発もあって、これを拒む者たちが多かった。

　本来なら時間をかけて船主たちを説得するべきだが、上杉勢との決戦が目前に迫っている状況では、そうしている余裕がない。そこで武力と強権によって脅しつけることにし、命令に背く者は「たとひほとけにて候とも」処刑するように命じたのである。

　また、四ヵ村への米の貸し出しについては次のように指示している。

「四ヵ村の者たちが米を借りたいと申し出てきたとのこと、承知した。越前から米がとどき次第貸すようにせよ。すべて私が指示をするので、追って連絡する」

　困窮した領民を助けるのは国主の務めである。利家はその役目を忠実にはたそうとしているし、米が一貫三百文に値上がりしたと書いてあるのを見て、それは一俵のことか一石のことか知らせてもらいたいと申し入れている。

そのほかに興味深いのは、「大鉄砲の玉二十を中居（鳳珠郡穴水町）の三右衛門に鋳造させて魚津に送るように」と申し付けていることだ。しかも「見本を送るので、急いで作るように。出来たなら一刻も早く持ってきてくれ」と頼んでいる。

この頃利家らは、越後から出てこない上杉景勝をおびき出すために、魚津城への攻撃を強化していたが、城の守りが堅固なので大鉄砲を使って土塀や城壁を撃ち崩そうとしていたのだった。

五月五日、端午の節句の夜半、利家の陣所に四井主馬がやって来た。

「昨日早朝、上杉景勝が八千の精兵をひきいて春日山城を出ました。松倉往還をたどって、天神山城に入るものと思われます」

松倉往還とは越後と松倉城を結ぶ山中の道である。天神山城は魚津城の一里半（六キロ）ほど東、片貝川をこえたところにある山城だった。

「景勝めが。その程度の兵で我らに勝てると思うておるのか」

飛んで火に入る夏の虫だと、利家は闘志をかき立てた。

「ひとつ、気がかりがございます。越後からもどる途中、上杉水軍の拠点である生地の港の様子を見て参りました」

すると五十艘ばかりの船が出港の仕度をしていたと、四井主馬が告げた。

「それは能登の輩か」

「話し言葉がそのようでございました。上杉の助力を得て、能登に討ち入ろうとしているのでございましょう」

「良く知らせてくれた。ところで、伊賀者は集まったか」

「三人を雇うことにしました。伊賀の本家に頼んでおりますが、すぐには寄こしてくれません」

「その割には目がとどく。すまぬがこのことを七尾の兄安勝に知らせ、用心するように伝えてくれ」

　利家は主馬を間近に呼び、三十両（約二百四十万円）が入ったずしりと重い巾着を渡した。

　主馬の予測は四日後に現実となった。

　長景連（かげつら）にひきいられた能登衆が、海を渡って棚木城（たなぎ）（鳳珠（ほうす）郡能登町宇出津（うしつ））を占領したと、安勝の使者が告げたのである。

「いつのことだ」

「昨日、九日夜でございます」

「人数は」

「敵は夜陰に乗じて宇出津の舟隠しに入り、一気に城を乗っ取ったようです。それ以後城門を閉ざしておりますので、人数は分かりません」

「兄者はどうしておられる」

「七尾を空けることはできないので、長家の者に命じて城を見張らせておられます。このままでは敵が続々と棚木城に入るおそれがありますので、急いで援軍をつかわしていただきたいとおおせでございます」

「分かった。長連龍どのに行ってもらう。これから相談するゆえ、そちも参れ」

　利家は使者を従えて連龍の陣所へ向かった。

　長景連は連龍の一門だが、父祖の代に一門の内紛によって能登を追われ、上杉謙信を頼って越後に逃れた。天正四年（一五七六）に謙信が七尾城を攻めた時に景連は先陣をつとめ、翌年に七尾城を攻め落とすと正院川尻城（珠洲市正院町）や棚木城を与えられて能登に返り咲いた。

　ところが天正六年に謙信が急死し、上杉家の家督をめぐって御館の乱が起こったために、織田家に通じた者たちに攻められて再び越後に逃れた。

　天正十年に上杉家と織田家の戦が始まると、景連は上杉景勝に命じられ、織田勢の後方を攪乱するために能登に討ち入ったのだった。

「そうですか。棚木城が狙われましたか」

　長連龍は使者の話を聞いても少しも驚かなかった。

「知っていたのか。景連らの計略を」

「同族ですから、景連の家臣の中には懇意にしていた者がいます。その者に内情を探らせておりました」

「さすがに抜かりがない。孝恩寺で修行しただけのことはある」

「七尾城にこもっていた父や兄が討ち取られたのは、景連が上杉の手先となって調略を仕掛けたからでございます。今度はこちらがあやつの首を取って、信長公にお目にかけなければなりません」

「そなたに棚木城攻めに向かってもらうが、親父さまの許可を得なければならぬ。一緒に来てもらいたい」

連れ立って本陣を訪ねると、勝家は陣所に土俵を作って家臣たちに相撲を取らせていた。所領の越前は前線から離れているので、のんびりと構えているのだった。

勝家は諸肌脱ぎになり、地べたにあぐらをかいて相撲をながめていた。

「又左、よく来た。お前も一番どうじゃ」

「長景連の一味が能登に討ち入り、棚木城を乗っ取り申した。長連龍どのに当家の兵を添えて棚木城に向かわせますゆえ、ご承知いただきとうございます」

「人数はいかほどじゃ」

「一千でござる」

「それでは足りるまい。当家の兵を一千ばかり添えてもよいぞ」

「今はまだ、棚木城にこもった敵は三百ばかりと存じます。一刻も早く攻め落とし、後続の敵に付け入る隙を与えぬことが肝要ゆえ、早急に出陣させることにいたします」

五月十三日、利家は長連龍の五百に富田景政の五百を添えて棚木城攻めに向かわせた。景政は都にまで名を知られた剣の達人で、門弟の中には伊藤一刀斎の師である鐘捲自斎などすぐれた剣客が多い。元は越前朝倉家に仕えていたが、朝倉家が亡びたために仕官先をさがして諸国流浪の旅に出た。

そんな時、越前府中で利家と出会い、腕試しの勝負をすることになった。利家は槍、景政は刀で三度立ち合い、ほぼ互角だった。利家は景政の太刀さばきの巧みさに魅了され、即座に三百石で召し抱えることにした。

利家より十三歳上で、所領の統治にも長けているので、能登を拝領してから家老格にして兄安勝とともに七尾城に配している。ただひとつの気がかりは、強情な上に偏屈で他人との協調性がないことだった。

五月十五日、上杉景勝が八千の兵をひきいて天神山城に布陣した。松倉城と魚津城の間にある丘陵にきずかれた城で、片貝川の東に位置している。

これに対して柴田勝家は、五千の兵を片貝川の西にきずいた付城に移して守りを固めさせた。

魚津城の包囲をつづける織田勢は一万一千になり、すでに大勢は決していたが、勝家らはわざと城を攻め落とさなかった。

落としてしまえば上杉景勝は魚津城を救援する義務から解放され、天神山城から討って出ることはなくなる。それでは越後からおびき出した甲斐がないので、魚津城を人質にして誘い出そうとした。

景勝もそれを承知しているので出撃をためらっているのだが、かといって身方を見殺しにしては国主としての権威も面目も地に落ちる。そのため動くに動けず、天神山にとどまっていたのだった。

そうしている間にも、能登の棚木城の戦況は動いている。利家は富田景政が日ごとにつかわす使者から状況を聞き、矢継ぎ早に指示をした。

中でも困ったのは、景政が長連龍と争い、穴水城にとどまったまま進軍しないことだった。

「あの偏屈者が。何をぐずぐずしておるのだ」

激怒した利家は景政に書状を送り、すぐに連龍と合流して棚木城を攻めるように命じた。

連龍はかつて景連に従っていた能登の武士を棚木城につかわして、降伏するように申し入れた。景連も自分が腹を切ることで合戦を回避しようとしたが、越後から同行してきた将兵たちが承知しなかった。

利家は五月二十二日に安勝にあてた書状で、棚木城から投降してきた者の扱いについて指示している。

「城に立てこもった牢人（ろうにん）どもが、前田家中の親類縁者を頼って助命を願い出ていると聞いたが、一人も助けてはならぬ。兄者からもそう伝えていただきたい。敵対した能登の牢人たちは赤坂（あかさか）の刑場で火炙（ひあぶ）りにするので、七尾城下まで連行しておくように」

また、富田景政にも書状を送り、同じような指示をしているが、その理由は信長の命令に背かないためだった。

「（敵に甘い処分をすれば）そのことを上様がお聞きになって、軽率で無責任なことをすると思われるだろう。よくよく分別して厳正な処罰をすることが肝要である」

利家が二通の書状を出した翌日、長連龍から五月二十二日卯の刻（午前六時）に棚木城を攻め落とし、長景連以下をことごとく討ち取ったという知らせが届いた。

これに対して利家は「まことに比類のない働き」だと激賞し、「景連の首を安土城に送り、連龍の手柄だと注進する」と伝えている。そして「生け捕りにした者が多数いるということだが、一人も成敗することなく、此方（魚津）まで連行せよ」と命じている。

景連の首は二十四日に魚津についた。この時、生け捕りになった者も一緒に連れて行かれたのだろう。同日付の兄安勝あての書状に、利家は次のように記している。

「この生け捕り、今後のためもあるので釜煎りの刑にする。そこで釜を鋳造させたいので、先に命じた鉄砲の鋳造は後回しにして、急いで釜を鋳るように命じてもらいたい」

棚木城のけりがつき、残るは魚津城と天神山城だけとなった。このことについて利家は、富田景政にあてた五月十七日の書状に次のように記している。

「さてまたこちらのことだが、喜平次（上杉景勝）が出陣してきたが、川（片貝川）をも越えず、越後衆も手弱き様子になっている。我らはそれぞれ付城をきずき、城へ仕寄るための普請を厳重に申し付けているので、魚津城はなす術もなくなり、降伏や助命などを願い出てきたが、上様のお申し付けなので許すことはできない」

景勝は五月二十六日に防戦の無理をさとり、越後への退去命令を下した。これは信濃口から森長可（ながよし）が、上野口から滝川一益が越後に向かって侵攻しているという急報があったからだと言われている。

三日後の二十九日、信長はわずかな供を従えて安土城を発し、京の本能寺に入ったのだった。

第四章

信長逝く（のぶながゆく）

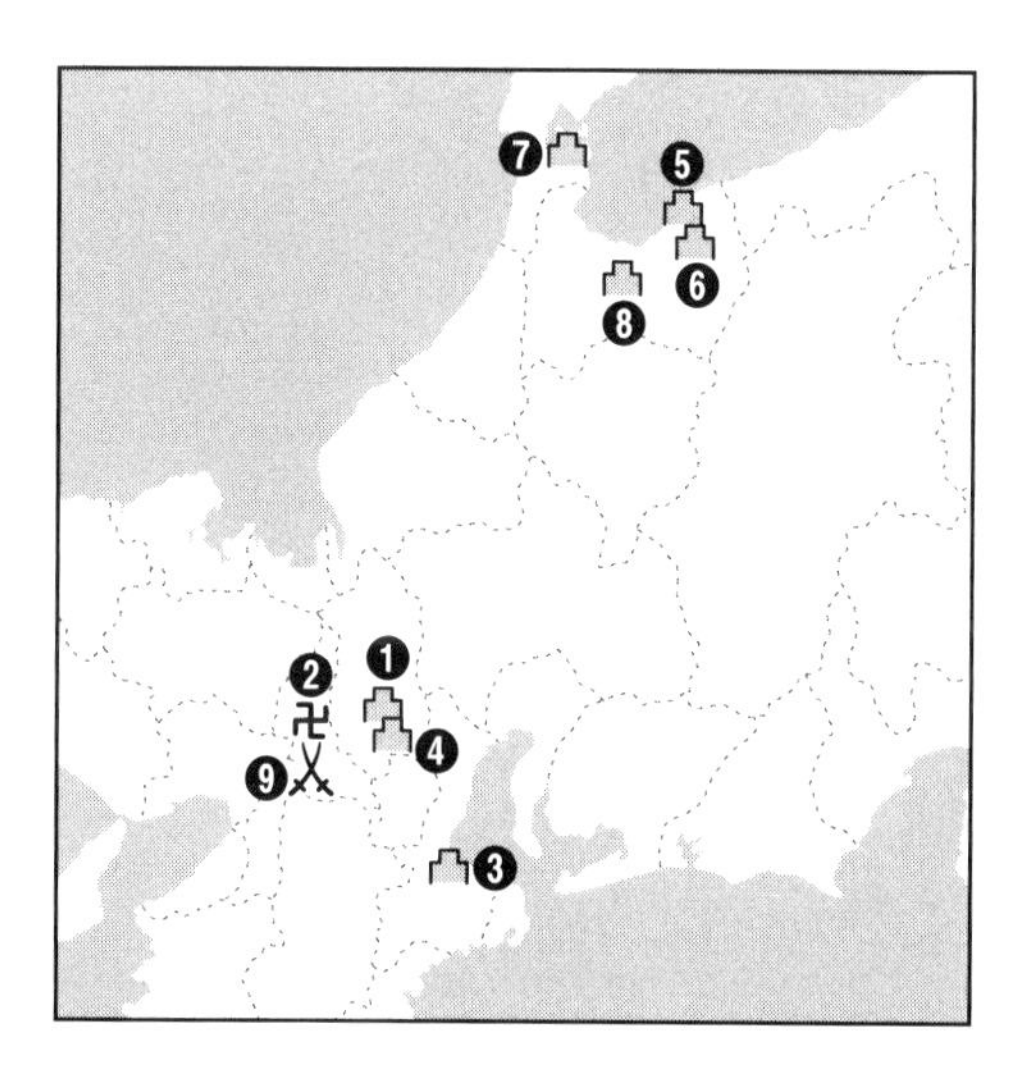

❶ 安土城　❷ 本能寺　❸ 松ケ島城
❹ 日野城　❺ 魚津城　❻ 松倉城
❼ 七尾城　❽ 富山城　❾ 山崎の戦い

天正十年（一五八二）五月二十九日は朝から快晴だった。

昨夜まで降っていた雨が上がり、空はからりと晴れている。空気は清らかに澄んで、初夏の空がまぶしいほどに輝いていた。

その空を映して琵琶湖が青く染まり、対岸につらなる比良山地の山々の緑と鮮やかな対比をなしている。

洋式時間の午前八時、織田信長は近習や小姓を従えて安土城の黒金門を出た。真っ直ぐに伸びる大手道をくだって表門の外に出ると、琵琶湖の水を引き入れた舟入がある。

そこにつないだ三艘の大型船に分乗し、対岸の坂本まで渡って都に向かう予定だった。

舟入の側の広場には、信長の家族や家臣たちが見送りに出ている。前田利勝（利長）も蒲生忠三郎（氏郷）や堀久太郎（秀政）、池田元助ら近習仲間とともにその列の中にいた。

やがて大手門を出た信長の一行は船に分乗し、船縁に立って見送りに応じた。供をするのは近習や馬廻り衆など百五十人ばかりである。

その少なさを危ぶんだ堀久太郎が、

「もう少し警固を厚くなされるべきではないでしょうか。お許しいただければ、我らが一千ばかりをひきいて陸路を上洛いたしますが」

進言したが、信長は笑って取り合わなかった。

見送りの中には永姫や冬姫、二人の母親や侍女たちもいる。信長はそちらに目を向けると、珍しいことに一人一人の名を呼んで労をねぎらった。

「今日を迎えることができたのは、その方らの支えがあったからじゃ。七月末にもどるゆえ、都のみやげを買ってきてやろう。寝冷えなどせぬようにして、それぞれの務めに励むがよい」

やがて摠見寺の鐘が午前九時を告げた。これを合図に水夫たちが艣棚の足場を踏みしめて艣をこぎ始め、三艘の船がゆっくりと琵琶湖に向かっていった。

折しも風に波立った湖面が、朝日を反射して黄金色にきらめいている。それは栄光に満ちた信長の前途を祝福しているようで、見送りに出た者たちはしばらく目を離すことができなかった。

信長が急に上洛すると決めたのは、懸案だった正親町天皇のご譲位と、信長の任官問題が解決したからである。

信長が甲斐の武田氏を亡ぼし、北条氏を服属させたと知った朝廷は、五月四日に安土城に勅使を送り、太政大臣か関白、将軍のうち、望みの職に任命するという意向を伝えた。

実は昨年二月に京で馬揃えを行った後、朝廷は信長に左大臣に就任するように求めた。

ところが信長は、正親町天皇から誠仁親王へのご譲位をはからった後で要請に応じると返答した。

信長の進言によって譲位が行われた前例を作り、やがては信長が猶子としている五の宮（誠仁親王の皇子）を皇位につけようと目論んでいたからだ。

そうなれば信長は天皇の義父になり、太上天皇の名分を得ることができる。その上で朝廷を意のままに動かし、一気に新しい律令体制をきずこうとしたのである。

この時には朝廷でも先を危ぶむ者が多く、信長の申し出に応じるべきではないという意見が大勢を占めた。中でも誠仁親王が強く反対されたためにこの話は立ち消えになったが、信長の武田討伐という事態を受けてこのまま放置しておくわけにはいかなくなった。

そこで信長との関係を修復するために五月四日に安土城に勅使を送り、誠仁親王の書状を添えて三職のいずれにも推任する意向を伝えた。文面は次の通りである。

「天下いよいよ静謐に申し付けられ候、奇特、日を経てはなお際限なき朝家の御満足、古今比類なきことに候えば、いかようの官にも任ぜられ、油断なく馳走申され候わんこと肝要に候」

誠仁親王は信長の手柄を激賞し、「いかようの官にも任じる」と明記した上で、「よろず御上洛の時申し候べく候」と書いて上洛するように求めたのである。

これは先に信長が要求した誠仁親王への譲位にも応じるという前提に立ってのことで、信長の要求はすべて認められたことになる。

そこで信長は予定を早めて上洛し、ご譲位の儀を見届けた後で将軍宣下を受けることにしたのだった。

信長の出港を見送った後、利勝らは天主閣一層の執務室にもどって仕事にかかった。取り組んでいるのは、西国の毛利、四国の長宗我部を制圧する間の兵糧を確保することだった。

すでに毛利家とは羽柴秀吉が備中高松城（岡山市北区高松）で対峙しているし、明智光秀も秀吉の支援に行くように命じられている。長宗我部家に対しては、信長の三男信孝を大将とする三万の軍勢を大坂城に集め、近日中に四国に渡る手筈をととのえていた。

そのための兵糧も確保してあったが、信長が急に畿内の軍勢五万ほどをひきいて毛利攻めに出陣することにしたために、追加の兵糧を大量に調達する必要に迫られていた。

正午を告げる摠見寺の鐘が鳴ると、

「どうだね。ひと休みしてお茶でも飲もうじゃないか」

最年長の堀久太郎が声を上げ、皆で茶室に席を移した。

「今日の点前は忠三郎がしてくれ。千宗易（利休）どの直伝の茶を飲ませてもらいたい」

「久太郎どの、それでは濃茶にしましょう。上様のご上洛を祝って」

蒲生忠三郎が点前畳に座り、力みのないなめらかな手付きで濃茶をねり上げた。大ぶりの志野の茶碗に、鮮やかな緑色の濃茶がたゆたっている。

最初に堀久太郎、次に池田元助、三番目に利勝が口をつけ、忠三郎も最後に茶をすすった。皆が懐紙で飲み口を拭き上げた跡が茶碗の内側に残り、花が咲いたような景色になった。

「それでは茶碗は私が仕舞おう。忠三郎にばかり頼むのは申しわけないので」

久太郎も茶の湯の名手である。点前畳に座って茶碗に湯をそそいで仕舞い始めた。

こうした時には利勝の出番はない。人並み程度には茶の湯を心得ているが、久太郎や忠三郎にはとても及ばないので、いつも客の側に回っていた。

「忠三郎どのは大変ですね。この後、大坂城に行くんでしょう」

元助がたずねた。信長は教如(きょうにょ)が退城したあとの大坂本願寺を修築し、大坂城として用いていた。

「六月五日までに大坂城に行き、諸大名が送ってくる兵糧米を管理し、船で前線に送るように命じられている」

忠三郎はいったん日野(ひの)城(蒲生郡日野町)にもどり、二千の軍勢をひきいて大坂に向かうことにしている。織田信孝らが四国に渡った後、大坂城の留守居をつとめるのだった。

「孫四郎(まごしろう)(利勝)はどうだ。永姫さまとの暮らしには慣れたかね」

「前田屋敷に移っていただきましたが、まったく慣れることができません。日々驚かされることばかりでございます」

「ほう、何にそんなに驚かされる」

元助がわざと踏み込んだ質問をした。

「うまく言えないのですが、物事のとらえ方が普通とはちがうのです」

「上様が目をかけておられる姫君だからな。気苦労は多かろうが、仲良くすることだ」

身を粉にした四人の働きによって、予定通り五月末までにすべての仕事が終わった。

その翌朝、日野城に向かうことになった忠三郎が前田家の屋敷に挨拶に来た。

「少し話がある。よろしいか」

忠三郎の表情はいつになく険しかった。

何かこみ入ったことだろうと察した利勝は、離れの茶室に案内した。二畳台目の小さなもので、茶の湯の稽古用に造らせたのだった。

「未熟で恥ずかしい限りですが」

井戸茶碗に手早く薄茶を点てて差し出した。

忠三郎は端正な所作で茶を飲み干し、香りを聞いてから指で飲み口をぬぐった。

「立派なものだ。深い味わいがある」

「お茶は宇治の方泉堂が詰めたものでございます」

「私も方泉堂の茶を使うことがあるが、こうした味わいはなかなか出ない。茶筅を振る姿勢がいいからだろう」

ところで話というのは、今度の大坂行きのことだと忠三郎が切り出した。

「私はこれから日野城にもどり、二千の兵をひきいて大坂城に向かうが、もしかしたら留守居ではなく出陣を命じられるかもしれない」

「我ら近習は出陣しなくていいと、上様はおおせられましたが」

「皆はそうだが、私は特別なのだ。摠見寺に参拝することを拒んだために、上様の心証を害してしまったからね」

　信長はイエズス会やスペインと手を切って以来、自分を神体とする盆山を摠見寺に祀り、家臣や領民に参拝するように求めた。キリスト教と手を切ったことを証明させるためだが、レオンという洗礼名を持つ忠三郎はこれに応じなかった。

「私は上様のご恩を受けた身であり、これからも上様に従って働きたいと考えている。しかしキリスト教の洗礼を受けたからには、他宗の神に跪拝することはできない」

「そのように申し上げられたのですか。上様に」

「仕方があるまい。信仰は変えられないが、上様への忠誠心はこれからの働きによって証すつもりだと申し上げた。大坂での仕事を命じられたのはそのためなのだ」

　ところが先日高槻城（高槻市）の高山右近が、西国に出陣する信長勢の先陣を命じられたと知らせてきた。これには畿内のキリシタン大名ばかりか、小西隆佐や日比屋了珪などのキリシタン商人も同行するという。

「上様は西国や九州のキリシタン大名を牽制するために、畿内のキリシタンを先陣に立てることになされたようだ。私もこれに加わるように命じられるだろう。そうなれば九州を服属させるまで、安土に帰ることはできなくなる。死に番を命じられるかもしれぬ」

　蒲生忠三郎が暗い見通しを語った。

死に番とは身方を勝利に導くために、囮となって敵陣を攪乱する役目である。生き残る可能性がきわめて低いので、この名で呼ばれていた。

「そこで孫四郎に頼んでおく。私に万一のことがあったなら、冬姫の暮らしが立ち行くようにしてもらいたい」

「上様はそこまで厳しくなされましょうか」

「上様がイエズス会と決別なされてから、いつかはこうした問題が起こると分かっていた。この身はどうなっても構わないが、冬姫のことが気がかりなのだ」

「承知いたしました。義弟として、できるだけのことをさせていただきます」

「すまぬ。これで心置きなく出陣できる」

忠三郎は懐から細い竹筒を取り出し、畳の上をすべらせて利勝の前に差し出した。

「今日の思い出に受け取ってくれ。私が削った茶杓だ」

「拝見いたします」

利勝は竹筒を開けて茶杓を取り出した。

飴色になった竹を手元から櫂先まで伸びやかに削っている。節を真ん中にすることで均整を保ち、櫂先を急角度に曲げることで凜とした存在感を表していた。

「気迫と優雅さをそなえた、忠三郎どのらしい作と拝見いたしました」

「気に入ってくれれば嬉しい。茶室でも戦場でも、常に変わらぬ心持ちでいたいものだ」

忠三郎を見送ってから改めて茶杓を見ると、櫂先の折れ目と竹の筋が十字を描いていることに気付いた。それは偶然のようにも見えるが、忠三郎は櫂先を急角度に曲げて折れ線を出すことで、十字架を描いたのである。

これほど強い信仰を持ちながら、信長に棄教を迫られる苦しみはいかばかりだろう。痛ましい思いで茶杓をながめていると、永姫が息せき切ってやって来た。

「利勝さま、お願いがございます。すぐに上洛の仕度をして下されませ」

「急にどうした。何かあったのか」

「悪い予感がするのです。父に危険が迫っているのだと思います」

永姫には未来を予知する能力があることを、利勝は何度も目の当たりにしている。気のせいだと言って受け流すことはできなかった。

「どんな危険が迫っているというのだ」

「分かりません。しかし父が遠くへ行ってしまう気がしてならないのです」

「それは心配だろうが、私は安土城の留守居を命じられている。勝手に城を離れることはできない」

「父も利勝さまに会いたがっています。私がとりなしますから、明日の朝には出発できるように仕度をしてください」

「さようか。そこまで言うなら」

利勝は篠原一孝（しのはらかったか）を呼んで手配を命じたが、一孝はあごの張った顔を強張（こわば）らせて難色を示した。

「恐れながら、上様のご命令もなく上洛するわけにはいきません。都に使者を立てて、ご了解を得るべきだと存じます」

「お永があんなに心細げな顔をするのは初めてなのだ。一孝の懸念はよく分かるが、思う通りにしてやりたい」

「上様の逆鱗にふれたなら、どんな処罰を受けるか分かりませぬぞ」

「それでも構わぬ。私やそなたより、お永は上様と深くつながっている」

だから予感を無視したくないと、永姫のための早駕籠と警固の人数を手配するように命じた。

「ただし一孝はここに残ってくれ。私に替わって後の指揮をとってもらいたい」

「それでは奥村次右衛門と恒川久次に警固の人数をそろえるように申し付けましょう。二十騎でよろしいでしょうか」

「その半分にしてくれ。皆に負担をかけるわけにはいかぬ」

利勝にも一抹の不安はある。永姫の予感が当たっているとは限らないからだが、夕方になって当の信長から使者が来た。永姫を連れて上洛し、都見物をさせてやれという。

一読するなり、利勝の背筋に寒気が走った。

信長が利勝に会いたがっていると永姫は言った。それが当たったのだから、信長に危険が迫っているのも事実にちがいなかった。

六月二日午前八時、利勝の一行は大手門が開くのを待ちかねて都へ向かった。

安土城から中山道を南に進めば、都まではおよそ十五里（約六十キロ）である。警固役をつとめるのは奥村次右衛門や恒川久次ら十騎で、永姫は早駕籠に乗っている。

担ぎ棒の前後に横木を縛りつけて四人で担げるようにしたもので、普通の駕籠は半刻（一時間）に一里ほどを行くのが相場だが、早駕籠は一里半をかせぐことができた。

「お姫さま、揺れることもありますので、しっかりと下がり紐につかまっていて下さい」

駕籠かきの棟梁が永姫に注意した。

「分かりました。私は大丈夫ですから、一刻も早く都に着いて下さい」

永姫は気丈である。時がたつにつれて悪い予感がつのっていくようで、目の色が暗くなっていた。

空はどんよりと曇り、鉛色の空が低くたれ込めている。今にも雨が降り出しそうで、むし暑く湿気の多い空気が肌にまとわりついてくる。

利勝は駕籠の速さにあわせて馬をだく足で進めながら、信長にどんな危険が迫っているのだろうと考えていた。

一行は早駕籠の足並みに合わせながら進んで行く。近江富士と呼ばれる三上山を左手にながめ、野洲川の浅瀬をわたり、草津で東海道との合流地点にさしかかると、人通りが急に多くなり旅籠や茶店の構えも立派になった。

安土城からここまでおよそ八里（約三十二キロ）、都まではあと七里ばかりである。時刻は未の刻（午後二時）を過ぎたばかりで、茶店には昼食をとる客たちが足を止めていた。

「草津に着いた。ひと休みして腹ごしらえをしていこう」

利勝は駕籠を止めて永姫に声をかけた。

「私は大丈夫です。先を急いで下さい」

永姫が引き戸も開けずに答えた。

しばらくすると瀬田川（せたがわ）にさしかかった。琵琶湖はここから一本の川となって宇治や伏見方面に流れ下っていく。水量が多いので、古くから瀬田の唐橋（からはし）をかけて交通の便をはかっていた。

なだらかな弧を描いた橋を渡っていると、向こうから駆け登ってきた下人（げにん）と行き合った。

「もしや、前田さまのご一行ではございませんか」

下人が利勝の馬の口に取り付くようにしてたずねた。

その顔に見覚えがある。信長のぞうり取りをつとめる岩隈（がんまく）だった。

「そなたは岩隈ではないか。どうしてこのような所におるのだ」

「恐れながら、お耳をお貸し下されよ」

岩隈は利勝が馬から下りるのを待ち、体を寄せて信長が本能寺で討たれたと告げた。

「そ、それは、いかなる訳じゃ」

「今朝、明智光秀の軍勢一万余が本能寺に押し寄せ、四方から攻めかかりました。上様は皆様と防戦しようとなされましたが、多勢に無勢で防ぎようがなく、寺に火を放ってご自害なされたのでございます」

その直前に信長は岩隈を呼び、このことを安土城に伝えよと申し付けた。

「これが使者の証として上様がさずけられた品でございます」

岩隈が間道柄（縞柄）の袱紗を懐から取り出した。木瓜紋を浮織にした信長愛用の品だった。

利勝は袱紗を手に取ったまま茫然としていた。信長にあれほど重用されていた光秀が謀叛を起こすとは信じ難いことである。

だがこの袱紗は本物であり、岩隈が嘘をついているとは思えない。しかも瀬田は光秀の所領なのだから、早急に対応しなければ退路を断たれるおそれがあった。

利勝はひとまず唐橋の東詰めまで引き返し、奥村や恒川らに状況を伝えた。

「ともかく一刻も早く安土城にもどり、事の真相を確かめた上で対応をはからねばならぬ。もし明智光秀が各地の大名と通じて挙兵したのなら、安土城も無事ではいられぬかもしれぬ」

だから永姫だけでも無事な所に落とし、我らは上様の弔い合戦をしたい。利勝は皆の了解を得た後で、駕籠の中の永姫にこのことを伝えた。

「やはり、そうですか。今朝早く、別れを告げる父の声が聞こえました」

永姫は力なくうなだれて涙を流した。

「明智が謀叛を起こしたのなら、万全の根回しをしているはずだ。近江の国衆を身方にしているおそれもあるので、奥村らと共に尾張の荒子に向かってもらいたい」

　尾張の荒子は前田家の出身地で、今も一族の者が治めている。しかも鈴鹿峠をこえて伊勢に入れば、永姫の兄である織田信雄の庇護を受けることができた。

「利勝さまは、どうなされますか」

「安土城にもどり、上様の弔い合戦の仕度にかかる。そのためにも頼みたいことがある」

「信雄兄への使いですね」

　永姫はいつものように察しが早かった。

「そうだ。安土には三千ばかりの兵しかおらぬが、籠城すれば十日や半月は持ちこたえることができよう。その間に信雄さまに、手勢をひきいて救援に来ていただきたい」

「分かりました。お引き受けいたします」

　永姫は九歳とは思えないほどしっかりしていて、早くも戦う覚悟を定めていた。

　信雄は伊勢の松ケ島城（松阪市松ケ島町）を居城にしている。利勝は奥村や恒川ら五人に、永姫を守ってひとまず松ケ島城に向かうように申し付けたが、思わぬ障害があった。

　安土城下で雇った駕籠かきたちが、伊勢や尾張まで行くことはできないと言い出したのである。

「俺たちゃ都まで行く約束で雇われております。急に鈴鹿峠をこえろと言われても無理でございます」

　棟梁が強情に言い張った。

「急なことが起こったのだ。駕籠賃ははずむから引き受けてくれ」

交渉役の奥村次右衛門が、そこを何とか頼むと頭を下げた。

「伊勢や尾張となりゃあ、往復で五、六日はかかりましょう。俺たちにも帰りを待つ家族がおりますので」

「ならば松ケ島までいいから行ってくれ。その方らに断られたなら、わしは腹を切って殿にわびねばならぬ」

「それはお気の毒さまでございますが、こればかりは何とも」

棟梁も京で異変があったと察しているようで、面倒に巻き込まれたくないのだった。

「次右衛門、腹など切らずともよい」

利勝は間に入り、駕籠かきたちを自由にしてやれと命じた。

「しかし殿、それでは姫さまが」

「この者たちにも生業（なりわい）がある。駕籠が無理なら馬で行けばよい」

永姫を替えの馬に乗せ、次右衛門ら五人を警固につけると、利勝は残りの五騎をひきいて安土城に向かった。

帰りの道を急ぎに急ぎ、わずか一刻（二時間）ばかりで安土城にもどると、前田屋敷に駆け込んで篠原一孝に様子を確かめた。

「聞いたか、上様のことは」

「京から早馬が着き、上様も信忠（のぶただ）さまもご生害（しょうがい）なされたと申しました。留守居の皆様は天主閣に集まっておられます」

日頃は沈着な一孝が、座っていられないほど取り乱していた。

「すぐに戦仕度（いくさじたく）をしなければならぬ。人数はどれほど集められる」

「三十人ばかりでございます」

「それだけか。百人はいたはずだが」

「新座者はいつの間にか姿を消しております」

「屋敷にいるのは、本座者（ほんざ）だけか」

「さようでございます。こちらは一人も欠けておりません」

新座者とは新参者、本座者とは前田家に二代、三代と仕えている譜代の家臣たちのことだった。

利勝は残った者たちに戦仕度を命じ、一孝を連れて天主閣の執務室に行った。堀久太郎、池田元助、蒲生忠三郎の父賢秀（かたひで）らが、額を寄せて対応を協議していた。

「孫四郎、早かったたな」

久太郎がねぎらいの言葉をかけた。

「瀬田の唐橋で岩隈と行き合い、本能寺のことを聞きました。永姫を伊勢の信雄さまのもとにつかわし、しばらく尾張の荒子に身を寄せているように申し付けました」

「良き判断じゃ。この先どうするべきか、皆で話し合っておる」

久太郎が利勝を車座の中に招き入れた。

久太郎や元助は安土城に籠城するべきだと考えていたが、蒲生賢秀は信長の妻子を連れて日野城に避難するべきだと主張していた。

「明智は将軍足利義昭公と通じて謀叛を起こしたものと思われます。さすれば近江の浅井や京極、六角などの旧臣たちが明智の身方になりましょう。この城では広すぎてとても守りきれません」

「恐れながら賢秀さまは、どうして明智が将軍家と通じているとお考えなのでしょうか」

利勝は忠三郎と義兄弟になって以来、父の賢秀とも親しくしていた。

「確たる証拠はござらぬが、我が蒲生家は六角承禎（義賢）さまに仕えていたゆえ、幕府に心を寄せる国衆とも付き合っております。そのうちの何人かと数日前に会った時に、目付きや言葉尻に将軍家の再起を匂わせるものがありました。それは勘のようなものですが、わしはその勘を大事にすることで戦国の世を生き抜いてきたのでござる」

「お言葉ですが、それがしはこの城にとどまるべきだと存じます」

池田元助がためらいがちに口を開き、尾張でも伊勢でも織田家の軍勢が無傷のまま残っていると言った。

「その数は四、五万になりましょう。それに北陸には柴田どのや前田どのがおられます。この城で半月ばかり持ちこたえたなら、その方々が馳せ参じられるゆえ、明智など恐れるに足りません」

「それがしも元助が言う通りだと思います。まだ上様の安否も明智謀叛の詳細も、はっきりとは分かっておりません。それなのにいち早く安土城を放棄しては、武士の面目が立ちますまい」

久太郎が元助の後押しをした。

「方々がそう申されるなら、異存はござらぬ。明日には倅が二千の兵をひきいて安土に駆けつけるゆえ、この城を守る手立てをつくしてみましょう」

賢秀もひとまず譲歩したが、夕方になって京からの凶報が次々にもたらされると、城中、城下にいた兵たちが陣を引き払って本拠地に引き上げ始めた。

中には退却の駄賃に略奪をはたらいたり、悪事の痕跡を消すために放火する者もいる。夕暮れになるとそうした炎と煙が城下のあちこちから立ちはじめ、城中に残った兵は五百にも満たなくなった。

本能寺の変が起こった六月二日、越中魚津城の北側に布陣している前田利家はいつもと変わらない朝を迎えた。

出陣して三ヵ月ちかくがたち、さすがに疲れがたまっている。小具足姿のまま板の間で寝るので体の節々も痛む。早く魚津城を攻め落として七尾城にもどりたかったが、総大将の柴田勝家は総攻撃の命令を下さないのだった。

利家は厠に行って用を足した。引き戸を開けると、目の下に夏草におおわれた湿地が広がっている。その先には角川が東から西に流れ、海へとそそいでいる。

山間の冷たい水が海にそそぎ込むためか、このところ明け方には河口で濃密な霧が立つ。

霧は風に吹かれて上流へと広がり、あたりを薄白くおおっていく。

　利家はそれをながめているうちに、五年前の手取川の戦いを思い出した。あの時も柴田勝家が七尾城の救援に行くことをためらったために、七尾城を救えなかったばかりか、上杉勢に夜襲されて敗走せざるを得なくなった。

　今度も同じである。五月二十六日に上杉景勝は天神山城を引き払って退却したのだから、さっさと魚津城を踏みつぶせばいいのである。ところが勝家は敵を降伏させると言い張り、すでに五日も交渉をつづけているのだった。

（親父さまは、もうろくなされたのではないか）

　滞陣が長引くにつれて、勝家に対する利家の不満と不信は強まっている。あるいは年老いて仏心が起こり、無慈悲な殺戮をさけたいのかもしれないが、それこそ武将がもっとも警戒しなければならないことだった。

　まだ朝は早い。部屋にもどってもう少し横になろうとしていると、宿直をつとめる近習が四井主馬が来たと告げた。

　利家は長身の腰を折り、二、三度前屈をしてから廻り縁に出た。中庭もすでに薄霧におおわれている。その中に忍び装束の主馬が片膝立ちで控えていた。

「ただ今もどりました。敵の警戒が厳重で、城を出るのに少々手間取りました」

　主馬は魚津城に忍び込み、敵の様子をさぐっていたのだった。

「開城に応じるつもりはないのか。魚津城のたわけどもは」

「もはや兵糧も弾薬も尽きているはずですが、決死の覚悟を定めて最期の一戦(ひといくさ)にそなえております。おそらく明朝には討って出ると思われます」

「やはりそうか。降伏の交渉に応じたのは、我らを釘付けにしておくための策略だったのじゃ」

「驚いたことに、柴田さまは城内に米や酒を送り届けておられます」

「何だと」

「敵は昨夜、粥(かゆ)を食べ酒を飲んで籠城(ろうじょう)の労をねぎらっておりました。これは柴田さまからの差し入れだと話す声が聞こえました」

「敵の数はいかほどじゃ」

「五百人ばかりですが、二百人ほどは重い傷を負って動ける状態ではありませぬ」

　主馬は一晩中城内にひそみ、詳細に様子を見届けていた。

　利家は早めの朝餉(あさげ)を取り、棚木(たなぎ)城攻めからもどった長連龍(ちょうつらたつ)とともに勝家の本陣を訪ねた。本陣には勝家の甥(おい)の佐久間盛政(さくまもりまさ)もいて、二人で囲碁に興じていた。

「親父さま、おたずねしたいことがあって推参いたしました」

　利家は庭に立ったまま大声を上げた。

「おう、何じゃ」

　勝家は碁盤におおいかぶさるように前のめりになり、利家に目を向けようともしなかった。

「城内に米や酒を差し入れた者がいると、それがしの配下が突き止めて参りました。親父さまがお命じになったのでございますか」

「そうじゃ。敵に情をかけるのも策略のうちだ」

勝家は上の空でつぶやき、音をたてて黒石を置いた。

「叔父上、今日はひとまず」

盛政が利家に遠慮して碁盤を脇にずらした。

「又左（またざ）は不審なようだが、敵に塩を送ったのはこちらの誠意を示すためじゃ。その甲斐（かい）あって、明日の明け方には城を明け渡すと言ってきた。中条景泰（なかじょうかげやす）、吉江信景（よしえのぶかげ）ら十二人の武将が腹を切るゆえ、他の将兵は助けるという条件で和議が成ったのじゃ」

「それがしの配下の報告では、城中の兵は昨夜も夜番をおいて警戒をおこたらなかったそうです。また、親父さまが送った米と酒を皆で分けて宴（うたげ）をしていたそうでござる。これは降伏を決めた者の所業ではありませぬ。おそらく明日には、斬り死に覚悟で討って出るつもりでしょう」

「そうとも言えまい。夜番をおくのは戦陣の心得だし、最後の宴も明日の別れにそなえてのことであろう」

「親父さまは、どうして……」

そのようにお人好しなのかという言葉が喉元までせり上がり、利家は息を呑んで口を閉ざした。

「言いたいことがあるなら遠慮なく申せ。わしとそちの仲ではないか」

「今朝も霧が立っておりました。手取川の戦に敗れた時と同じでござる」

「あの時とは事情がちがう。籠城した敵が攻め寄せてくることはない」

「それがしが申し上げたいのは、親父さまのやり方が変わらぬということでござる。敵との交渉にすでに五日をついやしました。越後に引き上げた上杉勢は、その間に我らへの備えを固めておりましょう」

「まんまと時間かせぎをされていると申すか。敵の計略に乗せられて」

「ご無礼ながら、我らにはそのように見えまする」

利家は側に控えた長連龍を見やり、二人とも同じ意見だと伝えた。

「そう思うのは無理もないが、これは魚津城だけの問題ではない」

勝家は利家と連龍を側に招き寄せ、上杉景勝から秘密裡に和議の申し入れがあったと打ち明けた。

「それはいつのことでございますか」

「五月二十五日、上杉勢が天神山城から退却する前日じゃ。武田家が亡びたからには、織田家の軍門に降る以外に上杉家が生き延びる道はない。上様と和議の交渉をさせてもらいたいので取次ぎを頼むと、喜平次（景勝）どのが内々に書状をよこされた。ついては魚津城の将兵の命も助けてやってほしいと懇願されたのじゃ」

「信じられるのでござるか。そんな策略を」

「策略かもしれぬ。しかし喜平次どのが、上様と和議を結びたいと申し出ておられるのじゃ。わしの一存で握りつぶすことはできまい」

「…………」

「それに上様は上杉を亡ぼすのではなく、服属させたいと望んでおられる。そうして一刻も早く東国を平定し、西国攻めに力を集中したいのだ。それは又左も知っておろう」

「そのようにうかがっております」

「ならば、明日の夜明けまで待て。敵が城を明け渡して降伏したなら、喜平次どのに貸しを作ることになる。たとえ討って出たとしても、四、五百の死に損ないを討ち果たすのに手間もいるまい」

勝家は用はすんだとばかりに、脇にずらしていた碁盤を引き寄せた。

利家はやむなく引き下がり、長連龍とともに自陣に向かった。腹の中には納得しがたい思いが渦巻いている。お人好しもたいがいにしろと怒鳴りつけてやりたいほどだった。

「そなたは、どう思う」

連龍にたずねた。

「退却の無事をはかり、劣勢を立て直す時間をかせぐ。上杉の見事な策と言うべきでございましょう」

奥能登の棚木城を陥落させた連龍は、越後勢には和議を結ぶつもりがないことを良く知っていた。

「ならば、どうする」

「四日も五日も時間をかせがれた上に、城外に討って出て華々しい最期をとげられては、織田家の面目にかかわりましょう。こちらから城内に攻め入って、ことごとく討ち取るべきと存じます」

「分かった。すまぬが、もう少し付き合ってくれ」

利家は魚津城の東に布陣する佐々成政（さっさなりまさ）の本陣をたずねた。成政は松倉城を攻め落とした後、三千の精鋭をひきいて魚津城攻めに加わっていた。

「さようか。そういう計略があったとはな」

成政も上杉景勝から和議の申し入れがあったとは聞いていない。そんな見え透いた申し出を真に受けるとは、いかにも柴田どのらしいと鷹揚（おうよう）にかまえていた。

「このままでは親父さまが虚仮（こけ）にされる。内蔵助（くらのすけ）、わしとそなたで城を踏み破りたいが、どうじゃ」

「望むところだ。何でもするから、遠慮なく言ってくれ」

佐々成政は富山（とやま）城を乗っ取られた失態を、利家の働きのお陰で挽回（ばんかい）することができた。それ以来、二人の距離はこれまでになく近付いていた。

「ならば手勢をひきいて二人で城に討ち入ろう。敵は明け方に討って出るようだから、それを待ち構えて押し返すのだ」

「それは構わぬが、柴田どのが上様に和議の交渉を始めると伝えておられるなら、勝手なことをするとお叱りを受けるのではないか」

「誰から？　親父さまか」

「上様だよ。又左の親父など知ったことか」

「それなら大丈夫だ。上様から早く城を攻め落とせと命じられたと言えばいい」

　利家が使えると思っているのは、昨日とどいた信長から長連龍にあてた書状である。五月二十七日付で発した書状で、信長は棚木城を攻め落とした連龍の働きを激賞し、「与一（長景連）はじめ一人も漏さず打取るの由、誠に粉骨比類なく候」と書いている。

「これを読んで、魚津城も早く攻め落とせと催促されたと思ったと言えばいい。親父さまの話は聞かなかったことにしよう」

「いい度胸だ。その覚悟なら異存はない」

　翌三日の夜明け前、二人は行動を起こした。

　利家は五百の手勢をひきいて城の西北の出丸から二の丸に入った。成政も同数の手勢を引き連れ、城の東の搦手門から二の丸に足を踏み入れた。

　二の丸はすでに一月前に占領し、敵は本丸を最後の砦として立てこもっている。東西六十間（約百八メートル）、南北五十三間（約九十五メートル）の本丸には幅二間の堀をめぐらし、多聞櫓を隙間なく配している。

　二の丸から本丸への通路は西側の堀にかけた土橋だけで、五百人ばかりとなった敵は本丸御門を固く閉ざし、堀と櫓を楯として織田勢の猛攻をしのいでいた。

利家らが土橋の前まで進むと、佐久間盛政の兵百人ばかりがかがり火を焚いて夜番をしていた。明け方には敵将十二人が投降して腹を切るというので、内堀ぞいに切腹の座をしつらえていた。

「前田利家じゃ。城を早々に攻め落とせと上様から申し付けられた。我らがこの場を受け持つゆえ、後ろに下がってもらいたい」

「城攻めがあるとは聞いておりません。殿のお許しもなく持ち場を離れるわけには参りません」

佐久間家の組頭が抵抗した。

「玄蕃（盛政）にはわしから話しておく。そちの落ち度になることではない」

「恐れながら、それがしが従うのは殿の命令だけでございます」

険悪なにらみ合いになった時、

「成瀬よ、立派な心掛けだ」

佐々成政が兵をひきいて到着し、組頭に親しげに声をかけた。

「佐々さまも、城攻めを命じられたのでございますか」

「そうじゃ。玄蕃も知っているはずだが」

「承知いたしました。そういうことであれば」

やがて東の空がほんのりと明るくなり、越後との国境の山々の稜線が影絵のように浮かび上がった。しばらくすると空全体が明るくなり、西側に広がる灰色の海が水平線まで見渡せるようになった。

　風がなく波はおだやかで、海鳥はまだ眠っている。静まりかえった景色の中で、浜に打ち寄せる潮騒だけがいつもと変わらぬ音をたてていた。

　と、突然、陣太鼓の音がして本丸御門が内側から開けられた。枡形にした門から駆け出した敵は、三十人ばかりの弓隊を先頭に城から討って出ようとした。

　ところが利家勢は、土橋の橋詰めに楯を並べて待ち構えている。敵の矢を楯で受け、筒先を並べて鉄砲を撃ちかけた。

　幅二間ばかりの土橋の上では逃げる場所もない。至近距離からの銃撃に敵は次々と倒れ伏したが、ひるむことなく攻めかかり、楯に体当たりして活路を開こうとした。

　三ヵ月ちかくの籠城戦に耐えてきた者たちなので、すでに鎧はボロボロで体はやせ細っている。骨と皮ばかりにやつれた顔は、眼窩が落ちくぼんで髑髏のようである。

　それでも弓隊の次には槍隊、槍隊の後からは抜刀隊が駆け出し、喜々として銃撃の餌食になっていく。

　敵は長く苦しい籠城戦の後に、武士らしく戦って死ねることを喜んでいる。戦死した仲間たちのもとへ胸を張って行けることに、肩の荷を下ろした思いをしているのである。

　死人とも死兵とも呼ぶ。初めから討死と思い定めているので、生きようとする者、手柄を立てて立身しようとする者にとって、これほど気味の悪い相手はいない。

　前田勢は敵を圧倒しながらも、駆けだしてくる兵の気迫に押されて徐々に後ずさりするようになった。敵を恐れてのことではない。武士の意地を貫き、死に花を咲かせようとしている者たちを、無慈悲に撃ち殺していることが後ろめたいのである。

利家も同じだった。敵ながらあっぱれではないかと涙を浮かべ、こんな戦をさせてはならぬと思った。

「撃つな。正々堂々と戦って、今生（こんじょう）の思い出をくれてやれ」

そう叫ぶなり、朱槍（しゅやり）を取って土橋に走り出た。

槍の又左だということは、鯰尾（なまずお）の兜（かぶと）を見ればすぐに分かる。敵は討ち取ろうと勇み立って攻めかかるが、兵糧が尽き草の根を喰（く）って生きのびてきた体に力はなかった。

「たわけどもが。恨むならこんな戦をさせたお前らの大将を恨め」

利家は片鎌槍（かたかまやり）を次々とくり出し、五人の首をやすやすと削（そ）ぎ落とした。

「殿、ここは我らにお任せ下され」

緋威（ひおどし）の鎧をまとった村井長頼（むらいながより）が、百人ばかりの槍隊をひきいて前に出た。

「ならば敵を本丸に追い込め。門を閉ざす間を与えずに付け入って、一人残らず討ち取ってしまえ」

屈強の槍隊は穂先をそろえ、敵を土橋から枡形、枡形から城内へと追い込んでいった。

東西六十間、南北五十三間の本丸のまわりは多聞櫓で囲まれていて、中は更地（さらち）のままである。その中央で生き残った二百人ばかりが丸い陣形をとり、最期の一戦をしようとしていた。

「又左、後は我らに任せろ」

佐々成政が手勢をひきいて駆け込んできた。

「今さら引けるか。最後の一人まで性根を見届けてやる」

利家の鎧は返り血で赤く染まっていた。

「それなら二人で引導を渡してやろう。又左は向こうに回り込め。わしはこちらから行く」

成政は黒柄の馬上槍（ばじょうやり）を手にしている。穂先の長さが二尺（約六十センチ）もある凄（すさ）まじい業物（わざもの）だった。

利家らは東、成政らは西から、丸い陣形を組む敵に襲いかかった。飢えと疲れにやせ衰えた者たちを討ち果たすのは、赤子の手をひねるようなものである。

しかし中には死に物狂いで槍の柄にしがみついてくる者もいるので、利家は太股（ふともも）やすねをなぎ払って柄をつかませないようにした。

成政は柄の短い馬上槍を使っている。突き出すのではなく体ごと回転しながら、長い穂先で敵の首を打ち落としていくので、柄をつかまれることもない。まるで拍子の速い舞を舞っているような優雅さだった。

（内蔵助め、やりおる）

ちらりとそちらに目をやった隙に、利家に劣らぬほどの大柄の武士が槍で突きかかってきた。二枚胴の鎧の胸をねらった強烈な突きだが、利家が寸前に体を開いてかわしたために、切っ先がすべってことなきを得た。

利家は突かれた槍の柄を脇の下にかい込み、体をねじって相手をはね飛ばした。そうして奪った槍を右手で持ちかえ、ふらつく敵の腹をえぐった。

「揚北（阿賀野川北岸地域）から参った、竹俣三河守慶綱と申す。ご配慮いただき、かたじけない」

慶綱は利家の目を真っ直ぐに見つめ、快然と笑って真後ろに倒れた。

全員を討ち取るのに四半刻（三十分）もかからなかった。銃撃や剣戟の音、喚声や叫喚が途絶え、城内は静けさにつつまれている。そうして潮騒が再び大きく聞こえるようになっていた。

「殿、これをご覧下され」

村井長頼が首を二つ下げて歩み寄り、耳に名前を記した木札をつけていると言った。

ひとつは利家が倒した三河守慶綱のものだった。

「中条越前守や藤丸勝俊など、主立った十二将が木札をつけております。初めから討死するつもりだったのでしょうが、柴田どのに切腹して首を渡すと約束した手前、木札をつけて名前が分かるようにしたのでございましょう」

「見事な覚悟じゃ。主従ともども丁重に葬ってやれ」

魚津城の戦いは六月三日の卯の刻（午前六時）から始まり、半刻（一時間）ばかりで決着がついた。

佐々成政は六月五日付の書状に次のように記している。

〈一昨日三日卯の刻、小（魚）津城へ乗入り、大将分十三人、その外城中に籠り候者、一人も残らずことごとく討果し申し候〉

魚津城を救えなかったことで景勝の威信は地におち、成政も前述の書状に〈この利に乗じ越後やがて討ち果たすべき事眼前に候〉と記しているが、やがて思いもよらぬ知らせが届くことになる。


その直前の六月五日、利家は七尾城にいる兄安勝に書状を書いていた。

魚津城が落城したために、近々陣を引き払う見通しであることを伝え、三ヵ月の城攻めの間に使った資材などを七尾に送り返すので船を廻すように命じたのである。

「兄者からの書状を拝見いたした。魚津城が落城したことについては、先の書状に記した通りである。こちらの用事はなくなったので、近日陣を引き払うことになるだろう。七尾へ遣わす物などがあるので、船の用意をして早く寄こしてほしい。こちらはいつも通り変わったこともないので御安心下され」

安勝に余計な心配をかけまいと「この表いよいよ相替る儀なく候」と書いたものの、利家の疲れは激しくなっていた。

敵と戦っている間は気を張り詰めているのでそれほどでもなかったが、城を攻め落として日常にもどると、体が鉛のように重く感じられて節々が鋭く痛んだ。

何より気持ちが沈んでいる。死を覚悟して討ちかかってくる敵のやせさらばえた姿や、容赦なく討ち果たした自分の所業を思うと、人の道にはずれている切なさが胸に迫ってくるのだった。

（わしもおいぼれて、仏心がついたということか）

昔はそうではなかった。討ち取った首を鞍の前輪と後輪に四つもぶら下げ、意気揚々と本陣にもどって首実検に供したものだ。

そうして褒美をもらうと、仲間や配下と街にくり出してどんちゃん騒ぎをやらかし、気に入った女を呼んで夜明けまで房事にふけった。それで心も体もすっきりとして、また首を取りに行こうという気になったものだ。

それが近頃は、立場上そうしたことができなくなっている。そのために嫌な記憶や自責の念が澱のように体にたまり、心の芯が膿んだような不快さがつきまとう。これをすっきりさせなければ、次の戦場へと向かう気力も立ち上がってこなかった。

利家はどうしたものかと思い悩んだ末に、昔のように馬鹿な真似をやらかしてみようと思い立ち、ひそかに村井長頼を呼び寄せた。

「折り入って相談がある。他人には頼めぬことじゃ」

「はは、何なりとおおせつけ下され」

長頼は四十になる。近頃はおっとりとした細面に山羊のようなひげをたくわえているので、ひげ殿と呼ばれていた。

「このあたりは港も多い。遊女（あそびめ）などもいるだろうな」

「そのようでござる」

「どうであろう。今夜あたりくり出すことはできまいか」

「殿が、買われるのでござるか」

何を馬鹿なと言いたげに、長頼が眉をひそめた。

「どうにも気分が晴れぬ。昔のようにうさ晴らしがしたいのだ」

「恐れながら、その儀はなりませぬ」

「何だと」

「殿は能登一国の大守でござる。走り武者のようなことをなされては、お立場に関わりましょう」

「当たり前のことを申すな。ならばこの濁った血を、どうやって清めたら良いのじゃ」

利家は我知らず声を荒らげた。

「若い側室を持たれるべきと存じます。近頃は梅毒（シフィリス）という病気がはやっておりますゆえ、悪所に通うのは危のうございます」

「そちもまつの気性を知っておろう。これ以上側室を持ったら、いつ寝首をかかれるか分からぬわ」

「ならば小姓をはべらせてはいかがでございますか。腕の立つ者であれば、警固の役にも立ちましょう」

「もうよい。そちに相談したわしが馬鹿だった」

長頼のひげ面は、安土城の天上の間に描かれた孔門十哲（こうもんじってつ）に似ている。利家はふとそう思った。

「殿、心のうさは心を練り上げることでしか晴らせませぬ。朝夕に座禅をなされて、深く静かに己と向き合ったらどうでしょうか」

「向き合って、どうする」

「心のうさの正体を見極めるのでござる。孫子（そんし）の兵書にも、敵を知り己を知れば百戦殆（あや）うからずと記されております」

「分かった。分かったから、一人にしてくれ」

利家は追い立てるように長頼を下がらせ、信長が時折狂ったように激しく馬を責めていたことを思い出した。

馬場に引き出した馬に鞍（くら）もつけず、ふり落とせるものならやってみろと言わんばかりに激しく乗り回す。時には埒（らち）の中に数匹の犬を入れ、馬で追い回し追い回し、蹄（ひづめ）にかけて蹴殺していたものだ。

家臣たちは信長がなぜそんなことをするのか分からず、「お狂いあり」と評していたが、今の利家にはその気持ちがよく分かる。信長は非道をなした記憶や自責の念をふり払うために、衝動的に暴発していたのである。

比叡山（ひえいざん）の焼き討ち、越前（えちぜん）や伊勢長島（ながしま）での一向一揆のなで斬りなど、信長がおかした非道は利家の比ではない。心の重圧や葛藤も何十倍、何百倍もあっただろう。

それでも信念を曲げず、日本を造り変えるために戦いつづけてきたのである。

（それに比べれば、わしのうさなどは）

ただの甘えだ。信念と理想を見失った者のたわごとだ。利家が深く自省して気合を入れ直した時、長頼が再びやって来た。

「殿、柴田さまから使者が参りました。急ぎ本陣に参集せよとのことでござる」

柴田勝家が本陣とした角川沿いの寺には、主立った者が集まっていた。

佐々成政、長連龍など、戦場を血まみれになって駆け抜けてきた者たちである。魚津城が落ちて二日になるので、小手とすね当てだけをつけた小具足姿でくつろいでいた。

やがて勝家が甥で養子にした勝豊を従えて部屋に入ってきた。

「又左、内蔵助、一昨日の骨折り、大儀であった」

勝家は腰を下ろすなり二人をねぎらった。

「わしは喜平次どのと和議の約束を取りかわしたゆえ、城将十二人が切腹して城を明け渡すと思っておった。ところが又左が言ったようにそれは敵の計略で、約束の刻限には陣太鼓を打ち鳴らして討って出てきた。二人の働きがなければ、不意をつかれていたかもしれぬ」

「過分のお言葉、かたじけのうござる」

利家は軽めに頭を下げた。勝家がこんな言い方をするのは何か思惑がある時なので、額面通りには受け取れなかった。

「その時、土橋の警固に当たっていた佐久間玄蕃の家臣に、上様のご命令で城を攻めると申したそうじゃの」

「申しました」

「どのようなご命令があったのじゃ」

「長連龍どのに宛てられた上様の書状に、棚木城の敵を一人も漏らさず打ち取ったことを激賞する文言がありました。書状をとどけた使者も、上様がたいそうお喜びであると申しましたので、魚津城も同じように攻め落とすべきだと思ったのでございます」

「内蔵助、さようか」

勝家がひげだらけの顔を成政に向けた。

「又左から話を聞き、拙者もその通りだと思いました」

「わしも玄蕃から報告を受け、その方らが言うのなら間違いあるまいと思った。そこで昨日のうちに玄蕃を先発させ、越後への道を切り開いておくように申し付けた」

すると先程、玄蕃から境城(下新川郡朝日町)を攻め落としたという知らせがあった。

そこでこの機を逃さず、越後に攻め入ることにする。勝家はそう言った。

「出陣は、いつでござろうか」

佐々成政がたずねた。

「明朝、卯の刻(午前六時)じゃ」

「越中勢の半数以上を富山城に返しております。明日の卯の刻までに呼び寄せるのは難しゅうございます」

「先陣は勝豊に任せる。本隊はわしがひきいていくゆえ、又左と内蔵助は後備えをしてくれ。富山城から軍勢を呼ぶ必要があるなら、一日遅れて出発しても構わぬ。それから連龍」

「ははっ」

「そちには軍船を集めて兵糧、弾薬を越後まで運んでもらいたい。さし当たり二百艘ほど必要だが、やってくれるか」

「いつまでに運べばよろしいでしょうか」

「六月二十日までには直江津の港に着いてもらいたい。その頃には森長可と滝川一益が越後に攻め入り、我らとともに春日山城を包囲しているであろう」

勝家が越後への侵攻を急いでいるのは、二人と連絡を取ってのことである。総勢は五、六万になるので、兵糧、弾薬を補給する必要に迫られていた。

「承知いたしました。越中、能登での船の徴発を認めていただくなら、出来るものと存じます」

翌朝も富山湾に霧が立った。

西からの海風に吹かれて薄い霧に包まれながら、卯の刻に柴田勝豊の先陣三千、柴田勢の本隊一万が出陣していった。半刻（一時間）ほど遅れて、後備えを任された利家と成政が、三千ずつの兵をひきいて出発した。

一行は上杉景勝勢が布陣していた天神山城の脇を通り、松倉往還をたどって越後に攻め入ることにしている。往還には上杉勢が行軍の便をはかるために設置したつなぎの城があるので、それをたどって行く予定だった。

ところが天神山城の北を流れる布施川（ふせがわ）が増水していた。上流の山々で昨夜から雨が降ったようで、いつもは膝までくらいの浅瀬が茶色い濁流となっている。

柴田勢はそれを渡るのに手間取り、勝家の本隊は川の手前にとどまったままだった。

後から来た利家らは、柴田勢が川を渡り終わるまで待機しなければならなくなった。

「あれではあと一刻（二時間）はかかるだろう。内蔵助にも知らせてやれ」

後方の佐々成政に状況を伝える使者を送り、増水した川を渡る仕度にかかるように命じた。一番の問題は弾薬が水にぬれることである。それを避けるために、火薬や弾（たま）を入れた胴乱を頭頂にのせ、布でおおってほおかむりをさせた。

「殿、安土の若殿から使いが参りました。お人払いをお願いいたします」

村井長頼が取り次いだ。

「何ゆえの人払いじゃ」

「使者は倅（せがれ）の長次（ながつぐ）でござる。何やら容易ならぬ事が起こったようでございます」

長頼は利家のまわりに陣幕をめぐらし、人が近付けないようにして長次を通した。十五歳になる若武者で、安土にいる利勝の小姓をつとめていた。

「若殿より、これをお渡しするようにと」

長次が細く折りたたんだ書状を差し出した。着物の襟などにぬい込んで運ぶ密書だった。

「大げさな。いったい何事だ」

利家は大げさなことをすると苦笑しながら受け取ったが、一読するなり頭を打ち割られたような衝撃を受けた。

「六月二日の早朝、上様が明智光秀の謀叛によって洛中の本能寺で果てられました。詳細はまだ不明ですが、光秀は足利義昭公と通じているとの噂もあります。父上も進退ご覚悟あらせられますように」

まさか、そんなと思いながら二度、三度と読み返した。見なれた利勝の筆跡が、これが誤報などではないことを示していた。

「あ、安土を出たのは、いつのことじゃ」

「六月三日の早朝でございます」

ちょうど利家らが魚津城に討ち入った頃だった。

「利勝は、どうしている」

「若殿は上洛の途中で明智謀叛の報を聞き、安土城に駆けもどって弔い合戦の仕度をしておられました」

長次が長駆の疲れも見せずに答えた。

「安土城の様子はどうだ」

「信長公が他界されたと聞き、多くの者が先を争うように本領に引き上げております。城内に残った兵は五百ばかりでございます」

「五百……、たったそれだけか」

「それゆえ安土城で明智勢を迎え討つのは無理だと判断し、信長公の奥方さま方を蒲生賢秀どのの日野城に移して、城を明け渡すことになされました」

「利勝も日野城に行くのか」

「今頃はすでに移っておられると存じます」

「よく知らせてくれた。道中難儀(なんぎ)したであろう」

「いえ。父がつけてくれた二人の家臣が世話をしてくれましたので、さしたることもございませんでした」

長次の立派な姿を見て感極まったのだろう。長頼が涙を浮かべて山羊のようなひげをなでさすっていた。

ともかくこのことを勝家に伝え、この先どうするかを決めなければならぬ。そう思って陣所を出ようとしていると、馬を飛ばして勝家の使い番がやって来た。

「洛中の本能寺で不測の事態が起こりました。全軍魚津城に引き上げるようにとのご下知(げち)でございます」

太陽が能登半島の向こうに沈む頃、織田家の北陸方面軍の武将たちが魚津城に顔をそろえた。勝家を筆頭に利家、成政、連龍ら越後侵攻から引き返してきた者たちと、魚津城の留守居をつとめた者たちである。

　すでに本能寺の変の噂は断片的に伝わっていて、誰もが腰のすわらない浮足立った様子をしていた。

「今朝早く、京から知らせがあった。本能寺と二条御所が明智光秀の軍勢に襲われ、上様と岐阜中将（信忠）さまがご生害なされたそうだ。光秀は備中の羽柴秀吉に加勢するように命じられていたが、老ノ坂峠（おいのさかとうげ）から進路を東に変え、六月二日の早朝に本能寺を襲ったという」

　勝家が悲しみに声を詰まらせながらいきさつを語り、皆の前に畿内の軍略図を広げた。織田家の軍勢は北陸方面におよそ五万、大坂城に織田信孝を大将とする四国攻めの軍勢が三万、備中には毛利家と対峙（たいじ）している羽柴秀吉の軍勢が二万五千、それに伊勢松ケ島城にいる織田信雄の軍勢一万五千。これに織田信忠の尾張、美濃（みの）の軍勢二万五千を加えれば、総勢十四万五千になる。

　たとえ光秀が将軍義昭や毛利家と結託していたとしても、義昭や毛利勢が秀吉や信孝の軍勢を打ち破って上洛することは難しいはずである。

「その点、我々の前途に有力な敵はおらぬ。これから加賀（かが）、越前（えちぜん）を抜けて近江に向かえば、三日で安土城に着く。そうして信雄さまの軍勢と合流して坂本城（さかもと）（大津市）を血祭りに上げれば、光秀を討ち果たすことはたやすいはずじゃ」

　要は戦機をのがさぬことだ。たとえその間に越中や能登を上杉家に奪われたとしても、光秀を倒して天下を制すれば取り戻す機会はすぐにやってくる。勝家はそう言って皆を説得しようとした。

「叔父上のおおせの通りでござる。幸い陣立てもととのっておるゆえ、このまま安土に向かいましょう」

境城から駆けもどった佐久間盛政が真っ先に賛成し、柴田勝豊がこれにつづいた。

だが利家は気が乗らない。確かに近江に兵を向ければ、光秀を討ち果たすことはできるだろう。そして信長の仇（かたき）を討ったとしても、その先何を目標に生きればいいのか……。

「どうした又左。何を迷っておる」

勝家が早く賛成しろと催促した。

「織田家の危急に際して、親父さまは瓶（かめ）割り柴田と呼ばれた頃のお姿にもどられたようでござるな」

「世辞など無用。異存はないのだな」

「それがしが迷っているのは、上様を失った後の自分の姿が見えぬからでございます」

「それゆえ信雄さまか信孝さまを跡継ぎとして、織田家を守ると申しておる」

「織田家が守られたとしても、上様がかかげられた大義や方針が引き継がれるとは思えません。それでは魂の抜けた仏も同じでございます」

「又左、主家を愚弄（ぐろう）するか」

「そのような気は毛頭ありませぬが、それがしには主家を守ることより、上様の理想や志を受け継ぐほうが大切だと思えるのでござる」

　口にした瞬間、利家はようやく迷いの本質に気付いた。

　これからは織田家を守ることより、信長の志を受け継ぐために生きたい。そうしなければ信長に命じられるまま、数々の非道に手を染めてきた自分の生き方を否定することになると感じていた。

「それゆえ上様から拝領した能登一国を捨てることはできませぬ。まずは七尾にもどり、国を守る手立てを講じてからご下知に従う所存でござる」

「このような時こそ、皆が一致結束して事に当たらねばならぬ。ぐずぐずしていては、光秀に計略をめぐらす時間を与えるだけじゃ」

「ならば親父さまが先に安土に行かれればよい。これからは銘々持ちでお願いいたす」

　銘々持ちとは、それぞれの陣所は自分で守り、他の手助けはしないという戦い方だった。

「わしの下知には従えぬ。そう申すか」

「恐れながら、拙者も又左と同じ考えでござる」

　佐々成政がおだやかに二人の間に入った。

「ここで越中を敵に明け渡しては、これまでの戦で討死した家臣たちに申し訳が立ちませぬ。織田家を信じて従ってくれた領民たちを裏切ることにもなります。拙者と又左が上杉の西進を喰い止めますゆえ、権六（勝家）どのは後顧の憂いなく安土に向かっていただきたい」

「内蔵助までそう言うなら、やむを得ぬ。ひとまず銘々の城にもどり、情勢を見極めて進発することにする。備えを固めて下知を待て」

利家と成政に反対された勝家は、手勢だけで安土に向かう決断ができなかった。二人がいなければ、戦力は半分以下に落ちるからである。

利家が手勢をまとめて七尾に向かおうとしていると、成政が大手門まで見送りに来た。

「又左、そちの申す通りじゃ。我々には上様の志を受け継ぐ以外に生きる道はない」

「内蔵助、取りなしてくれて礼を言う。わしはお前をだんだん好きになっているようだ」

「気色の悪いことを言うな。上様のもとに行った時に、たわけと怒鳴られぬように漢(おとこ)を磨いておくことだ」

二人は肩を叩き合い、この先の健闘を誓った。これまで競ったり争ったりすることも多かったが、三十数年同じ釜の飯を喰ったかけがえのない同僚だった。


本能寺の変の報を前田利家が受け取った頃、息子の利勝は近江蒲生郡の日野城にいた。

六月三日に蒲生忠三郎が二千の兵をひきいて安土城にもどったので、信長の正室である濃(のう)姫や永姫の母、冬姫の母などを警固し、日野城に移ったのだった。

日野は近江の東南部に位置する山里である。だが近江と伊勢の国境を扼(やく)する要地で、鈴鹿峠をこえて草津に通じる東海道にも近いので、古くから日野商人の拠点となってきた。

俵藤太(たわらとうた)（藤原秀郷(ふじわらのひでさと)）の末裔(まつえい)である蒲生家は鎌倉時代からこの地に勢力を張り、室町時代には近江半国の守護となった六角氏に仕えた。

戦国時代になると蒲生定秀（氏郷の祖父）が六角氏の年寄衆になり、大永三年（一五二三）に日野城（中野城）を築いて本拠地とした。城は日野川に面した段丘に築かれ、段丘の中心に一町（約百九メートル）四方の本丸を配している。

北側には近江と伊勢をつなぐ街道が通り、街道ぞいに城下町が広がっている。城下町の一角に東西八町、南北六町の広大な武家屋敷地をもうけ、土塁と堀で囲んでいた。

利勝は信長の急死の衝撃から立ち直れないままだった。気持ちが宙に浮いて足が地につかない感じがする。この世とのつながりが希薄になったようで、意識を集中することができなかった。

それでも心は急き立てられている。あれもしなければこれもしなければと、じっとしていられない衝動が波のように襲ってくるが、考えをまとめることがどうしてもできなかった。

（こんな時、父上ならどうされるだろう）

利勝は利家の毅然とした姿を思い出し、浮足立つ気持ちを抑えようとした。

今頃は魚津城に向かわせた村井長次が変の報を知らせているはずだが、利家はどうしているだろうか……。

（上様の馬前で討死したいと、父上は常々言っておられた）

あれは嘘でも強がりでもない。心の底からそう願い、信長に命を捧げるつもりで仕えてきた。それだけに信長を失った痛手は、自分よりはるかに大きいはずだった。

日野城に移って三日が過ぎたのに、蒲生家では何の動きも示さない。外からの情報も伝えられないので、何がどうなっているか分からないままである。

これでは身動きがとれないので、家臣たちと共に越前府中に向かった方がいいかもしれない。利勝がそう考え始めた矢先に、蒲生忠三郎が訪ねて来た。

「すまない。いろいろ慌ただしくて、ゆっくり話をする時間もなかった」

忠三郎は疲れきってやつれた顔をしていた。

「洛中の様子や明智の動きは分かったのでしょうか」

「やはり明智は足利義昭公と謀（はか）って事を起こしたようだ。六月四日には京極高次（たかつぐ）や阿閉（あつじ）貞征（さだゆき）が挙兵し、長浜（ながはま）城を奪い取った」

「長浜城といえば、羽柴筑前守（ちくぜんのかみ）（秀吉）どのの居城ではないですか」

「秀吉どのの家族や留守居の家臣たちは、本能寺の変が起こったと知ると三日の夕方に城を退去したらしい」

「それはどういうことでしょう。まだ何が起こっているかも分からないのに、城を捨てて逃げ出すとは」

「考えられる理由は二つだ」

ひとつは留守居の者たちが、京極や阿閉が攻め寄せて来ると事前に察知していたこと。

もうひとつは秀吉が、本能寺の変が起こったなら城を捨てて身を隠せと命じていたことだ。

忠三郎はそう分析してみせた。

「それでは筑前守どのは、変が起こると知っておられたということですか」

「今はまだ推測に過ぎないが、京極や阿閉が変の直後に兵を挙げたのは、将軍からの催促があったからだとしか考えられぬ」

「それでは筑前守どのも、将軍の企てに加わっておられるのでしょうか」

「それは分からぬ。あの方は各方面に諜者（スパイ）を配しておられる。その網によって将軍の動きを察知したのかもしれぬし、将軍から催促を受けた者が筑前守どのに通報したのかもしれぬ」

忠三郎の推測はほぼ正鵠を射ていた。

秀吉に通報したのは、光秀が同志と頼む丹後宮津（京都府宮津市）城主の細川藤孝（幽斎）だった。

それを証す書状がある。天正十年（一五八二）六月八日に秀吉の弟秀長の側近杉若無心が、藤孝の重臣松井康之にあてたもので、内容は以下の通りである。

〈西国表の儀、存分のまま、両川（吉川、小早川）人質定ぶ（丈夫）に相定め、三ケ国相渡され、去る六日に姫路に至って、秀吉馬を収められ候。長秀（秀長）に別して御しゅこん（入魂）の義候間、万事そりゃく（疎略）に存じられず候〉

吉川元春、小早川隆景から人質を取り、三ヵ国（備中、美作、伯耆）を受け取って、秀吉は六月六日に姫路に向けて備中高松を出発した。秀長と松井は昵懇の間柄なので万事疎略にはしないというのだから、両者は前々から密接につながっていた。

そのつながりを使って細川藤孝から詳細な情報を得ていたからこそ、秀吉は長浜城からいち早く家族や家臣を避難させることができたし、毛利家と圧倒的に有利な条件で和議を結び、中国大返しを敢行（かんこう）することができたのだった。

「それではこの先、天下はどう動くのでしょうか」

利勝は事情の複雑さに目まいを覚えた。

「昨日、光秀は一万余の軍勢をひきいて安土城に入り、近江の国衆に服属を呼びかけている。すでに多くの者たちが従うと誓ったようで、当家にも使者を送ると通達してきた」

「従われるのですか。賢秀どのは」

変の直後に安土城から避難すると言い出した時以来、利勝は賢秀にかすかな不信感を持っていた。

「孫四郎が不審を持つのも無理もない。そこで明智の使者との交渉の席に同席してもらうことにした」

「よろしいのですか。そんな大事な席に」

「我らは義兄弟だ。進退を共にできる頼もしい弟だと思っている」

光秀の使者は布施（ふせ）忠兵衛（ちゅうべえ）公保（きみやす）だった。

日野城の三里（約十二キロ）ほど北にある大森（おおもり）城（東近江市）の城主で、信長の馬廻り衆をつとめていた文武にすぐれた男である。歳は三十で、忠三郎の姉を妻にしていた。

「このたび明智どのより使者を申しつかりました。縁戚の好(よしみ)でお聞きとどけいただきたい」

　公保が差し出した書状を忠三郎が受け取り、目を通してから賢秀に渡した。

　賢秀は神妙な顔で熟読し、無言のまま利勝に回した。それには光秀の直筆で次のように記されていた。

「このたび上意を受け、織田信長を誅殺(ちゅうさつ)いたしました。やがて公方(くぼう)さま（義昭）が鞆ノ浦(とものうら)から上洛され、幕府の再建に取りかかられます。ついては蒲生家も下知に従い、天下静謐(せいひつ)のために尽力していただきたい。詳しくは布施忠兵衛が申し上げます」

　将軍の命令を受けて信長を誅殺したと、勝ち誇ったように記している。利勝には認め難い内容だった。

「拙者がこのような役目をつとめることに、ご不審を持たれているかもしれません。しかし書状にもある通り、明智どのは将軍義昭公の命(めい)を受け、足利幕府の世に復するために事を起こされました。それゆえ近江の国衆の大半がこれを支持し、明智どのに従うことにいたしました。蒲生どのも我らとともに幕府の再建にご尽力いただきたいと、明智どのは望んでおられます」

「義兄者(あにじゃ)がどのような役目をつとめられようと、不審を持ったりはいたしません。人は自分の信念と信仰に従って生きればいいのです」

　忠三郎の物言いは丁重だが、口調は驚くほど冷たかった。

「ただし問題は、その信念と信仰が正しいかどうかでございましょう。悪霊にとりつかれた豚の群れが暴走し、湖になだれ込んで溺れ死んだという逸話が聖書にも記されています」

「忠三郎どの、この城の裏手には日野川が流れておりましたな」

　公保が落ち着き払って応じた。

「ご存じの通りです」

「このままでは蒲生家が、川に落ちて溺れ死ぬことになりかねませぬ。すでに羽柴の長浜城は京極高次どの、丹羽の佐和山城（彦根市）は武田元明どのの軍勢が攻め落としています。やがて甲賀におられる六角承禎さまも観音寺城（近江八幡市）に復帰なされましょう。すべては信長公が公方さまを奉じて上洛した、永禄十一年（一五六八）以前に復することになるのでござる」

「義兄者もそれを望んでおられるのですか。あれほど上様のご恩を受けていながら」

「確かに信長公は傑出したお方でした。しかしご自身の信念が強すぎ、他を顧みようとなさらなかった。その結果、幕府ばかりか朝廷までも敵に回してしまわれたのです。太上天皇になって朝廷の上位に立つなど、人臣に許されることではありません」

「上様はご自身の栄華を求めておられたのではありません。日本が西洋諸国に支配されるのを防ぐためには、ご自分が先頭に立って強く豊かな国にするしかないと考えておられたのです。それは義兄者もご存じのはずではありませんか」

「明日、吉田兼見卿が帝の使者として安土城を訪ね、明智どのに天下の静謐と洛中の守護を命じる勅命を下されます。天下の趨勢はすでに決したのです」

「それに乗り遅れまいとしておられるのですか。義兄者も」

「我ら国衆の務めは、家と領地、領民を守ることです。そのためには天下の流れに従うしかありません。忠三郎どのが命に服するなら、所領を安堵し御供衆に推挙すると明智どのはおおせでございます」

御供衆とは将軍の側近で、かつて光秀や細川藤孝が任じられていた地位だった。

「お父上、いかがでございますか」

忠三郎が賢秀の意向をたずねた。

「これからはそなたが蒲生家の当主じゃ。そなたの思う通りにすればよい」

「私は謀叛人に従うつもりはありません。ご無礼ながら」

忠三郎は光秀の書状を持って立ち上がり、白い朝顔をいけた水盤に向かった。

「待たれよ。拒まれるなら、明智勢一万余が明日にもこの城に攻め寄せて参りますぞ」

「義兄者もその軍勢に加わるのですか」

「さよう。先陣をうけたまわることになりましょう」

「ならば存分になされるがよい。我らも備えを固めてお待ち申し上げる」

忠三郎は光秀の書状を二つに裂き、水盤に落とした。「上意を受け、織田信長を誅殺いたしました」と記した書状が水に浮かび、墨痕をにじませながら沈んでいった。

忠三郎と利勝は本丸御門まで出て布施忠兵衛公保を見送った。公保は直垂に烏帽子という平服だが、供の者たちは全員鎧を着込んで戦仕度をしている。

公保は立ち去り難い思いで何度もふり返りながら、街道を北に向かっていった。

「孫四郎、これで得心がいったか」

「お覚悟のほど、よく分かりました。明日にも一万余の軍勢が攻めてくるとはまことでございましょうか」

「義兄者は虚言を吐くお方ではない。一千ばかりの手勢をひきいて先陣となり、火が出るように攻め立てて来られよう」

「この城で後詰めもないまま、一万余の敵を防ぐのは難しゅうございましょう。何か策はございますか」

「知らぬか。当家では父の代から鉄砲鍛冶を育成し、火縄銃を造らせておる」

薬草を用いた薬と南蛮直伝の火縄銃が、蒲生家の財政を支える二本柱である。そのために忠三郎はイタリア人航海士のロルテスを家臣とし、山科羅久呂左衛門勝成という名を与えて技術指導をさせていた。

「その甲斐あって最新の長鉄砲を百挺も装備することができた。敵は一万といえども、たやすく城に近付くことはできぬ」

「それでも後詰めがなければ長期戦には耐えられません。私が松ケ島城に行き、御本所（信雄）さまに出陣を求めて参りたいと存じますが、いかがでしょうか」

「そなたが伊勢まで行くと言うのか」

「御本所さまのもとには、妻の永が行っております。安土城に向けて軍勢を出すように頼んでいるはずでございます」

「それは心強い。無事の帰りを心待ちにしておるぞ」

忠三郎に見送られ、利勝は日が高いうちに日野城を出た。供をするのは篠原一孝らわずか五人である。

全員馬で土山宿（甲賀市）まで走り、東海道に出て伊勢へ向かった。

その日のうちに鈴鹿峠をこえ、関宿（亀山市）まで行って一泊した。

翌朝早く旅籠を出て東海道を南に折れ、伊勢神宮への参宮街道を通って松ケ島城に入った。海沿いの城には二重の堀をめぐらし、外堀には海から船が出入りできるように船入をもうけている。

城は伊勢神宮の参宮街道にも面していて、多くの人々が行き交う商業の要地でもあった。

利勝は城の西側にある大手門に行くと、永姫に取り次いでくれるように門番に頼んだ。

「前田家に嫁がれた永姫さまが、こちらにおられるはずでござる。主からの書状を持参いたしましたので、お取次ぎを願いたい」

身分を隠して頼み込んだ。虫の知らせか、永姫はまだ荒子に移らずにここにいる気がする。いなければ改めて信雄への取次ぎを頼むつもりだった。

門番の一人がすぐに奥に走り、奥村次右衛門を連れてもどってきた。

「若殿、どうしてここに」

「詳しい話は後だ。皆無事か」

「無事でございますが、いろいろと」

次右衛門が門番をはばかって口を閉ざした。

永姫は牛頭天王社近くの三の丸御殿にいた。二の丸にも入れてもらえないことが、信雄の対応の冷たさを表していた。

「そなたがここにいてくれて良かった。御本所さまに至急お目にかかりたい」

「情けないことですが、兄上は出陣に乗り気ではありません。安土城に兵を向けるようにお願いいたしましたが、動こうとなされないのです」

永姫は利勝と会ってほっとした表情をしている。だが役目をはたせずにいることが悔しいのか、右手の中指で小刻みに膝を叩いていた。

「御本所さまは、どうして出陣をためらっておられるのだろうか」

「いつも父上の言いなりになっておられましたから、自分の考えを持っておられません。一人ではどうしていいか分からず、まわりがどう動くかを見ておられるのです」

「今頃、明智勢一万が日野城に攻め寄せているだろう。私は御本所さまに後詰めをしていただくようにお願いに来たのだが、何かいい手立てはないか」

「兄上を動かす方法は一つしかありません。出陣しても負けるおそれはないし、大きな褒美が得られると保証するのです」

永姫はいっそう忙しなく右手の中指で膝を叩いた。それは苛立った時の信長の仕草に驚くほど似ていた。

「私にはそんな保証はできない。手勢も持たないし、蒲生家がどう動くかも分からないのだ」

「この先どうすれば敵に勝てるか、考えることはできるはずです」

「策を立てることはできるが、その通りになるかどうか分からない」

「たとえばどんな策ですか」

永姫が瞳の大きな目を真っ直ぐに向けた。

利勝は心の底まで読み取られていると感じながら、たじろぐことなく視線を受け止めた。

「土山宿の近くには土山城（甲賀市）がある。御本所さまにこの城にお移りいただけば、日野城を攻めている敵は背後を衝かれることを恐れて動けなくなる。その間に北陸にいる柴田勝家さまや父の軍勢が北から、美濃や尾張の軍勢が東から近江に攻め入る。さすれば安土城を奪い返し、御本所さまに主として入城していただくことができる」

「それだけの策があれば大丈夫です。華々しく勝ち、大きな手柄が立てられると、はばかりなく見通しを述べてください。たとえそれに根拠がなくても、信じるかどうかは兄上の器量なのですから」

永姫の励ましに背中を押され、利勝は篠原一孝を従えて本丸御殿を訪ね、信雄の御前に出た。

信雄は二十五歳。細面（ほそおもて）で鼻筋が細く通った、信長によく似た顔立ちをしている。だが似ているのは外見だけで、信長のような覇気（はき）も才能も持ち合わせていなかった。

「目通りをお許しいただき、かたじけのうございます。またこのたびは、永をお預かりいただき感謝申し上げます」

「永から聞いたが、わしを頼るようにそちが申したそうだな」

「上様に命じられて六月二日に都に向かっておりましたが、瀬田の唐橋で本能寺の変の報を受けました。そこで永を郷里の荒子に向かわせたのですが、途中で御本所さまへの使いを頼みました」

「軍勢をひきいて安土城に向かえと言うが、家来どもも出陣の仕度に手間取っておる。織田家の先行きを危ぶんで日和見（ひよりみ）を決め込んでいる者もいる。今日になってようやく一万ばかりの兵が集まってきたところじゃ」

「本日推参いたしましたのは、御本所さまに日野城に立てこもる蒲生勢の後詰めをしていただきたいからでございます」

「安土城の留守居どもは城を捨て、父上の係累（けいるい）を連れて日野城に逃げ込んだそうだな」

信雄は母親の生駒吉乃（いこまきつの）と九歳の時に死別している。それ以後信長から遠ざけられ、十二歳の時に養子に出された。それゆえ信長や家族と親しく接したことがないし、身近にも感じていない。係累というよそよそしい言い方には、そうした屈折した感情がこめられていた。

「安土城にいた三千余の兵のうち二千五百以上が、その日のうちに所領に引き上げました。残りの兵だけで城を守ることはできませんので、日野城に移らざるを得なかったのでございます」

「父上の直臣たちでさえその有り様じゃ。北畠家の遺臣が多いこの伊勢では、織田家を見限っている者も少なくない。だから兵を動かすことが難しいのじゃ」

「ご苦衷、お察し申し上げます」

「しかし、妙じゃな。安土城を捨てると決めていたなら、なぜわしに安土城に向かえと言った。解せぬではないか。のう、半兵衛」

「ははっ、さようでございますな」

側に控えた老臣の飯田半兵衛が、仕方なげに調子を合わせた。

「先程も申し上げましたが、私は瀬田の唐橋で本能寺の変の報を聞き、その場で永にこちらに向かうように申し付けました。その時には安土城で戦えると思っておりましたので、御本所さまに救援に来ていただくようにお願いしたのでございます」

利勝は苛立ちを抑え、噛んでふくめるように説明した。

「孫四郎、父上にあれほど見込まれていたそちでも、直臣たちが逃げ出すとは思いもしなかったと申すか」

「さようでございます」

「父上がこの有り様をご覧になったら、何とおおせられるであろうの」

「……………」

「父上は自分を神として崇めさせ、すべてが意のままになると思っておられた。帝や公方など気にするには及ばぬと豪語しておられた。ところが人が従っていたのは、父上の強大な力と苛烈な処断を恐れてのことじゃ。それゆえ皆が早々と安土城を捨てた。くっくっく、この有り様をご覧になったら、けっけっけ、父上は何とおおせられるかの」

信雄は腹の底からせり上がってくる笑いを懸命にこらえようとしていたが、もはや信長を恐れる必要はないと思い直したのか、大口を開け、目に涙をにじませて笑い出した。

「殿、ご自重下され」

飯田半兵衛が分別臭い顔で忠告した。

「何をはばかることがある。安土城から皆が逃げ出したのは、父上に信望がなかったからだ。のう、そうであろう」

「おおせの通りと存じます」

利勝が話を引き取り、今は信長亡き後の織田家を守る手立てを講じることが先決だと言った。

「そのためにも日野城に攻め寄せた敵を撃退し、濃姫さま方を救っていただきとう存じます」

「羽柴秀吉の長浜城も丹羽長秀の佐和山城も、六月四日に攻め落とされたそうではないか。

近江の大半が明智に身方しているというのに、一万ばかりの軍勢で勝つことができようか」

「ご懸念には及びませぬ。北陸には五万、美濃や尾張には二万五千の織田勢がおりまする。逆賊光秀が安土城に入ったと聞き、今頃は上様の弔い合戦をしようと血眼になって安土に向かっているはずでございます」

「そちが見込むようにはいくまい。我が身可愛さに、様子見を決め込む輩も多いはずじゃ」

「私は越中にいる父に、救援を求める使者を送りました。すでに魚津城を攻め落とし、上杉勢を越後に追い払っているので、二、三日うちには近江に到着するはずでございます」

利勝は永姫の助言を忠実に守り、信雄に対して遠慮なく大風呂敷を広げた。

「さようか。二、三日か……」

「それゆえ御本所さまに出陣していただければ、南と北から近江を攻めることができます。しかも日野城を救った後に蒲生勢に先陣をお申し付けになれば、御本所さまは労せずして安土城奪回の手柄を得ることができましょう」

「それは妙案じゃ。明朝辰の刻（午前八時）に出陣するゆえ、家来どもにそう下知せよ」

翌朝、利勝は篠原一孝ら五騎を従え、ひと足先に松ケ島城を出ることにした。日野城に行き、信雄勢が後詰めに出ることを知らせてやりたかった。

「そなたは奥村次右衛門らと荒子に身を寄せていてくれ。事が収まり次第迎えに行く」

牛頭天王社の前まで見送りに出た永姫に、利勝は固く約束した。

「分かりました。兄上は心の定まらぬお方ですから、ご注意なされますように」

「永のお陰で御本所さまを動かすことができた。ついてはひとつ、教えてもらいたい」

「父のことですね」

「そうだ。上様も永のように人の心を読み取る力を持っておられたのだろうか」

「私などよりもっと深く読み取っておられました。明智はそのことを知り、心を隠す術を身につけたのでしょう」

「羽柴筑前守どのはどうだ」

「あのお方は、おどけることによって心に幕を張っておられました。父上は道化に調子を合わせることで、筑前守さまをうまく使えば良いと考えていました」

（ならば、父上については……）

　どう読んでおられたのかと聞きたかったが、口にすることはできなかった。

「このお社はスサノオノミコトを祀っています」

　永姫が境内の鳥居を見上げた。

　そこには祝言の日と同じように、つがいのカワセミが羽根を休めていた。

「スサノオノミコトは妻のために八雲立つの歌を詠じました。あなたもやがて、あの歌のように見事な八重垣を造られるでしょう。今のままのお気持ちで進んで下さい」

　永姫に励まされ、利勝の一行は一昨日来た道を逆にたどり、鈴鹿峠をこえて日野城に向かった。

明智勢の包囲をくぐり抜けて日野城に入る手立てを考えながら馬を進めたが、夕方に城下についた時には敵の姿はなく、いつもと変わらぬ平穏を保っていた。

利勝は本丸御殿で蒲生忠三郎と対面し、

「御本所さまは明日、後詰めのために着陣なさる予定です」

そう報告してから状況をたずねた。

「七日に明智勢が攻めてくると聞きましたが、動かなかったのでしょうか」

「明智勢は布施忠兵衛や多賀豊後守を先陣として攻め寄せてきた。七日の早朝から城の包囲にかかったが、今日の午後になって潮が引くように退却していったのだ」

忠三郎は危機を脱し、表情にも余裕を取りもどしていた。

「それは、なぜでしょうか」

「私にも分からなかったが、先程高槻城のジュスト右近どのから急使が来た。備中高松城を攻めていた羽柴筑前守どのが、身方に参陣を呼びかけながら進撃しておられるらしい」

「備中から、こんなに早く……」

「この知らせは明智にも届いたのだろう。光秀は安土城の留守を娘婿の明智弥平次秀満に任せ、軍勢をひきいて都へ向かった。そのために、この城を囲んでいた兵を安土城の守りに回さざるを得なくなったのだ」

「それではこの先、どうするべきでしょうか」

「御本所さまの到着を待ち、安土城を奪い返すために出陣する。そのための仕度もととのえているので安心してくれ」

「忠三郎どの、実は報告しなければならないことがあります。御本所さまが出陣を渋られましたので、蒲生勢を先陣として安土城を攻めれば良いと進言いたしました。そうすれば労することなく安土城奪回の手柄を立てることができると」

「なるほど。それは妙案ではないか」

忠三郎は利勝の苦衷を察し、愉快そうに笑い飛ばした。

「それで良かったのでしょうか」

「御本所さまは性根のないお方だ。有利な風が吹けばどちらにでもなびかれる」

だから保身と利欲で誘うしかないと、忠三郎も永姫と同じことを言った。

「明日土山宿に着かれますが、いかがいたしますか」

「我らはいつでも安土城攻めの先陣をつとめるゆえ、御本所さまにこの城に入っていただきたい。そう伝えてくれ」

翌日、利勝は織田信雄の一行を出迎えるために土山宿まで行った。

昨日の辰の刻（午前八時）に松ケ島城を出たのだから、遅くとも正午には着くはずだと思っていたが、先頭が土山宿に入ったのは申の刻（午後四時）を過ぎてからだった。

信雄はさらに半刻（一時間）ほど遅れて到着し、土山宿に向かってせり出した丘陵に建つ土山城に入った。その数は八千ばかりである。領内の国衆に反織田家の動きがあるので、全軍を動かすことはできなかったのだった。

「御本所さま、蒲生忠三郎どのが日野城にお移りいただきたいとおおせでございます」

利勝は信雄と会って忠三郎の意向を伝えた。

「それには及ばぬ。わしはこの城にとどまることにする」

「忠三郎どのはご下知があり次第、先陣をうけたまわって安土城に進軍なされます。それを後方から支援するには、この城では遠すぎると存じます」

「まだ北陸勢が到着しておらぬ。それに伊勢の国衆どもの動きも気にかかる。ここで様子を見極めてから先のことを決するゆえ、蒲生にも下知をするまで動くなと伝えよ」

信雄はこの期に及んでもなお、決断をためらっている。これでは利勝も手の打ちようがなく、一日、また一日と無為に過ごしていた。

すると六月十四日になって、忠三郎から早馬の使者が来た。

「昨日十三日、羽柴筑前守どのの軍勢が、山城の山崎（乙訓郡大山崎町）において明智勢に大勝なされました。明智勢は総崩れになって京や近江方面に向かって敗走したそうでございます」

これを聞いた信雄はようやく腰を上げ、安土城に向かって進軍するよう全軍に命じたのだった。

六月十四日の夕方、蒲生忠三郎の軍勢二千は安土城下の大手口と百々橋口に布陣した。山崎の合戦で明智勢が大敗したと知った近江の国衆がこれに加わり、総勢は四千をこえていた。

織田信雄の本隊八千は城下の常楽寺を本陣としたが、これにも多賀豊後守や布施忠兵衛公保の父公雄、土山城の城主土山盛綱らが加わり、一万二千をこえる大軍になった。

安土城に立てこもる明智弥平次秀満の軍勢の数は分からない。ただ夕方から城内の各所にかがり火を焚き、将軍家の二引両や明智家の桔梗の紋の旗をずらりとかかげて威勢を示していた。

日が暮れるとかがり火が闇の中に浮き上がり、安土城全体が炎の山になったようだった。

「城内にいた明智勢の主力は、すでに坂本城に引き上げているはずです。城攻めの許可をお願いいたします」

忠三郎の使い番が奏上したが、信雄は許さなかった。

「城内の様子を探ることが先決じゃ。山崎の戦いで敗れたとはいえ、主力を温存しているかもしれぬ」

相当の軍勢がいなければあれだけのかがり火を焚くはずがない。信雄はそう言い張った。

利勝も篠原一孝らと共に信雄の本陣に従っていた。常楽寺からは炎の山となった安土城が夜空に浮かび上がるのが見えている。その光景が昨年七月十五日の盂蘭盆の日のことを思い出させた。

信長は城の軒先に提灯を吊るし、津島祭りの巻藁船のように光で飾り立てて、アレッサンドロ・ヴァリニャーノの送別の宴をもよおしたのだった。

翌朝、かがり火が消えた城内には旗だけが残され、明智勢は消え失せていた。忠三郎の使い番が奏上した通り、城内にいたのは数百人にすぎず、夜の間に城の裏手につけた舟で脱出したのである。

「一番乗りはわしがする。それまで誰も城内に入ってはならぬ」

さんざん日和見を決め込んできた信雄が、一番乗りの手柄を奪われまいと忠三郎らを押しのけて城内に入った。

利勝もそれに従ったが、城内の建物は思ったほど荒らされていなかった。

大手道の入口にある前田家の屋敷や羽柴家の屋敷も、二の丸御殿なども無事である。ただ各所に材木を井桁（いげた）に組んで燃やした跡が、黒い炭や灰となって残っていた。

信雄らは本丸に近づくにつれて足取りを速め、枡形（ますがた）門を抜けて本丸に入った。ここには信長が帝を迎えるために築いた清涼殿（せいりょうでん）とそっくりの御殿があったが、無残なばかりに打ちこわされていた。

しかも柱や戸板を抜き取り、かがり火として燃やしている。それは帝より上位に立とうとした信長への、これ見よがしの報復だった。

「見ろ。これが第六天魔王（だいろくてんまおう）の夢の残骸（ざんがい）だ」

信雄はもはや信長への反発を隠そうともしなかった。

そうして青ざめた顔で頭上にそびえる天主閣を見上げていたが、飯田半兵衛に「あれも燃やしてしまえ」と命じた。

「ただ今、何とおおせられましたか」

老臣の半兵衛が耳に手を当ててたずねた。

「あのような異形の天主があっては織田家の恥だ。わしまで同類と見なされては、たまったものではない。火薬をぶちまけて跡形もなく燃やしてしまえ」

「御本所さま、お待ち下され」

利勝は信長の志を受け継ぐために天主を守ろうとしたが、信雄は近習に命じていっせいに銃口を向けさせた。

「義弟でいたいのなら逆らうな。これからわしが織田家の当主だ」

信雄の家臣たちは火薬樽を一階に運び上げ、隅々にまでまんべんなく火薬を振りまいて火をつけた。炎が盛大に燃え上がり、黒煙をあげて外見五層の天主閣に燃え移った。

やがて八角形の四層も禅宗様の五層も炎に包まれ、全体が巨大な火柱となって炎を噴き上げた。と見る間に炎の滝となり、地鳴りのような音を立てて火の粉をまき散らしながら本丸御殿の側に崩れ落ちた。

「如何の事やらん。安土は信雄より放火なり」

加賀藩の兵学者、関屋政春は、『乙夜之書物』にそう記している。

炎上する安土城の天主閣を、利勝らが茫然とながめていた頃、前田利家は七尾城の改修工事に取り組んでいた。

本能寺の変で信長が討たれたと知れば、上杉景勝は能登の国衆や一向一揆に檄を飛ばし、畠山家の重臣だった温井景隆や三宅長盛らを先頭に立てて攻め入って来るだろう。

長景連が棚木城を占拠した時のように、彼らは上杉の水軍を用いて海から能登に上陸しようとするにちがいない。それを水際で阻止できればいいが、どこの港から上陸してくるか分からないので、兵を配して警戒にあたることは難しい。

最悪の場合は七尾城に立てこもって持久戦になるおそれがあるので、その時に備えて補強を急いでいるのだった。

まず着手したのは、三の丸や調度丸の入口にある枡形門の強化である。

尾根や谷伝いに攻め上がってくる敵を阻止するために門の石垣を築き直し、頑丈な四脚門を建てなければならないが、急なことで人足も材料も不足していた。

「人足の数が足りません。これ以上石を運び上げるのは無理でございます」

弟の秀次が現場の窮状を訴えた。石はふもとから運び上げさせていたが、半里（約二キロ）ちかくもあるので人足たちが音を上げていた。

「足りぬなら家来たちにも石を運ばせよ。今日、明日にも敵が攻め込んでくると思え」

利家は本丸に近い桜馬場に腰をすえ、皆の働きぶりに目を光らせていた。

「家来たちも手一杯で、これ以上は無理でございます」

「あと何人いれば足りるのじゃ」

「三百人ほどでございます」

「長頼、それだけの領民を集める手立てはないか」

「穴水の百姓に命じれば何とかなりましょうが、すぐには無理でございます」

側近の村井長頼は普請奉行をつとめていた。

「ならばどうする。枡形門を失ったままでは、敵を迎え討つことはできぬ」

「兄者、足元の石を使ったらどうでしょうか」

秀次が申し出た。

「足元だと。どこにそんな石がある」

利家は床几に腰をかけたままあたりを見回した。

「桜馬場の石垣を使うのでございます。ひとまずこれを崩し、枡形門の材料にしたらどうでしょうか」

「そうじゃ。それで良い。そうしてくれ」

幸い桜馬場の石垣は、畠山氏の頃に大きな石を用いて頑丈に築いてある。高さ一丈（約三メートル）、幅は半町（約五十五メートル）ほどもあった。

日は次第に暮れてゆくが、誰もふもとへ下りようとしない。上り下りの手間をはぶくために、城内に残った櫓や新たに造った陣小屋で寝泊まりしていた。

利家も本丸の櫓に詰めて範を示している。夕暮れ時になると城下の町が少しずつ薄闇に包まれていくが、七尾湾の面がほんのりと明るい。鏡のように凪いだ海が、空の色を映しているからである。

利家は本丸の曲輪に立ち、眼下に広がる景色をあきることなくながめていた。どの家でも夕餉の仕度のためにかまどに火を入れる。屋根から煙が立ち昇り、空に向かいながら消えていく。

その火と煙が家臣や領民一人一人の今を生きる証である。自分を領主とあおぎ、命を預けて従ってくれている。

（その信頼に応えるために戦い、豊かな国を築くのだ）

利家は全身が鳥肌立つほどの感動を覚えながら決意をあらたにしていた。

「殿、危のうございます」

いつの間にか四井主馬が間近に寄り、赤子のように隙だらけだと小石を投げた。利家はそれを受け止め、眼下の谷に向かってほうり投げた。

「たまには心の鎧を脱がねば身がもたぬ。その様子だと多くの収穫があったようだな」

「越後まで出向いて、敵の動きをさぐって参りました。上杉景勝は越中、能登の国衆に書状を送り、近日中に出馬するので身方をするように呼びかけております」

「喜平次（景勝）のたわけが。天神山城から尻尾を巻いて逃げ出したことを忘れたか」

「都で凶事が起こったため、越中に在陣していた織田勢はことごとく敗軍したと触れております。能登の国衆や石動山の僧兵の中には、時節到来とばかりに応じる者がおりますので、旗頭とするために温井景隆、三宅長盛を能登に送り込むようでございます」

「死に損ないどもが。どこの港から攻めかかってくるつもりじゃ」

「それは分かりませんが、温井、三宅の手勢は五百、これに上杉勢五百を添えての出陣になるようでございます」

「主馬、配下は何人になった」

「五人でござる。そのうち一人はくの一で、侍女として春日山城にもぐり込んでおります」

主馬が上杉家の内情に通じているのは、その忍びから報告があるからだった。

「銭は惜しまぬ。人数を倍に増やし、敵がどの港から上陸するか突き止めてくれ」

利家は懐から巾着（きんちゃく）をつかみ出して主馬に渡した。金の小粒が五十両（約四百万円）ほど入っているはずだが、中身を確かめようともしなかった。

翌日、金沢の佐久間盛政から使者が来た。

「柴田勝家さまからの書状でございます。主（あるじ）が先に拝見して、前田さまにとどけよと命じました」

四十ばかりの世慣れた男が、失礼のないように丁重にことわって書状を渡した。

それには羽柴秀吉が六月十三日に、山崎の戦いで明智光秀に大勝したと記されていた。光秀は近江に逃れようとしたが、小栗栖（おぐるす）（京都市伏見区）あたりで討ち取られたという。

「これは、まことか」

利家は衝撃のあまり問い詰める口調になった。

秀吉は備中高松城で毛利勢二万五千と対峙（たいじ）していた。それなのにこんなに早く兵を返すことができるとは信じられなかった。

「まことでございます。柴田さまのもとに、秀吉どのから戦勝を告げる使者が来たそうでございます」

「藤吉郎はどれほどの軍勢をひきいていたのじゃ」

「大坂城にいた織田信孝さまの軍勢と合流なされたようですが、しかとは分かりません」

「さようか。信孝さまと……」

利家の衝撃はつづいている。秀吉の大勝を喜ぶより、先をこされた悔しさに激しい目まいを覚えたが、己を励まして最後まで書状を読み切った。

柴田勝家は秀吉の戦勝を伝えた後、この先の混乱に備えるために柴田勝豊を大将とする五千の軍勢を安土城に向かわせたと記している。

状況が分かり次第自分も安土に向かうので、利家にも能登一国の軍勢をひきいて出陣するように求めていた。

「玄蕃はどうする。出陣できるのか」

「主は前田さまと談じた上で決めると申しております」

盛政の使者が告げた。

「内蔵助はどうした。同様の書状が行っているのか」

「柴田さまが使者を立てておられると存じますが、しかとは聞いておりません」

「さようか。しかとは何も分からぬか」

魚津城を攻め落とし、越中攻略は目前だと喜んだのは、つい半月前のことである。それなのに何という運命の転変だろうと、利家は天をあおいだ。

「前田さま。ご出陣の件、いかがでございましょうか」

「一日考えさせてくれ。親父さまにあてた書状を明日玄蕃に届けるゆえ、そちはこれを持って金沢にもどるがよい」

利家は拝見したと分かるように、あて名の下に花押（かおう）をして使者に渡した。

その夜、利家は遅くまで寝付けなかった。櫓（やぐら）の窓を開け放ち、月を映してゆらめく七尾湾をながめながら、勝家の依頼にどう対処するべきか考えていた。

本能寺の変以後の動向について、利家にはひとつの見込みがあった。明智光秀が将軍義昭と結託して謀叛（むほん）を起こしたのなら、各方面に派遣されている織田家の武将が単独で対抗するのは難しい。しばらくは領国を固めてのにらみ合いになるはずである。

そう思ったからこそ、魚津城での軍議で勝家の出陣要請を断ったのだが、その見込みは秀吉によって簡単にくつがえされた。

秀吉はどうして毛利勢の追撃を受けることなく、あれほど早く兵を返すことができたのか。しかも領国にしていた播磨（はりま）や美作を守ろうともせずに明智勢との戦いに突入するとは、利家にはとうていできない芸当だった。

翌朝、利家は村井長頼と奥村家福（おくむらいえとみ）を呼んで勝家からの依頼を伝えた。

「親父どのは兵を出せと言って来られたが、応じるべきかどうか考えを聞かせてもらいたい」

「殿はどうお考えでござろうか」

家福が太い眉尻を下げてたずねた。

「一晩考えたが、今能登を空けるわけにはいかぬ。敵はすでに足元まで迫っているのだ」

「それなら我らに相談する必要はないのではござらぬか」

「魚津での軍議につづいて二度も断っては、親父さまとの仲がこじれる。それゆえ家中の総意ということにしたい」

「解せぬのは柴田さまのお考えでございます」

長頼が難しい顔をして首をかしげた。

「明智が討死したのなら、すでに天下の大勢は決まっておりましょう。どうして大軍をひきいて行く必要があるのでしょうか」

「まだ明智の残党がいるかもしれぬ。それに藤吉郎と張り合うためにも、威勢を示したいのであろう」

「それは柴田さまのご都合でしょう。領国を危険にさらしてまで、付き合う義理はないものと存じます」

きっぱりと拒むべきだと、長頼が強硬な姿勢を見せた。

「ならば長頼、そちが親父さまへの返書を書いてくれ」

「承知いたしました。こちらを拝借つかまつります」

長頼は文机につき、懐から矢立と紙を取り出して手早く書状を書き上げた。

「昨日は尊書にあずかり、本望至極に存じました。すでに御状は使者に持たせて佐久間玄蕃殿に返しました。さて今度山城国の山崎において明智が合戦におよび、討死したとお知らせいただき、これに過ぐる喜びはありません。そこで先陣として伊賀守殿（柴田勝豊）、三左衛門尉殿（柴田勝安）、久右衛門尉殿（佐久間安政）が安土に向けて出陣されたとうかがいました。彼の表からの知らせがあり次第、御馬を出さるるのも、もっともと存じます」

ここまでは勝家の書状に対するお礼と感想で、利家の事情を記しているのはこれからだった。

「しかしまことに不実ではございますが、こちらは一揆勢が蜂起すると取沙汰されておりますので、鹿島郡、羽咋郡に砦を築くように申し付けております。当国から越後へ出奔していた牢人どもが船を集め、能登の港から上陸しようと企てているという噂もあり、人数を召し連れて討伐に出なければならないと考えているところです。それゆえまことに申し訳ないのですが、お求めのように能登の軍勢をひきつれてお供することはできません。詳しくは使者におたずね下さい」

利家は一読して素っ気ない気がした。確かに意はつくしているが、勝家にすまないという気持ちをもう少し出してもらいたかった。

「これでは言い寄る男に肘鉄をくらわす女子のようではないか。断って申し訳ないという気持ちを、もっと強く出すことはできぬか」

「たとえば、どのようにでございますか」

「出陣したいのは山々だが、どうしても応じることができぬ。そう思っていることを、親父さまに分かってもらいたい」

利家と長頼、家福主従は額を寄せて知恵を出しあった。そして出陣できないと記した件を、次のように書き替えた。

「しかし出陣については、領国の仕置きを申し付けてから、騎馬五十、百を引き連れてでもお供しようと思っています。ご注進の通りにいたします」

それくらいの人数なら来なくていい。勝家がそう言うと期待しての書き直しだった。

六月十九日になって四井主馬が報告に来た。

「温井、三宅らは上杉勢に支援され、二、三日後には能登に攻め入るようでございます」

「どこから上陸する。女良浦か宇波か」

二つの港とも富山湾側で越中に属している。敵は前田家の力がおよばない所から上陸し、石動山城（鹿島郡中能登町）に入るのではないかと利家は見込んでいた。

「敵はおよそ一千。船は五十艘ちかいと思われます。女良浦に船を着け、一気に石動山への道を駆け登るつもりでございましょう」

「能登の者はどうじゃ。温井や三宅に応じる国衆はどれほどになるか分からぬか」

「二千は下るまいと思われます。石動山の僧兵らは各地の寺社に檄を飛ばし、神仏復興の時だと参集を呼びかけております」

「これから軍議を開く。そちも同席せよ」

集まったのは弟の秀次、村井長頼、奥村家福、富田景政、高畠定吉、長連龍である。

利家は能登半島の絵図を開き、敵は数日のうちに石動山城に入ると告げた。

「城は石動山天平寺の西側の尾根にある。上杉謙信が七尾城を攻略した時に拠点とした要害じゃ」

石動山から峰道を東北に進めば、七尾城までは二里半（約十キロ）ほどしかない。しかも石動山のほうが標高が高いので、七尾城は見下ろされることになるのだった。

「敵の数はおよそ三千。我らの手勢は今のところ千五百ばかりじゃ。各地の家臣や国衆が参集するまで、早くても半月はかかるであろう」

「それだけの人数であれば敵は荒山城にも兵を配し、荒山往来を押さえようとするでしょう」

長頼が絵図を指して見通しを語った。

荒山城は石動山の半里（約二キロ）ほど西にある、峰道を扼する山城である。この西側には女良浦と良川（中能登町）を結ぶ荒山往来（現県道十八号線）があるので、この道を敵に押さえられたら能登が東西に分断される恐れがあった。

「これを阻止するには、敵より先にこの砦を確保するしかありません」

長頼は石動山と荒山城の間の柴峠砦を扇で押さえた。

「ここに兵を入れて石動山と荒山の連絡を断てば、荒山城を攻め落とすのはたやすいと存じます」

「しかし長頼どの、石動山の僧兵が上杉と通じているのなら、この峰道もすでに押さえておろう」

柴峠砦に入るのは難しいのではないかと、家福が難色を示した。

「行くとすれば良川まで迂回して、二宮川ぞいの道をさかのぼるしかありません。上流の蟻ケ原から柴峠まで通じる杣道がございます」

「それは長い道中でござるな」

「ともかく敵より先に柴峠砦を押さえることが肝要でございます。少人数の先発隊を出し、本隊が行くまで持ちこたえるしかございません」

「その役目、それがしにやらせていただきたい」

高畠孫十郎定吉が申し出た。

尾張の荒子の頃から利家に仕え、数々の合戦で手柄を立ててきた股肱の臣である。利家の妹津世を妻にしているので、一門衆の扱いを受けていた。

「ならば、それがしも、お供をさせていただこう」

強情者の富田景政も、定吉にだけは一目おいている。歳は景政が五十九、定吉は一回り下だが、まるで年長者になつくように接していた。

「それなら二人に任せよう。三百人ばかりで砦を押さえてくれ。わしは五百の兵をひきいて、できるだけ早く駆けつけるようにする」

利家が命じると、定吉と景政は目配せをして即座に出陣していった。

「又左衛門どの、石動山には性寂坊という旧知の僧がおります。その者から内情を聞き出すことができると存じます」

長連龍が孝恩寺で修行していた頃からの知り合いで、役僧となって開山堂に仕えているという。

「ならば主馬、開山堂に行ってその僧と連絡をとってくれ」

利家が言い終えぬうちに、四井主馬も姿を消していた。

「殿、末守（末森）城の土肥但馬守どのはいかがなされますか」

長頼がもうひとつの懸念を口にした。

土肥但馬守親真は氷見地方南部に勢力を張っていた越中の国衆である。上杉家が越中に勢力を伸ばしてくるとこれに従い、天正五年（一五七七）に上杉謙信が能登一国を攻略した時に、末守城主となって羽咋郡を与えられた。

ところがその翌年に謙信が他界し、上杉家では後継者をめぐって内乱が起こった。

その隙をついて天正八年（一五八〇）に柴田勝家らが能登に侵攻したために、親真は末守城と羽咋郡の領有を条件に信長への臣従を誓った。その翌年に利家が能登一国を与えられると、長連龍とともに前田家の与力とされた。

それゆえ親真は利家の出兵命令に従わなければならない立場にあるが、信長が討たれた今となっては、どんな動きに出るか分からなかった。

「そうだな。家福、そなたはどう思う」

利家は思いあぐねて奥村家福に意見を求めた。

「分かりませぬ。しかし元々上杉家で重用されたお方ゆえ、最悪の場合を頭に入れておくべきだと存じます」

「連龍、そなたの考えは」

「石動山に近い女良浦の港は、今も但馬守どのに心を寄せる者たちがおります。温井、三宅らがここから上陸したなら、但馬守どのが関与しておられると見るべきでしょう」

「それなら但馬守に出陣を命じることはできぬということか。しかも押さえの兵まで必要になるとは難儀なことだ」

利家は近頃、難儀が口癖になっている。状況がそれほど切迫しているからだが、以前のように信長のために戦うという使命感から解放されたせいか、自分を客観的に見る目を身につけつつある。

そんな目で見てみれば、難儀にまみれた自分が可笑(おか)しいような哀(かな)しいような気がするのだった。

「兄者(あにじゃ)、加賀の佐久間玄蕃どのに加勢を頼んだらいかがでしょうか」

弟の秀次が絵図をのぞき込み、金沢から能登に至る海ぞいの道を指した。

玄蕃がこの道をたどって北進したなら、末守城下を通るので土肥親真も兵を出さざるを得なくなるというのである。

「但馬守どのが兵を出されなかったとしても、玄蕃どのが能登に着陣なされば末守城と我らをへだてる楯になりましょう」

秀次はいつも冷静で沈着な判断をする。利家は囲碁の妙手でも見る思いで秀次の指先を見つめながら、息子の利勝は秀次に似たのかもしれないと思った。


虫が知らせたのだろう。翌日に件の息子から使者が来た。今度は村井長次ばかりか篠原一孝も同行していた。

長次は十五歳。一孝は二十一歳で利勝と同い歳である。以前とは見違えるほど立派になった一孝を見て、利家は利勝も同じだろうと懐かしさにとらわれた。

「大殿、安土城の若殿からの書状でございます」

一孝が差し出した書状には、
一、安土城天主閣の焼失について。
一、羽柴筑前守さまの動向について。
一、柴田勢の先陣の安土到着について。
一、拙子（利勝）の越前府中への退却について。
という項目が列挙され、委細は一孝、長次が申し上げると記されていた。

利家は秀次や重臣たちを集め、皆の前で二人の口上を聞くことにした。

「若殿は六月七日に伊勢松ヶ島城の織田信雄さまを訪ね、日野城に立てこもっている蒲生勢を救援するように依頼されました」

その要請に応じて信雄は出兵したものの、六月十五日に安土城の天主閣に放火した。そのいきさつを一孝が詳しく語った。

「なんと、御本所さまがみずから城を焼かれたと申すか」

利家が血相を変えてたずねた。

「さようでございます。若殿が止めようとなされましたが、鉄砲の筒先を向けられたためになす術がなかったのでございます」

「あの大たわけが。何を考えておるのじゃ」

「お言葉ですが、無理もないことかもしれませぬ」

秀次が分からぬでもないと、信雄の心情を読み解いてみせた。

「御本所さまにとって、上様は偉大すぎる父親でした。気にいられようと全力を尽くしても、自分の力ではどうすることもできない。不甲斐なさだけを感じるうちに、いつしか上様を憎むようになっておられたのでしょう」

「そんなふざけた理屈があるか。己が不甲斐ないと思うなら、人の五倍も十倍も努力して上様の気に入られるようにすればいいのじゃ」

「兄者のおおせられる通りですが、人には持って生まれた器量があります。それが出来る者は、ほんのひと握りでございましょう」

「あの天主閣は上様の夢と志の象徴だった。そんなことなど何ひとつ分からぬ馬鹿息子に火をかけられるとは、上様があまりにお気の毒ではないか」

天上の間で信長と語り合った時のことを思い出し、利家は哀れさに涙を流した。自分も信長の考えを充分に理解していたわけではないが、信長に惚れ込み、ひとかどの漢と認められようと努力をつづけてきた。

それなのに息子というだけで特別の地位を与えられてきたあの馬鹿が、よりにもよって天主閣に火を放つとは……。

「次に羽柴筑前守どののことですが」

一孝が義父長重に目配せされて話を進めた。

「備中高松城を攻めておられた筑前守どののもとに本能寺の変の報がとどいたのは、六月三日の夕方か翌日の朝と思われます。筑前守どのは毛利方との和議を急いで取りまとめ、六月六日には姫路城に向かって出発なされました」

「ちょっと待て。変の報を知って、たった二日で和議を結んだということか」

利家はこちらにも嚙みついた。

魚津城の敵との交渉さえ、柴田勝家は五日もかけたのである。高松城には毛利輝元らが二万五千の軍勢をひきいて後詰めに出ていたというのに、たった二日で降伏を決めるとは考えられなかった。

「あるいは事前に交渉を進めておられたのかもしれませんが、詳しいことは分かりませんん」

「事前に交渉していたとすれば、本能寺の変が起こることを知っていたのかもしれぬ。一孝、そのような話は聞いておらぬか」

「若殿からお聞きしたのは、筑前守どのと毛利方の和議の内容でございます。それをお伝えせよと、申しつかりました」

一孝は大きく息を吐いて丹田に力を込め、あごの張ったいかつい顔で利家と重臣たちを見回した。

「筑前守どのと毛利家の和議の条件は次の通りでございます。ひとつ、備中、備後、伯耆の三ヵ国を引き渡すこと。ひとつ、双方から人質を出して交換すること。ひとつ、高松城の城主、清水宗治が切腹すること。ひとつ、毛利家から鉄砲五百挺と毛利家の旗三十流れを引き渡すこと。以上でございます」

これには利家も重臣たちも唖然として声もない。信長が討たれたと知った利家らは、敵の反撃を恐れてあわてて領国に引き上げた。それなのに秀吉は、どうしてこんな条件を毛利に承諾させることができたのだろうか……。

「なぜじゃ。なぜ毛利はそこまで藤吉郎の言いなりになる」

利家は力なくつぶやいた。

「本能寺の変が起こったことを知らず、上様が出陣なされる前に和議を結んで家を守ろうとしたのではないでしょうか」

秀次が扇子を出して胸元をあおいだ。

陽が高くなり、本丸の櫓は息苦しいほど蒸し暑くなっていた。

「それならば鉄砲や旗まで引き渡すことはあるまい。まるで藤吉郎の軍門に降ったような有り様ではないか」

西国の雄毛利家が、家の旗を引き渡すような屈辱的な条件を呑むはずがない。利家がそう考えるのは無理もなかったが、これは虚報ではなかった。

後に徳川幕府が編んだ『徳川実紀』は、このことについて次のように記している。

〈都よりして賊臣光秀叛逆して織田殿御父子を弑する注進を聞とひとしく。其よし少しもかくさず毛利が方へ申送り。忽に和をむすび。毛利より旗三十流鉄砲五百挺かりうけ。そのうへ輝元が人質とつて引かへし〉

本能寺の変が起こったと知りながら毛利家がここまで卑屈になったのは、変の背後に思いもよらぬ勢力が関与していたからである。後に利家は、秀吉の口からそれを聞かされることになるのだった。

「柴田さまの先陣のことについては、私が述べさせていただきます」

十五歳の村井長次は、前に来た時より日焼けしてたくましくなっていた。

「柴田勝豊さまを大将とする五千の軍勢は、すでに安土に到着しております。しかし織田信雄さまは、安土城内には宿所がないので、佐和山城下にとどまるようにおおせつけられました」

また勝家の本隊八千余は六月二十四日に到着する予定で、それに合わせて秀吉と丹羽長秀、池田恒興が安土城に集まり、信雄、信孝も交えて信長の後継者を決める会議を開くという。

「そうじゃ。新しい当主のもとに織田家が結束しなければなるまい」

そう言ったものの、利家には信雄も信孝も適任とは思えなかった。安土城に火をかけた信雄が信長の志を継ぐとは思えないし、信孝も信長の荒々しい気性ばかりを受け継いでいて内実がともなっていなかった。

「若殿は柴田勝家さまを迎えてから、越前府中に引き上げるとおおせでございます。能登の情勢が険しくなっているようなので、必要とあらば府中の兵を加勢に差し向けるとのことでございます」

「その儀は無用じゃ。我らに万一のことがあっても、孫四郎は府中を固く守っておれと伝えよ」

その日の夕方、高畠定吉から使者が来た。無事に柴峠砦に入り、籠城の態勢をととのえた。温井、三宅勢はまだ石動山城にも荒山城にも入っていないという。

利家は敵より先に柴峠砦に入り、荒山城を押さえようかと思った。だがそうすれば温井、三宅勢は石動山城に入るのを断念し、手薄になった七尾城下に攻め入るだろう。

それでは城下の被害が大きくなるし、敵を一挙に討ち取ることはできなくなる。ここはじっと身を伏せて、敵が山上に上がるのを待つべきだった。

第五章　超人秀吉（ちょうじんひでよし）

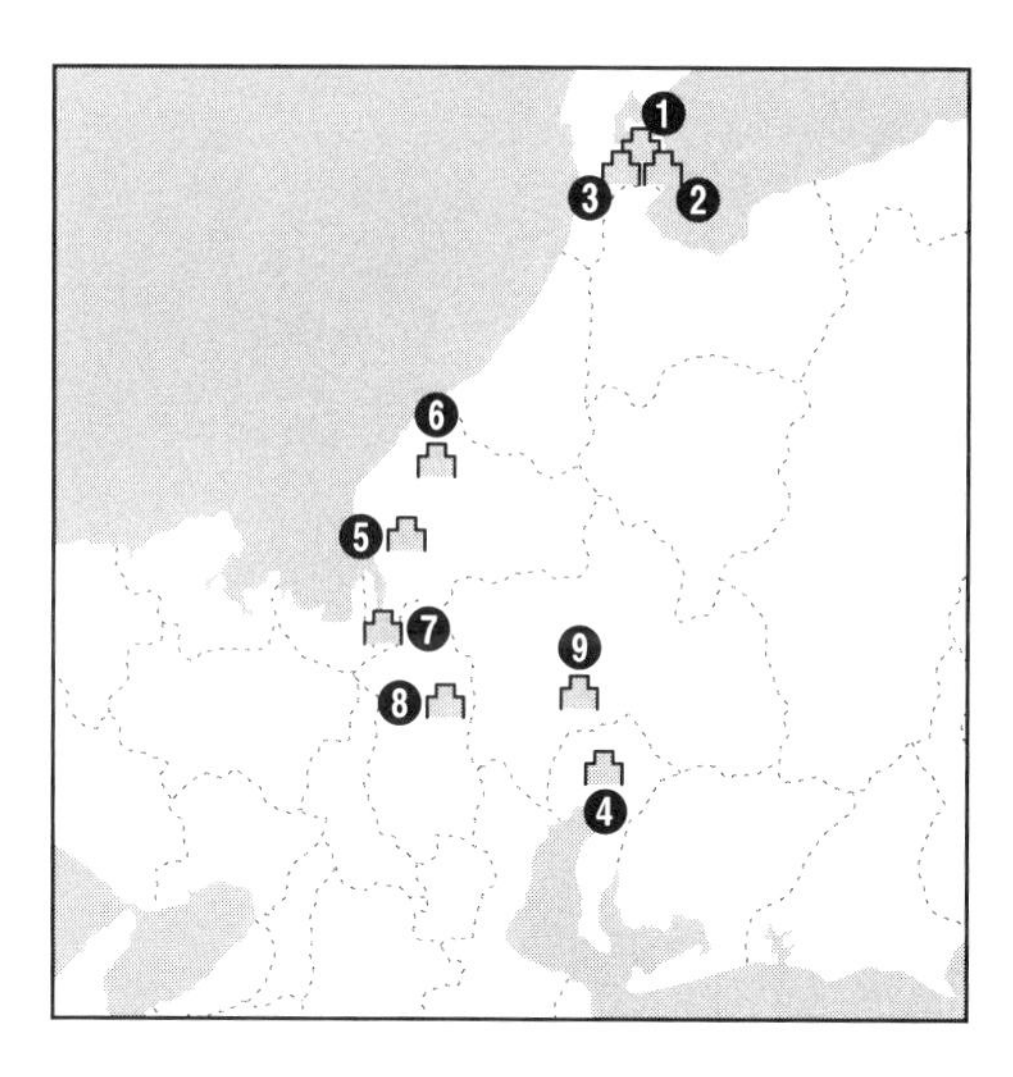

- ❶ 七尾城
- ❷ 石動山城
- ❸ 荒山城
- ❹ 清須城
- ❺ 越前府中城
- ❻ 北庄城
- ❼ 玄蕃尾城
- ❽ 佐和山城
- ❾ 岐阜城

六月二十三日になって、七尾城の前田利家のもとに四井主馬が報告に来た。

「殿、敵は今朝早く女良浦（氷見市）に上陸し、石動山城に向かいました。その数三千でございます」

「鉄砲はどれほど備えている」

「三百ばかりかと」

「飛んで火に入るたわけどもが。一人残らず討ち取ってくれる」

翌朝未明、利家は五百の精兵をひきいて七尾城下の高屋敷を出た。月明かりを頼りに山ぞいの道をたどり、武部の集落を抜けて天日陰比咩神社の前に出ると、二宮川ぞいの道をさかのぼった。

途中で川は二つに分かれている。左に行けば杓子ケ峠をこえて石動山へ、右に曲がれば蟻ケ原から柴峠につづいている。利家らは右の道をたどって柴峠に向かった。

幸いあたりはうっそうたる雑木林におおわれ、荒山城に入った敵に発見されるおそれはない。昼なお暗い林の中を黙々と歩き、日が暮れる頃には柴峠砦に入った。

先陣として乗り込んだ高畠定吉と富田景政は、曲輪のまわりに柵を結いまわし、粗末ながらも雨風をよけられる陣小屋を建てていた。

「敵の動きはどうだ」

利家は休む間もなく定吉らと軍議を始めた。

「昨日の夕方、峰道を通って石動山城に向かいました。我らには気付いておりません」

「荒山城の様子は」

「三百ばかりの兵しか入っておりません。温井、三宅の本隊はひとまず石動山城に入り、天平寺の僧兵と打ち合わせてから荒山城の守りにつくようでございます」

定吉は物見を出して状況を確かめていた。

「ならば動くのは、明日か明後日だな」

利家は四井主馬を呼び、石動山にいる性寂坊と連絡を取って、敵の動きを突き止めるように命じた。

主馬がもどったのは、その日の夜半である。

「明朝卯の刻（午前六時）、敵は荒山城に向かいます。その数二千」

「鉄砲の数は？」

「分かりません。しかし敵は殿がここにおられることに気付いておりません。荒山城に行くのは城の普請をするためで、戦仕度も充分ではないようでございます」

「性寂坊は達者か」

利家はふとそのことが気になった。性寂坊と会ったことはない。だが父親の氷見屋善徳とは能登に入国した時から懇意にしている。七尾城下に店を構えて手広く廻船業を営んでいるので、急場の資金を融通してもらったこともあった。

「開山堂に仕え、学僧などの指導にもあたっておられます。人望もあり、山内で一派をなすほどでございます」

「善徳はやがて性寂坊を引き取り、七尾城下に寺を建立したいと言っておる。性寂坊が敵に怪しまれないように用心してくれ」

翌朝未明、利家は再び軍議を開いた。集まったのは村井長頼、奥村家福、高畠定吉、富田景政ら主立った者たちである。

「あと一刻（二時間）もすれば、石動山の敵がこの下の峰道を通って荒山城に向かう。その数は二千」

利家は絵図を示して作戦を語った。

「我らは峰道の上手にひそみ、敵の半数が通り過ぎた頃合いを見計らって攻撃をしかける。そうして敵を分断し、荒山城と石動山に追い込むのだ」

荒山城に逃げる敵は定吉と景政の先陣三百、石動山に逃げる敵は利家の本隊五百が追撃する。しかしこれは敵を分断して動きを封じるのが目的で、深追いは禁物だった。

「敵を荒山城に追い込んだなら、定吉らはこの砦にもどって石動山との連絡を断ってくれ。佐久間玄蕃（盛政）らの軍勢が到着したなら、荒山城攻めにかかってもらう」

「恐れながら、玄蕃どのはいつ頃出陣なされるのでしょうか」

定吉がたずねた。

「まだ返事はないが、四、五日のうちには着くであろう。我らが敵を打ち破ったと知れば、出陣も早くなるはずじゃ」

卯（う）の刻（午前六時）を四半刻（しはんとき）（三十分）ほど過ぎた頃、温井、三宅勢が峰道を縦長になってやってきた。

一人が通れるほどの道幅しかないので、祭りの行列のように無防備である。しかも武装しているのは三人に一人くらいで、鋤（すき）や鍬（くわ）を手にした戦場（いくさば）人足が多かった。

利家は獲物を狙う虎のような目をして、一千人ばかりが眼下を通り過ぎるのを待った。

「武装した者だけを撃て。人足は領内の百姓たちじゃ」

無駄に殺すなと念を押し、鉄砲隊に銃撃を命じた。

道にそって横一列に布陣した者たちが、鎧（よろい）の者だけを狙って引金を絞る。パンパンという乾いた銃声が上がり、的にされた者たちが次々に撃ち倒されていった。

ほどなく敵はくずれ始めた。なす術（すべ）もなく獣のように撃ち殺されてたまるか。そんな思いに駆られた鎧武者たちは、身を伏せながら斜面を下りて我先にと逃げ始めた。

「今じゃ。敵を追い込め」

利家の命令に従って、槍（やり）隊を先頭にした軍勢が敵を東西に追い始めた。高畠、富田隊は荒山城へ逃げる敵を、利家の本隊は石動山城に引き返す敵を追撃する。

そうして思うさま斬って回り、太陽が頭上にかかる頃には敵の三分の一ばかりを討ち取って所定の位置に引き上げた。

計略通り七尾城に兵をおさめた利家は、佐久間盛政、土肥親真の参陣を待って荒山城、石動山城を攻略するつもりだったが、六月末になっても二人は到着しなかった。

「殿、佐久間玄蕃どのから使者が参りました」

村井長頼が指物を背負った使い番を案内してきた。

「佐久間勢二千は末守城下に到着しておりますが、土肥但馬守（親真）どのが出陣に難色を示しておられます。これが主からの書状でございます」

使い番が差し出した書状には、親真が出陣の補償として五千石の加増を求めていると記されていた。相次ぐ出陣で国衆の不満が高まっている。少しでも加増してやらなければ、出兵命令に応じようとしないというのである。

「この件、お認めいただけましょうか」

「親真め。人の足元を見おって」

利家は腹立ちのあまり、書状を握りつぶしたい衝動にかられた。

「殿、応じてはなりませんぞ」

そんな勝手を認めれば、主従の秩序が乱れる。それに土肥に五千石を与えるなら、同じ与力である長連龍も加増しなければ釣り合いが取れない。長頼がそう言って反対した。

「そちの申す通りだが、これは玄蕃の頼みじゃ。認めなければ援軍を出してくれた玄蕃が迷惑しよう」

利家は佐久間盛政の顔を立てるという理由で、親真の要求に応じることにしたのだった。

七月三日の夕方、安土に向かった柴田勝家から使者が来た。

「去る六月二十七日、清須城（愛知県清須市）において織田家の跡目について会議が行われました。その結果は次の通りでございます」

勝家の書状には会議の結果が列挙され、最後に名字を欠く署名と花押が投げやりな感じで記されていた。
一、参加者。勝家、丹羽長秀、池田恒興、羽柴秀吉。
一、跡目。信忠公嫡男三法師さま。
一、三法師さまの後見人。織田信雄さま、同信孝さま。傅役、堀久太郎（秀政）。
一、執権。勝家、丹羽長秀、池田恒興、羽柴秀吉。
一、領地加増分。信雄さま、尾張国と清須城。信孝さま、美濃国と岐阜城。羽柴秀勝（秀吉養子）さま、丹波国と亀山城。勝家、北近江三郡と長浜城。丹羽長秀、近江二郡と坂本城。池田恒興、大坂・兵庫など摂津国三郡。秀吉、河内国、山城国の一部。
一、なお、会議の決定に従う旨の誓約が、信雄さま、信孝さま、徳川家康よりなされている。
決定はおおむね妥当なものである。数え年三歳の三法師（秀信）が当主となるのは心もとないが、信雄と信孝のどちらかが家を継ぐより混乱は少ないはずである。

気になるのは秀吉の躍進ぶりだった。

養子にしている秀勝に丹波一国が与えられたのは、信長の四男という理由によるものだろうが、まだ十五歳なのだから実質的には秀吉への加増と同じである。

その上河内と山城両国にも所領を得たなら、播磨や美作と合わせれば百万石を超える。能登一国を与えられたとはいえ、長連龍や土肥親真と所領を分けている利家とは雲泥の差だった。

「清須城での決定について、親父さまはどう思っておられるのじゃ」

要点を欠く書状への不満を、利家は使者にぶつけた。

「納得しておられるわけではありません。しかし筑前守どのは明智光秀を討ち取る手柄を立てておられますので、抗することができなかったのでございます」

「それは致し方あるまいが、これでは藤吉郎が織田家の筆頭家老になったようなものではないか」

「我らが安土に着いたのは、六月二十四日のことでございました。会議は安土で行われると聞いておりましたが、直前になって三法師さまが移られた清須城で行うことになりました。それゆえあわただしく清須に向かい、根回しや下準備ができなかったのでございます」

「それは藤吉郎の策略であろう。丹羽どのや池田どのはどうしておられたのじゃ」

そんな勝手を許したのかと問い詰めたが、使者は詳しいことは分からないと言って矛先をかわした。おそらく丹羽長秀も池田恒興も秀吉に丸め込まれたのだろう。孤立無援となった勝家には、秀吉の旧領である北近江三郡を確保するのが精一杯だったのである。

利家はもう一度書状を読み直し、何とも言えない不快さにとらわれた。秀吉は五年前に手取川の陣から離脱する時、「あんなボンクラにいつまでも大将を任せとっては、上様のためにならん。だもんで時代が変わったことを、誰かが教えてやらんならん」と言った。

それを信長の横死という急場で、鮮やかに実行してみせたのである。

（そんな策略に、手もなく翻弄されるとは……）

馬鹿親父と言われても仕方がないではないかと憤懣やる方なかったが、冷静に自分を見つめ直してみれば、腹を立てているのは勝家に対してではなかった。

秀吉に対する嫉妬と羨望、そして言いようのない反感が、利家の頭の中で渦巻いている。それは誰にも話せない不様な感情だけに、大きく呼吸をして己をなだめるしかなかった。

（内蔵助に会いたい）

利家は切実にそう思った。佐々成政ならこの気持ちがよく分かるはずである。酒でも酌み交わしながら、この先秀吉とどう向き合ったらいいのか話し合いたかった。

七月五日、佐久間盛政と土肥親真が高畠（鹿島郡中能登町）に着陣した。佐久間勢二千、土肥勢五百である。

七尾城にはすでに二千の兵が集まっている。柴峠砦からの奇襲によって弱体化した敵を討つには充分の人数だが、利家はすぐに兵を動かそうとはしなかった。

（藤吉郎に負けたにゃあで、知恵を使うに）

そんな対抗心に突き動かされ、この機会を最大限に利用する方法を考えた。

「領内に触れを出せ。まだ参陣していない者は、早々に戦仕度をして七尾城下に集まるように申し付けよ。さすれば交名をして士分に取り立てる」

利家は重臣たちにそう命じた。交名とは名前を書き上げて後の証拠にすることである。

「参じた者の前歴は問わぬ。たとえ敵方や一揆の者であっても、その日から当家の家臣にする。参じなかった者は、いかなる家柄の者であろうと刀も槍も扶持も取り上げて百姓身分とする」

この機会に前田家に従う者とそうでない者を峻別することにしたのである。

領民の中には旧主である畠山家を慕って浪人したり、一向一揆に心を寄せて野にひそんでいる者も多い。それが温井、三宅などの跳梁を許す原因にもなっていた。

「この触れは石動山城や荒山城の国衆どもにも伝えよ。前非を悔いて参陣したなら、これまでの所領は安堵する」

「殿、その者たちを先陣に立てるおつもりでしょうか」

村井長頼がたずねた。

「先陣にはせぬ。後方にいて当家の戦ぶりを目に焼きつけよと伝えるのじゃ」

狙いは当たった。村々に触れ書きを立てさせると、態度を決めかねていた者たちが先祖伝来の物具（もののぐ）をまとって七尾城下に集まってきた。利家は彼らの名前を書き留めさせ、仕度金として金二両（約十八万円）を与えた。

これが噂（うわさ）となって領内に広まり、十日のうちに八百人ばかりが交名をした。その中には温井や三宅を見限り、石動山城や荒山城から抜け出してきた者たちもいた。

この策を推し進めれば、労せずして敵を切り崩すことができる。利家は大いに気を良くして四井主馬を呼んだ。

「石動山城や荒山城にこもっている輩（やから）をもっと投降させたい。何かいい手立てはないか」

「ひとつは投降の条件を良くすることだと存じます」

「一人五両の仕度金を出す。相伝の所領も安堵する。それに先陣に立てることは決してない」

「分かりました。性寂坊どのに頼んで、籠城（ろうじょう）の者たちに伝えてもらいましょう」

主馬はそれでうまくいくと請け合ったが、この計略は裏目に出た。

事が露見して性寂坊が捕らえられた。主馬がそう伝えたのは、七月二十日のことだった。

「投降を勧められた国衆が、密告したようでございます。申し訳ございません」

「それでどうした。御坊は無事か」

「土蔵に閉じ込められておられます。今月中にも僧兵たちの詮議（せんぎ）があり、罪ありと決したなら処刑されるものと思われます」

「死なせてはならぬ。数日中に石動山を攻めて助け出すゆえ、無事でいられるように手を尽くしてくれ」

利家は高畠に布陣している佐久間盛政と、柴峠砦にいる高畠定吉に急使を送り、七月二十五日の夜明けを期して荒山城を攻めるように命じた。

これに応じて佐久間、土肥勢二千五百は荒山城の西側から、高畠、富田勢五百は峰道をたどって東側から攻めかかった。

城にこもる兵はおよそ一千。指揮をとるのは長刀の名手として知られる三宅備後守長盛で、石動山の僧兵の中でも勇猛をもって知られる般若院快存、大和坊覚笑らが脇を固めていた。

峰道の大堀切をさけて城の西側に回り込んだ佐久間、土肥勢は、鉄砲隊を先に立てて城内に突入しようとしたが、空堀と切岸にはばまれて苦戦を強いられた。

ところが城の東側の備えは手薄だった。上杉勢が在陣していた頃には峰道をたくみに城内に取り込み、堀切や土塁を配して守りを固めていたが、使われなくなって久しいので、雨で削られたり土砂が流れ込んで機能を果たせなくなっていた。

この弱点を三百挺もの鉄砲をそなえた高畠、富田勢は容赦なくついた。鉄砲も楯も充分ではない敵は、なす術もなく持ち場を捨てて城内へ逃げ込んでいった。

敵が浮き足立って退却するのを見た佐久間盛政は、

「今だ。梯子を渡して空堀を渡れ」

ふもとから担ぎ上げた三挺の長梯子をかけ、空堀をわたって城内に突入するように命じた。

これをみた般若院快存は、大長刀を水車のようにふり回して突撃して来る兵を次々になぎ倒したが、後方から援護する鉄砲隊に数十発の銃弾をあびせられ、大長刀を杖（つえ）にして立ったまま往生した。

佐久間勢はその亡骸（なきがら）を突き倒して城内に飛び込み、逃げまどう敵を右に左に斬って回った。城の北側にある大手口（おおてぐち）に回っていた土肥勢も、空堀に設置してある土橋をわたって三の丸に突入し、敵の逃げ道を完全に封じた。

その頃、前田利家は二千の兵をひきいて石動山城に向かっていた。

城にこもるのは温井景隆（かげたか）を大将とする二千あまりで、寺を守る僧兵は八百余。性寂坊は四井主馬を通じてそう伝えたばかりか、城の構えやあたりの地形を記した絵図も送っている。

利家はそれをもとに戦術をねり上げ、二千の兵を三隊に分けることにした。

奥村家福を先陣とする一千の本隊は利家がひきい、峰道を進んで天平寺の西側の仁王門（におうもん）の前に布陣する。

長連龍がひきいる五百は天平寺の背後の大御前（おおごぜん）を占拠し、東の尾根を下って石動山城の搦手口（からめてぐち）に攻めかかる。

村井長頼が大将をつとめる五百は、七尾城と天平寺を結ぶ交易路である多根道（たねみち）を通り、城の東口に向かうことにしていた。

利家が天平寺の仁王門の前に布陣したのは、正午をわずかに過ぎた頃だった。

頭上にかかる太陽が照りつけ、固く閉ざした門の下に黒い影をくっきりと落としている。

「先陣をつとめる奥村家福と申す。貫主（かんじゅ）さまに申し入れたきことがあるゆえ、取次ぎを願いたい」

門前に進み出て呼びかける家福に、楼門の二階に陣取った僧兵たちが鉄砲の筒先を向けた。家福は落ち着き払って彼らを見上げ、わずかにほほ笑みかけて口上をつづけた。

「前々から申し入れているごとく、当家は天平寺を敵視している訳ではない。諸僧が仏道に励み、領民を導いてくれるなら、寺を保護して仏道興隆をはかりたいと願っておる」

「家福よ。盗っ人猛々（たけだけ）しいとはお前のことだ」

頭上から野太い声が降ってきた。

「かく言う貴僧は何者じゃ」

「阿弥陀院の律師（りっし）俊慶（しゅんけい）という者だ。我らとて戦（いくさ）などしたくはない。だが織田も前田も次々に寺領を奪い、諸国行脚（あんぎゃ）の自由さえ封じておる。その上で仏道に励めとは虚言、妄言（もうげん）もはなはだしいではないか」

「律師俊慶よ、これまで天平寺は多くの寺領を持ち、守護不入の特権に守られ、数多（あまた）の僧兵を抱えて好き放題をしてきた。だがこれからはそうはいかぬ。新しい時代に即した法度（はっと）に従わなければ、寺も神社も立ちゆかぬのじゃ」

家福はなかなか弁が立つ。仏教についての理解も深かった。

「新しい時代とは片腹痛い。そんなものは織田信長が私欲にかられて作り上げたまやかしじゃ。神仏がそれをお許しにならなかったゆえ、信長は本能寺で誅殺(ちゅうさつ)された。それなのにお前たちは、信長と同じ過ちをおかそうとしておる。そのことが分からぬか」

律師とは僧官のひとつで、僧侶を監督する地位にある。それでも俊慶は自ら陣頭に立ち、前田勢に立ち向かおうとしていた。

「貴僧の言い分は分かった。その上で改めて申し渡す。我らの敵は石動山城に立てこもっている温井、三宅の奴原(やつばら)じゃ。天平寺が中立を守るなら、寺に危害を加えることはない。必要な範囲で寺領を安堵し、諸国行脚の自由も認めよう。そのかわりひとつ聞きとどけてもらいたいことがある」

「何だ。頼みとは」

「開山堂に仕えている性寂坊どのが、疑いを受けて捕らえられていると聞いた。当家にも縁のある方ゆえ、我らに引き渡してもらいたい」

「性寂坊は前田家に内通した罪で捕らえられ、僧侶の詮議にかけられる。引き渡すことはできぬ」

「御坊よ。融通無碍(ゆうずうむげ)という言葉もある。意地や体面にこだわらず、時に応じた判断をして下され。もしこちらの要求を拒み、石動山城に立て籠った敵に加担するなら、寺全体を兵火にかけざるを得なくなる」

二人の緊迫したやり取りを、前田利家は家福の後方で聞いていた。

大幅に譲歩して寺との戦いを避けるように命じたのは利家である。なるべく犠牲をさけたかったし、性寂坊を無事に助け出したい。それに交渉を長引かせて、長連龍と村井長頼勢が配置につくまでの時間をかせぐという思惑もあった。

（だが、いざとなれば比叡山の二の舞にするだけだ）

利家は腹をすえていた。

（手間を取らすな。もはや勝ち目がないことが分からぬか）

いら立ちに駆られて仁王門に目を向けると、楼上にいた律師俊慶が姿を消している。家福の申し入れを受けて貫主に取次ぎに行ったようだった。

三十人ばかりの僧兵は、いつでも発砲できる構えを取って筒先を家福に向けている。悠然と床几に腰を下ろした家福の後ろでは、百人ばかりの鉄砲衆が同じように射撃の構えを取って筒先を楼上に向けていた。

あたりは一触即発の緊張をはらんで静まりかえっている。時折海からの風が吹き上げ、あたりの木々をざわめかせていずこへともなく過ぎてゆく。

その行方を追って空を見上げると、西の方から厚い雲がかかり始めていた。

（夕方には雨になるかもしれぬ）

そうなれば鉄砲を使いにくくなると危惧した時、足元の草むらで虫が小さな音を上げはじめた。

リーリー　リーリー

かそけき声は鈴虫のようである。ついこの間まで夏の蝉が山をゆらすほどの勢いで鳴いていたのに、いつの間にか季節は秋に変わりつつあった。

去年の秋には次男の又若丸（後の利政）が、越前府中の城で鈴虫を飼っていた。三つの籠に二十匹ばかりも飼って、虫によって微妙に鳴き声がちがうと誇らしげに言っていた。

ところが転封を命じられて急に七尾に移ることになったので、ごみを焼く炎の中に籠ごと投げ込んだ。又若丸はそれがよほど悔しかったのか、七尾に移ってからも利家と口をきこうとしなかった。

（あの強情さは、いったい誰に似たのだろうか……）

利家がそんな物思いに沈んでいる間に、俊慶が仁王門の楼上にもどってきた。

「貫主さまのお言葉を伝える。前田どのの申し入れは有り難く受けいれる。ただし、石動山城にこもった方々は当山との縁を頼って来られたゆえ、見殺しにするわけにはいかぬ。温井どの以下を説得して城から退却していただくゆえ、数日の猶予をいただきたい」

これは見えすいた引き延ばし策である。たとえそうでなかったとしても、利家としては圧倒的に有利な状況を手放すわけにはいかなかった。

「御坊よ。数日とは何日ほどであろうか」

家福が楼上を見上げてたずねた。

「それは城内の方々との交渉次第ゆえ、はっきりとしたことは言えぬ」

「その間、ここで待てと言うのか。どうやら夕方には雨になりそうな雲行きじゃ。軍勢を境内に入れて雨やどりをさせてもらえるなら、待つこともできようが」

「寺には守護不入の掟があるゆえ、門を開けることはできぬ。そのかわりそちらが求めるこの男をお渡ししよう」

俊慶は後ろ手に縛られた浄衣の僧を扉の陰から引き出した。四井主馬が連絡を取り合っていた性寂坊だった。

家福は利家をふり返って指示を求めた。要求に応じるか。それとも拒むか。判断を求められた利家は、無言のまま首をふった。性寂坊は助けたいが、寺の要求を呑むわけにはいかなかった。

「我らの要求は先に申し渡した通りじゃ。寺が中立を守り、奸賊討伐のための入山を認めるなら、寺に対して乱暴狼藉を働かぬよう厳重に申し付ける。さもなくば寺を焼き討ちにした後、城にこもった者どもを討ち果たすばかりじゃ」

「お、おのれらは……」

家福の強硬な姿勢に俊慶が絶句した時、大御前の山頂からつるべ撃ちの銃声が上がった。五百の手勢をひきいた長連龍が、手筈通り配置についたと知らせたのである。

少し遅れて、寺の東の多根道からも村井長頼が着陣を知らせるつるべ撃ちをした。

俊慶はこれを総攻撃の合図と取ったのか、

「人でなしどもが。たばかりおったな」

鬼の形相で長刀をふり上げた。

「仏法にそむいた者の末路はかくの如し。者共、覚悟せよ」

律師俊慶はそう叫ぶなり、後ろ手に縛られた性寂坊の首を打ち落とした。

これが宣戦布告である。

楼上にいた僧兵たちが家福を狙い撃ちにしようとしたが、利家配下の鉄砲衆の動きはそれより早かった。百挺ばかりの最新式の鉄砲が火を噴き、俊慶以下全員を稽古用の藁人形のように撃ち倒した。

「棒火矢を使え。門を焼き立てよ」

巨大な仁王門の左右には高い土塀がめぐらされ、敵の侵入を頑強に拒んでいる。突入するには門を焼き払うしかなかった。

門扉に突き立った二十本ばかりの棒火矢が、火薬筒から炎を噴き上げる。だがぶ厚い門扉は、炎に包まれながらも形を保ちつづけていた。

「突き棒で打ち破れ。境内に突入したなら、車竹束で仕寄りを造るのだ」

鉄砲衆の後ろにいた足軽たちが、大きな丸太を綱で下げて門扉に突進した。それを二度三度とくり返すと、内側の閂が折れて扉が開いた。

そこに車竹束を楯にした鉄砲衆が突撃し、竹束にあけた銃眼から敵を狙い撃った。

正面には参道が伸びていて、円光坊や宝珠院などが甍を並べている。その道を進めば表参道の石段があり、講堂や本堂につづいている。

僧兵たちはそうした堂舎を楯にして、鉄砲を撃ちかけ弓を射かけ、印地(いんじ)打ちのように石を投げて前田勢の侵入をはばもうとする。車竹束を楯とした鉄砲衆は、前進しながら敵が拠(よ)る堂舎に次々と棒火矢を撃ちかけて焼き払っていった。

その間にも大御前からは長連龍が、多根道からは村井長頼が手勢をひきいて境内に突入し、敵の背後から棒火矢を撃ちかけた。

そのために天平寺の仏堂伽藍(がらん)はことごとく炎に包まれ、生き残った僧や僧兵は我先にと石動山城に逃げ込んだ。

それを追った前田勢は石動山城をこの日のうちに攻め落とし、城内に立てこもっていた温井、三宅勢を壊滅させた。『太閤記』によれば、利家は討ち取った一千余の首を天平寺の門前にさらしたという。

利家は連龍の働きを絶賛して天平寺領を与え、今後も協力して事に当たると誓紙を交わした。もう一人の与力である土肥親真にも約束通り五千石を加増し、従来通り羽咋(はくい)郡の領有を保証した。

その頃、前田利勝(としかつ)(利長(としなが))は越前府中城にいた。

本能寺の変の後に尾張の荒子(あらこ)に避難していた永(えい)姫を引き取り、信長から与えられた府中三万三千石に領主として初めて入ったのだった。

利勝は二十一歳、永姫は九歳である。これを支える家臣団は、篠原一孝(しのはらかつたか)、村井(むらい)長次(ながつぐ)を始め年若い者たちが多い。これを危ぶんだ利家は、弟の秀次を指南役として付けていた。

十月下旬、利家が三百ばかりの馬廻り衆をひきいて府中城にやって来た。

清須会議以後も柴田勝家と羽柴秀吉の争いはつづいている。それを仲介するために、勝家の使者として秀吉のもとへ向かう途中だった。

「少しやせたな」

利家は一年ぶりに会う利勝を見てまぶしげに目を細めた。

「いえ、変わらぬと思いますが」

「それなら引き締まった顔付きになったからかもしれぬ。背も伸びたようだ」

「父上もご壮健で何よりでございます。石動山での戦のことも、お知らせいただきありがとうございました」

利勝は妙にぎこちない。誰の前でも緊張することはないのに、久々に父と向き合うのはなぜか気詰まりだった。

「酒は呑むか」

「いいえ。余程のことがなければ」

「久々に父子が対面するのは、余程のことであろう。喉がかわいた。馳走してくれ」

利家も利勝の成長ぶりが嬉しく面映ゆいような変な気持ちで、酒でも呑まないと間が持たなかった。

利勝は小姓に命じて仕度にかからせたが、折敷に載せた酒肴を運んできたのは永姫だった。

「お義父さま、お久しゅうございます」

敷居際で指をついて深々と頭を下げ、折敷を目の高さにささげて部屋に入ってきた。

「これは永姫さま。こ、このようなことをしていただいては、もったいのうございます」

利家はあわてて立ち上がり、永姫から折敷を受け取ろうとした。

「私は嫁でございます。これくらいのことはさせて下さいませ」

「なりません。それでは上様に申しわけがありませぬゆえ」

「利勝さまに嫁がせていただく時、父が申しました。これからは利家さまを実の父と思って一心に仕えよ、と。どうぞ、嫁として扱って下されませ」

永姫に見上げられ、利家は雷に打たれたように立ちつくした。

「上様が……、そのようなことを」

言うなり大粒の涙を流し、観念したように席に座った。

「不調法で申しわけありませんが、酌をさせていただきます」

「かたじけない。頂戴いたす」

利家は両手で盃を差し出し、つがれた酒をゆっくりと呑みほした。

「うまい。何という甘露でござろうか」

「良かった。もうひとつ、いかがですか」

永姫の屈託のない笑顔を見ると、利家はうっとりとなった。

このように才気に満ちた可愛らしい娘が、自分を父と呼んでくれるのである。それだけで天にも昇る心地になり、我知らず盃を差し出していた。

「お永、私が相伴するから」

利勝はそう言って下がらせた。この先のことについて、利家と話をしておかなければならなかった。

「旨いな。これはどこの酒じゃ」

我に返った利家が威厳をつくろってたずねた。

「総社大明神（越前市京町）のご神酒でございます。神社の氏子が醸しているそうです」

「府中を拝領した頃、大明神には迷惑をかけた。このように旨い酒があるのなら、京あたりで売れるようにしてやらねばなるまい」

利家は天正三年（一五七五）に府中城を拡張した時、総社大明神を移転させたのだった。

「ところでお前も聞いておろう。藤吉郎が大徳寺で上様の葬儀を行ったことは」

「十月十五日だったと聞きました。羽柴秀勝どのを喪主に盛大に行われたとか」

「これは本来、織田家の跡継ぎである三法師さまや信雄さま、信孝さまの了解を得て行うべきものだ。ところが藤吉郎はこれを無視し、己の権勢を世に知らしめるために葬儀を利用した。これは許されることではないと、親父さまはいつになく立腹しておられる」

「父上も同じお考えでしょうか」

「理は親父さまにある。それゆえ藤吉郎の真意を問い質すために京に向かっておる」

利家が徳利を差し出して酒を勧めた。利勝はそれを受けてひと息に呑んだ。

「出過ぎたことを、申し上げてもいいでしょうか」

「ああ、構わぬ」

「筑前守どのが葬儀を行われたのは、式に列参するかどうかで自分に従う者と反対する者をより分けるためだと存じます。初めから柴田勝家さまを標的にし、屈服させるか攻め亡ぼそうと考えておられるのでしょう」

「それは我らも分かっておる。やがて戦で決着をつけるにしても、冬になれば近江への道が雪で閉ざされる。それゆえ今しばらくは引き延ばしておきたい」

柴田勝家は岐阜城の織田信孝や伊勢長島城（桑名市）の滝川一益と同盟して秀吉に対抗しようとしているが、冬になれば木ノ芽峠や栃ノ木峠が雪に閉ざされて近江に出ることができなくなる。そこで秀吉のもとに利家らを派遣し、和解に持ち込んで時間をかせごうとしているのだった。

「お言葉ですが、信孝さまや滝川どのと同盟したくらいでは筑前守どのに勝つことは難しいと思います」

「なぜじゃ。なぜ勝てぬ」

「本能寺の変の後、筑前守どのは毛利家と和睦していち早く兵を返されました。この時、毛利家の旗三十流れと鉄砲五百挺を借り受けたことは、先にお伝えした通りでございます」

「篠原一孝から聞いた。毛利ともあろうものがなぜそこまで藤吉郎に屈するかと、耳を疑ったものじゃ」

「その理由を蒲生忠三郎どのが書状で知らせて下されました。ご覧いただけますか」

利勝はこうした話になると予想し、あらかじめ書状を持参していた。それには毛利家と秀吉の和睦を仲介したのは、イエズス会の宣教師だと記されていた。

足利義昭が備後の鞆ノ浦を本拠地として以来、毛利輝元は副将軍となって義昭を支えてきた。義昭が明智光秀を動かして本能寺の変を起こした時もこれを支持したが、変の直後に突然義昭を見限って秀吉と手を組んだ。

それは南蛮貿易を仲介しているイエズス会から、秀吉方につくようにという指示があったからだと、レオンの洗礼名を持つ忠三郎は記していた。

毛利家がこれに従った理由は二つある。ひとつはフランシスコ・ザビエルが山口に日本最初の教会を建てて以来、イエズス会とは関係が深かったこと。

もうひとつは、巨万の富を生む石見銀山の銀を南蛮貿易によって輸出するためには、イエズス会との関係を良好に保っておく必要があったこと。

それゆえ秀吉の背後には毛利家とイエズス会、そしてキリシタン大名がいる。しかも火薬の原料の硝石や弾の原料の鉛は、イエズス会の仲介がなければ輸入できないので、柴田勝家が秀吉に敵対しても勝ち目はない。

忠三郎はそう記し、秀吉の挑発に乗って挙兵しないように利家や勝家に伝えてほしいと記していた。

「硝石と鉛か」

それを入手できなければ鉄砲は使えない。利家らも買い付けに躍起になっていたが、南蛮貿易の便の悪い北陸は西日本に比べて不利だった。

「しかしイエズス会が、どうして藤吉郎と毛利の仲介をしたのだろうな」

利家が盃を手にしたままたずねた。

「筑前守どのは、イエズス会と取り引きをなされたのだと思います」

「どんな取り引きだ」

「そこまでは分かりません。しかし上様はアレッサンドロ・ヴァリニャーノどのの要求を拒み、イエズス会ともスペインとも関係を絶たれました。秀吉どのがイエズス会の力を借りておられるとすれば、上様が拒まれた要求を呑まれたと考えるべきではないかと思います」

「聞いておるか。その要求が何であったか」

「明国への出兵でございます」

「それはわしも聞いたことがある。そんなたわけた要求には応じられぬと、上様はたいそうお怒りであった。もし藤吉郎がその要求を受け容れて、イエズス会やスペインの力を借りているとすれば……」

容易ならざる事態である。勝家に勝ち目がないどころか、日本国の行く末を危うくするおそれさえあった。

「父上は先ほど、筑前守どのと交渉するのは来年の春まで戦の時期を遅らせるためだとおおせになりました」

「ああ、言った」

「たとえそれが出来たとしても、筑前守どのには勝てないでしょう。交渉に行かれるのであれば、どんな譲歩をしても戦をさせないという覚悟でのぞむべきでございます」

「藤吉郎の言いなりになれ、と申すか」

「それぞれの言い分があるにせよ、これは織田家の内紛にすぎません。大事なことは、誰が上様の志を受け継いでこの国の舵取りをするかということではないでしょうか」

「うむ、確かに」

　利家は納得していない。だが利勝が自分よりはるかに広い視野を持って、この状況を受け止めていることは分かった。

「それではお前は、藤吉郎が無理難題をふっかけてきても、じっと耐えろと言うのだな」

「信雄さまや信孝さまに、上様の志を継ぐことはできません。その力量も覚悟も人望もないからです。それなら筑前守どのに、織田家をまとめていただいた方がいいと思います」

「しかしそれでは、親父さまが納得するまい」

「それを納得させて筑前守どのとの仲を取り持つのが、父上のお役目ではないでしょうか」

利勝が利家に対してこんな直言をするのは初めてである。腹を立てるかもしれないという懸念もあったが、対応を誤れば前田家がつぶれるのだから黙っているわけにはいかなかった。

「お前はわしの子か」

「さようでございます」

「ならば黙って、わしの言うことを聞け」

予想していた通り利家は頑なだが、しばらくじっとにらんだ後で酒を勧めた。

「このご神酒は実に旨い。それ以上にお前の言葉は腹にしみた」

「出過ぎたことを申しました」

「いいや。さすがに上様の近習をつとめ、天下の俊英と交わってきただけのことはある」

「それでは、筑前守どのと和睦を」

「戦にならぬように力をつくしてみよう。藤吉郎とは長い付き合いだ。腹を割って話せば何とかなるだろう」

利家は翌日、金森長近や不破勝光とともに京に向かった。十月末には京に着き、十一月三日に大山崎の宝寺城（乙訓郡山崎町）で秀吉と対面して柴田勝家の和解の意志を伝えた。

秀吉は大いに喜んで酒宴を張り、引出物を与えて三人の労をねぎらった。

「同じ織田家の仲間でにゃーか。戦などしたら上様に申しわけがたたんでよう」

勝家と敵対するつもりはまったくないと明言したという。

府中城で報告を受けた利勝は、これで戦は避けられるとほっと胸をなで下ろしたが、柴田勝家をつぶそうとする秀吉の意志は固かった。

冬になり北陸勢が雪で動けなくなるのを待って五万の兵を動かし、長浜城の柴田勝豊を屈服させた。十二月二十日には岐阜城を落とし、信孝を降伏させて三法師を奪い取った。

これでは勝家の面子は丸潰れである。そこで伊勢長島城の滝川一益との同盟を強化し、南北から秀吉をはさみ討ちする計略を立てて配下の軍勢に仕度を命じた。

天正十一年（一五八三）二月下旬、利勝のもとに佐久間盛政から使者が来た。勝家の命令通り、柴田勝安、佐久間安政の先陣部隊八千に加わり、二月二十八日に出陣せよという通達だった。

出陣の前日、利勝は永姫と遠乗りに出た。

北陸道を南に向かい、西に折れて妙法寺山を目ざした。山のふもとの白山権現に参拝して、戦の勝利と皆の無事を祈った。

「ここの裏山に見晴らしのいい場所がある。少し険しいが、登ってみようか」

「ええ、お供をいたします」

永姫は小袖に馬乗り袴という軽装である。乗馬は七つの頃から習っていて、不自由なく乗りこなすことができた。

二人は神社に馬を預け、細い山道を四半刻（三十分）ほど登った。利勝は遅れがちになる永姫の手をにぎり、引き上げるようにしながら歩いていった。

やがて山の中腹の平地に出た。そこには寄棟造りの東屋があり、府中の盆地を遠くまで見渡すことができた。

「わあ、なんて美しい」

永姫が無邪気な声を上げて景色に見入った。

四方を山に囲まれた府中盆地は、東西二里半（約十キロ）ばかりの幅しかないが、南北に細長く連なり、鯖江、福井をへて日本海とつながっている。盆地の中央を貫く日野川は九頭竜川と合流し、海運の要港である三国湊につづいていた。

季節は春の盛りで、野山は新芽や新緑におおわれているが、北から吹き寄せる風は涼しい。その風が山登りで汗をかいた二人には心地良かった。

「いつもは気付かないけど、こうやって見ると案外狭いですね」

永姫が遠慮のないことを言った。

「安土は琵琶湖があって広々としていた。天主閣の天上の間からのながめとは比べようもあるまい」

「でも、やさしい土地。人が自然に守られている場所ですね」

「喉が渇いただろう。水を飲むといい」

利勝は竹筒に入れた水を勧めた。

「あら、それなら」

永姫が腰に巻いた包みから、にぎり飯を取り出した。

「おなかがすくと思って作ってきました。お口に合うといいけど」

二人は涼しい風に吹かれ、遠くをながめながらにぎり飯を食べた。形はあまり良くないが、塩と米の甘みが口の中でとけ合って申し分のない味だった。

「どうなると思う。今度の戦は」

利勝はそうたずねてみた。

「柴田さまは勝てないでしょう。あなたもそう思っているのではありませんか」

「我々は勝つためではなく、負けないために出陣する。そうして長期戦に持ち込めば活路が開けるだろう」

「柴田さまは正直で義理堅いお方です。筑前守さまのずる賢さに太刀打ちできません。戦よりも調略によって後れを取られるでしょう。でも利勝さまは大丈夫です。これまで通り信じる道を真っ直ぐに進んで下さい」

翌日、利勝は一千の兵をひきいて柴田勝安、佐久間安政の先陣部隊に加わり、北陸道を南に向かった。

栃ノ木峠が膝までもある深い雪におおわれていて難渋したが、三月五日には玄蕃尾城の南の別所山砦（長浜市余呉町）に前田隊が、その西側の行市山砦に佐久間隊が着陣した。

利勝が別所山砦に着いた頃、利家は四千の軍勢をひきいて北庄城（福井市）に向かっていた。前田勢二千五百、与力の土肥親真は八百、長連龍は七百である。

一行には輿に乗ったまつと三女の麻阿が従っている。麻阿は昨年、柴田勝家が養子にした佐久間十蔵と婚約した。ところがそのときにはまだ十一歳だったので、びんそぎをすませてから嫁がせることにしていた。

しかし今度の出陣が決まったために、人質の意味も兼ねて急に北庄城に移すことになったのだった。

春先の空は薄水色に晴れて、雪におおわれた白山が神々しいばかりに輝いている。風もおだやかで海も凪いでいる。七尾からの行軍も順調で、明日には予定通り北庄城に着くことができそうだが、利家の心は晴れなかった。

今は出陣するべきではない。利家は勝家に何度もそう進言した。ところが勝家は佐久間玄蕃（盛政）らの強硬派に押し切られ、充分な根回しもできないまま出陣することにした。

その最大の弊害は、越後の上杉景勝と和睦することができなかったことだ。景勝とは魚津城攻めの際に交渉を持ったのだから、出陣と決める前に和を結んで後方の安全をはかるべきだった。

ところがぐずぐずしている間に、羽柴秀吉が景勝を身方に引き入れて越中へ侵攻する構えを取らせた。そのために佐々成政が景勝に備えて越中に残らざるを得なくなったのだった。

利家にとってこの痛手は大きい。成政と二人ならどんな敵にも負ける気がしなかったが、出陣しないと聞いて槍も持たずに戦場に出る心地だった。

麻阿を北庄城に移すのも気が進まなかった。輿入れはびんそぎをすませてからだと約束していたのに、勝家はこんな時だから両家の絆を強めておきたいと祝言を急がせたのである。

利家は断りきれずに承諾したものの、女房のまつはひどく腹を立て、

「お前さまと親父さまの信頼関係は、所詮その程度のものだったのですか」

猫に餌をやりながら吐きすてたのだった。

しかももう一つ、利家は勝家のやり方に不審を抱いていることがあった。

「柴田勝家さまは、信長公の妹君のお市の方さまを妻になされたそうでございます」

安土城下に潜入させた四井主馬が、そう告げたのである。昨年六月の清須会議で決められたことで、縁組みを勧めたのは羽柴秀吉だという。

「ところがこれは勝家さまと徳川家康さまの仲を裂くために、羽柴さまが仕掛けられたことだと噂する者がおります」

「それは、どういうことだ」

利家には意味が分からなかった。

「安土城に仕える侍女の話によると、昨年五月に徳川さまが安土城を訪ねた時、信長公に命じられてお市さまと内々で祝言をあげられたそうでございます」

その直後に本能寺の変が起こったために公にはされていないが、家康とお市が夫婦であることは公然の秘密である。これを知った秀吉は、勝家と家康の離間をはかるためにお市

を勝家に嫁がせたというのである。

「まさか、そんな……」

利家には寝耳に水である。お市と三人の娘が北庄城に移っていることは知っていたが、勝家が「ただ預かっているだけだ」と言うので、何の疑いも持たなかった。

それが噂の通りだとすれば由々しき大事である。弟の秀次が進言した通り、勝家と秀吉との和睦の仲介は家康に依頼するべきだと利家も考えていたが、勝家が秀吉にそそのかされてお市を家康から奪ったのならその可能性はなくなるのである。

(あの馬鹿親父が……)

何というかつさだと、利家は憤懣やる方ない思いで馬を進めた。

その日は加賀の大聖寺城に泊まり、翌日の正午過ぎに北庄城に着いた。大手門で柴田勝家の重臣が出迎え、利家やまつ、麻阿を本丸御殿に案内した。

ここで湯を使って旅の垢を落とし、装束をととのえてから婿どのとの対面にのぞむ。利家は手早く大紋を着込んで烏帽子をかぶったが、麻阿の仕度は手間がかかった。

まつと侍女の阿茶子が世話をしているが、小袖や袿を着せるばかりか髪型をととのえ化粧もしなければならないので、半刻(一時間)ばかりも待たされることになった。

「おい、そろそろできぬか」

利家はふすま越しに催促した。

「もう少しです。何しろ麻阿にとっては生涯の大事ですから」

男は口を出すなと言いたげなまつの声が聞こえてきた。

仕方がないので利家は足の爪を切ることにした。行軍中に伸びすぎていると気になったが、気忙（きぜわ）しくて切る暇もなかった。この機会に爪の世話をしてやろうと、小刀を取り出して作業にかかった。

足の指すべて、仏像の足のようにていねいに切りそろえた頃、

「お待たせをいたしました」

まつが麻阿を連れて入ってきた。

鴇色（ときいろ）の小袖に春らしい萌黄（もえぎ）の袿を重ね、黒く豊かな髪をおすべらかしにして桜色の元結（もとゆい）で結んでいる。おしろいをして唇に紅を引いた姿は、すでに立派な大人だった。

「おお、なんと……」

利家は不意をつかれたようにうろたえた。子供だとばかり思っていた麻阿が美しく装い、色気までただよわせている。まるで目くらましにかけられたようだった。

「父上さま、今日までお育ていただき、ありがとうございました」

「そ、そのような挨拶（あいさつ）はしなくてもよい。親が子を育てるのは当たり前じゃ」

利家には麻阿とまつの姿が重なって見えた。

まつを妻に迎えてから二十五年、傾（かぶ）き者で鳴らした利家は、好き放題のことをして苦労ばかりかけてきた。もし麻阿が同じような目にあわされたらと思うと、己の罪深さがいつになく切実に感じられた。

「お前さま、あれから二十五年ですよ」

まつも似たような感慨にとらわれているようだった。

「そうだな。まるで昨日のような気がするが」

「よく生き抜いて下されたものです。麻阿にも御運をさずけてやって下されませ」

「見習うべきは母上だ。立派な家刀自（主婦）が揺るぎのない家をきずく」

それが利家から麻阿へのはなむけの言葉だった。

祝言は盃事だけの簡単なものだった。とりあえず麻阿を北庄城に移すための足入れ婚で、出席したのも前田家は利家とまつ、柴田家は勝家と甥の佐久間勝之だけだった。

妻子がいない勝家は、長姉の子である佐久間四兄弟（玄蕃盛政、安政、柴田勝安、勝之）を我が子のように扱っている。中でも二十七歳の勝安、十六歳の勝之を養子にし、どちらかに家を継がせようとしていた。

麻阿の夫になった佐久間十蔵は、勝家の次姉の子で、佐久間四兄弟の従兄弟に当たる。兄の柴田勝豊は勝家の養子になって長浜城を預かっていたが、秀吉に攻められて早々に降伏したために、十蔵の立場は危うくなった。

ところが勝家は十蔵に落ち度はないと言って重用をつづけ、養子にすることで前田家との縁組みに不足がないようにしたのだった。

十蔵は二十二歳。利家がまつを娶った時と同じ歳である。眉が濃く鼻が大きく荒武者然としたもみ上げをたくわえている。

これまで数々の手柄を立てていることは利家も知っているが、この男が娘を組み敷くのかと思うと、もみ上げがゲジゲジ虫のように見えて不快だった。

「又左、今日はかたじけない。これで十歳もひと回り大きくなるであろう」

勝家は上機嫌で、ゲジゲジ虫の親玉のようなあご髭をなでさすった。

「この機会に引き合わせておきたい方々がいる。別室で祝いの酒宴を行うゆえ、まつや麻阿とともに加わってくれ」

案内された壮麗な広間では、お市の方と三人の娘が待ち受けていた。

入口の正面に新郎、新婦の席があり、左手の上座にお市の方が座り、茶々、初、江が居並んでいた。

「これはお市の方さま、お久しゅうございます。前田又左衛門尉でございます」

利家は敷居の際で平伏した。

お市とは天正三年（一五七五）に北陸に出陣する前に会って以来である。利家より十歳下なので三十七歳になるはずだが、相変わらず若々しく涼やかな表情をしていた。

「前田さま、お懐かしゅうございます。能登一国の大守になられたとうかがいました。おめでとうございます」

「これも上様のお陰でございます。あのような最期をとげられ、無念この上ない思いでございます」

「兄は天下を変えるために若い頃から命を賭しておりました。これも持って生まれた宿命だったのでしょう」

　はかなげに目を伏せてから、お市は三人の娘に利家を覚えているかとたずねた。

「岐阜城でお目にかかった覚えがあります。たしか伯父上の祝いの席だったと思いますが、定かではありません」

　茶々が気丈に応えたが、初と江はまったく覚えていなかった。茶々は十五、初は十四、江は十一歳で、麻阿と近い年頃だった。

「あれは上様が巻狩りで見事な猪（しし）を仕止められた日の祝いでした。もう八年も前でございます」

　その日の思い出をしばらく語ってから、利家はまつと麻阿をお市らに紹介した。二人とも晴れ着をまとっているが、四人に比べるとむごいくらいに見劣りがした。

「又左、早く席につけ。そんな所で話し込むことはあるまい」

　勝家はさっさとお市と向かい合う席についている。利家、まつ、勝之の順でその横に座り、最後に十蔵と麻阿が上座についた。

「それではこれよりお市の方さまと姫さま方のご臨席をたまわり、十蔵と麻阿の祝いの酒宴を開かせていただきます」

　勝家の言葉を待って、美しく着飾った侍女たちが酒肴（しゅこう）を運び込んできた。

　利家はすすめられるままに酒を呑みながら、お市や娘たちの様子をそれとなくうかがっていた。

もし噂の通り勝家がお市を娶ったのなら、二人は並んで席につくはずである。ところが勝家は、酒宴が進んでも席を移ろうとはしなかった。侍女に勧められるまま酒を呑み、毛むくじゃらの顔を酔いに赤らめていた。

「お前さま」

まつが利家の太股をつっつき、何をそわそわしているのだと険しい目を向けた。

「いや、親父さまが……」

利家は言葉をにごし、あぐらを組み直した。

「まつ、どうじゃ。麻阿と姫さま方は歳も近い。同じ城内に住まわれているゆえ、良い話し相手になって下さるであろう」

勝家が声をかけた。

「まことに有り難いことでございます。姫さま方、何とぞよろしくお願い申し上げます」

まつが太った体を折って頭を下げた。

「人の縁とは不思議なものじゃ。これで当家と前田家の縁はいっそう深まった。やがて麻阿と姫さま方のご縁も、もっと親密になるかもしれぬ」

「それはどのようなご縁でございましょうか」

まつは誰に対してもはっきりと物を言う。この問いに勝家はどう答えるかと、利家は緊張して耳をそばだてた。

「いや、深い意味はない。そんなことがあるかもしれぬということじゃ」

勝家は失言を隠そうとして席を立ち、上様をしのんでひとさし舞うと言い出した。

信長が好んだ幸若舞『敦盛』を得意としているが、十蔵や勝之に止められてしぶしぶ思いとどまった。

酒宴を終えると、利家と勝家は天守閣の最上階に席を移して呑み直した。

九層の天守からは、北は日本海から南は近江との国境の山々まで見渡すことができる。

建物の高さで安土城に勝っているだけでなく、一階から最上階まで枡形の階を規則的に積み上げていく層塔型と呼ばれる最新の建築技法を用いていた。

「このたびは無理な出陣を頼んだ。不満があるとは知っているが、又左と玄蕃は左右の腕じゃ。わしを信じて力を貸してくれ」

盃を受ける前に、利家は意を決して切り出した。

「ならばいくつか、教えていただきたいことがござる」

「おう、何でも聞いてくれ」

「北近江の山城にこもって藤吉郎と対陣し、長期戦に持ち込んで状況が変わるのを待つと言われたが、心配なことが二つあります。ひとつは若狭の丹羽長秀どのに背後をつかれはせぬかということ、もうひとつは兵糧、弾薬の補給がつづくかどうかでござる」

「五郎左（丹羽長秀）のことなら心配はいらぬ。坂本城を居城にしたばかりで、近江の支配に手を取られて動くことはできまい。それに我らが山城を楯にして藤吉郎と対峙するだけなら、若狭から越前に攻め込まないという申し合わせができている」

そのかわり北陸勢も若狭に攻め込まないと約束していると、勝家は泰然と構えていた。

「兵糧は敦賀の米蔵に五万石の蓄えがある。これで一年の籠城戦に耐えられるだろう。弾薬はこの城に百万発、敦賀の城に五十万発分の蓄えがある。これと出陣にあたって持参する五十万発分があれば、半年はしのげるだろう」

「設楽ヶ原の武田方との戦では、一日で九十万発を撃ちつくしたはずでござるが」

この時、利家も先陣として戦った。織田、徳川の連合軍は三千挺の鉄砲と、一挺につき三百発の弾を装備していた。合わせて九十万発になるが、辰の刻（午前八時）から未の刻（午後二時）までつづいた戦で容赦なく撃ちつくした。

これは信長が泉州堺港を支配し、南蛮貿易によって硝石や鉛を潤沢に入手していたから出来たことである。今やその堺を支配しているのは秀吉なのだった。

「我らの狙いは滝川一益を助けるために後詰めに出ることだ。設楽ヶ原のように平地で激突する戦をさけ、弾薬を惜しみながら戦うしかあるまい」

「この先、弾薬を入手できる見込みはあるのでござろうか」

「京、大坂は藤吉郎に押さえられておるゆえ、西国の大名や商人から買い付けるように交渉させている。足元を見て法外な値を吹っかけてくるが、越前一国を質にしても買い付けよと申し付けている」

勝家は見込みがあると言いたいようだが、すでに秀吉は弾薬の輸入業者にイエズス会を通じて圧力をかけ、勝家との取り引きを禁じているにちがいない。イエズス会ににらまれたら南蛮貿易から締め出されるのだから、横流しに応じてくれる業者がいるとは思えなかった。

「親父さま、それでは藤吉郎には勝てませぬな」

利家はわざと突き放した言い方をした。

「それゆえ平地での戦はせぬと申しておる。玄蕃尾城とまわりの山々の砦に兵をこめて、藤吉郎の軍勢を引き付けるだけでよい」

「それでは約束していただきたい。出陣中にどんな事が起ころうと、必ずそれがしの同意を得てから決定を下すと」

「約束するとも。これが固めの盃じゃ」

二人は大ぶりの盃を合わせ、誓いのしるしにひと息に飲み干した。

高さ十二丈（約三十六メートル）ほどもある天守閣の最上階を、木の芽や草花の香りを含んだ春の風が吹き抜けていく。利家はふと安土城の天上の間で信長と対面した時のことを思い出し、今さらながらのように大きな喪失感にとらわれた。

ここからどうやって立ち直り、何を目ざして生きていくのか。本能寺の変から十ヵ月が過ぎた今も見つけられないままだった。

「他にも何かあったのではないか。わしにたずねたいことが」

勝家も利家の気持ちを察しているようで、遠慮はいらぬと先をうながした。

「安土城での噂のことでござる。それがしの手の者が気になる話を聞き込んで参りましたので、確かめさせていただきたい」

「わしとお市の方さまの結婚のことであろう」

「さよう。清須会議の折に、親父さまはお市の方さまを嫁にできるなら所領はいらぬと申された。藤吉郎も前々からお市の方さまに心を寄せていたが、丹羽どのや池田どのが賛成されたので泣く泣くあきらめた。そんな噂があるとか」

「それはわしをおとしめるために藤吉郎が流した誹謗中傷じゃ。わしはお市の方さまを望むような大それたことはしておらぬ。そもそもお市の方さまは、安土城で徳川家康どのと祝言をしておられる。この先徳川どのと力を合わせて藤吉郎を封じようとしているわしが、そのような不埒なことをするはずがあるまい」

「もうひとつ、こんな噂もあるそうでござる。藤吉郎は親父さまと徳川どのの仲を裂くために、お市の方さまとの結婚を強引に押しすすめた。気のいい親父さまは、何も知らずに計略にのせられたと」

「人の口に戸は立てられぬと言うが、天地神明に誓って結婚などしておらぬ」

　勝家は心外だと言いたげに、大口を開けて酒を流し込んだ。

「それでは伺いますが、お市の方さまと姫さま方はどうしてこの城におられるのでござろうか」

「それは……、実はのう又左。清須会議で決まったのは、わしが養子にした佐久間勝之と茶々さまの縁組みじゃ。それゆえ姫さま方とお市の方さまを引き取った。しかも茶々さまを信孝さまの養女にして当家に嫁がせるとも取り決めたが、会議の内容は口外しないと申し合わせた。それをいいことに、藤吉郎はあることないこと言いふらしておるのじゃ」

「それなのに親父さまだけが律義に約束を守り、言われっ放しになっておられるのでござるか」

「わしとてそこまで能天気ではない。昨年暮れにはお市の方さまが甲府に出陣中の徳川どのに贈物をされるというので、わしからも贈物をしてお市の方さまたちを北庄に引き取ったいきさつを伝えた。その返礼に徳川どのからも年始の贈物がとどき、四月までには甲斐(かい)、信濃(しなの)のけりをつけて浜松城にもどるとの知らせをいただいた」

利家には初耳のことばかりでにわかには信じられなかったが、お市の方と家康の祝言は事実だった。

それを証明するのが、家康の一門だった松平家忠(まつだいらいえただ)が記した『家忠日記』である。

天正十年(一五八二)五月十五日に家康は安土城に招かれたが、三河にいた家忠のもとにも、その時の信長の接待ぶりが伝えられた。それを家忠は五月二十一日の日記に次のように書き留めている。

〈家康去十五日ニ安土へ御越候、御山にて御ふる舞候、十八日ニも家康御せんヲハ、上様御自身御すへ候由候、各御供衆ニも、御てつから、ふりもミこかし御引候由候、御かたひら二つつゝ被下候、一つハ女はう衆ミやけとて、くれなゐノすゝし之由候、〉(竹内理三(りぞう)編『増補続史料大成』臨川書店刊)

　歴史の資料なので原文を紹介したが、これでは分かりにくいので意訳させていただきたい。

「家康公は去る十五日に安土城に着かれ、城内にてふるまいにあずかられた。十八日にも家康公の御膳を信長さまがご自身ですえられた。御供の方々にも信長さまが手ずからふりもみこがし（麦こがし）を引かれたそうである。その上帷子を二つずつ下された。一つは女房衆へのみやげということで、紅の生絹だったとのことである」

　婿取り婚の時代には、男が見染めた女の家に通って一夜をすごした。そしてめでたく三日目になれば婚約が成立したと見なし、娘の父親が祝いの餅をふるまい、娘の衣を持たせて婚約の証とした。

　これを三日夜の餅と三日夜の衣といい、利勝と永姫の婚約の時に信長がもてなしたのと同じやり方である。

　しかも、この婚約は決定的だと思える一文が『家忠日記』に記されている。

　本能寺の変の半年後、天正十年（一五八二）十二月に家忠は甲斐に出陣した家康に従って右左口（甲府市右左口町）に布陣していた。そして十一日に甲府の家康のもとに出仕したが、その時の様子について次のように記している。

〈古府へ出仕候、明日帰陣候へ之由被仰候、越前芝田所より御音信候、進上物しちら三十巻、はわた百はニ鱈五本也〉（竹内理三編『増補続史料大成』臨川書店刊）

　これも意訳すると次の通りである。

「甲府の家康のもとに出仕したところ、明日帰陣せよという命令を受けた。その時越前の芝田（柴田）のところから御音信があり、しじら織りの反物三十巻、端綿百把、鱈の干物五本が進上物として届けられた」

この文章の中で「越前芝田所より」と記されているのは越前の勝家のもとからという意味だが、家忠は越前芝田と呼び捨てにしている。

ところが音信をよこした方には「御音信」と敬語を使っている。家忠がこうした気づかいをする相手は、勝家の所にはお市の方しかいない。だから音信をよこしたのは勝家ではなくお市なのである。

しかも進上物のしじらの反物と端綿は、これで綿入れを作って甲斐の寒さを乗り切って下さいという女性らしい心遣いに満ちたものだ。鱈は正月料理に使う棒鱈で、越前産の見事なものだったにちがいない。

もしお市が勝家と結婚していたなら、これだけ大量の品を家康に送るはずがない。お市と家康は婚約し、勝家もそれを了解していたからこそ実行できたのである。

「なるほど、さようでござるか」

勝家の説明を聞いた利家は、悪酔いしたような吐き気を覚えた。

秀吉の立ち回りのうまさや人をたらし込んで意のままにする力量には、感心したり反発したりしたものだが、敵に回せばこれほど恐ろしい男だと初めて思い知らされていた。

「我らは武士ゆえ、一分が立たぬことをするわけにはいかぬ。ところが藤吉郎は下々からの成り上がりで、諸国を流浪していた時に上様に拾われた。それゆえ武士の一分などは歯牙にもかけず、銭と欲で人を釣ろうとする。だからどんな嘘も平気でつけるのだ」

しかしそんなやり方が長続きするはずがないと、勝家は頑なに信じていた。

「ご無礼ながら親父さま、少々風に当たらせていただきまする」

利家は廻り縁の欄干につかまって座り込んだ。眼下には足羽川が流れ、城下の出口には九十九橋がかけられている。

この橋を渡って城下に入ると、まわりを寺に囲まれた町が碁盤の目状に整然と区画されている。その広さは安土城下の二倍ほどもあり、南北を呉服町通り、東西を一乗町通りが貫き、多くの商家が軒を並べていた。

越前に入封してからわずか八年の間にこれだけの城と城下をきずき上げた勝家の手腕は、高く評価されてしかるべきである。検地や刀狩り、兵農分離などの領国経営も順調に進んでいたが、信長が本能寺で斃れたために、大きな岐路に立たされていたのだった。

「親父さま、藤吉郎と和を結ぶわけには参りませぬか」

利家は欄干の斗束を股の間に当て、両足を下げてぶらぶらさせた。

「案ずるな。藤吉郎ごときに負けはせぬ。それにいくら分が悪いからといって、今さら旗を下ろすわけにはいくまい」

勝家も廻り縁に出ると、利家の横に座って足を投げ出した。

「倅が申しておりました。たとえどんなことがあっても、今はじっと耐えて好機の到来を待つべきだと」

「藤吉郎は織田家を乗っ取ろうとしておる。五郎左（丹羽長秀）も勝入《しょうにゅう》（池田恒興）もそれを知りながら、藤吉郎の力に屈して言いなりになっておる。そうであろう」

「確かに。そうかもしれませぬが」

「その昔、わしは勘十郎信勝《かんじゅうろうのぶかつ》（織田信行《のぶゆき》）さまに身方し、上様と戦って大敗した。ところが上様はわしを許し、これからは織田家の守り神になれと言って下された。その命令をはたすために、わしは今日まで生きてきたのだ」

「それは分かっておりますが、藤吉郎と戦うことだけが織田家を守る手立てではありますまい」

「さようか。それでは他にどんな策がある」

「それがしがもう一度、藤吉郎と話をしに行きます。この首を賭けて説き伏せて参りますゆえ……」

「又左、そちはいい奴じゃのう。漢《おとこ》の中の漢じゃ」

「世辞など無用でござる。それがしは」

そう言いかけて利家は勝家に目をやった。妙に弱々しい物言いをすると思ったからだが、案の定、勝家は欄干にうつぶすようにして眠っている。廻り縁から投げ出した足も力なくゆれていた。

「親父さま、こんな所で寝たら風邪をひきますぞ」

春とはいえ吹き来る風はまだ冷たい。寝るなら部屋に入れと注意したが、酒に酔った勝家は気持ちよさそうにいびきをかいていた。

その顔に人の好さと老いの弱さがにじんでいる。利家は胸をつかれ、大紋の袖で勝家の背中をおおってやった。今日は他にさし迫った用事はない。目を覚ますまで側(そば)についていてやろうと思った。

三月七日の早朝、北陸勢一万七千は北庄城を出て近江に向かった。先発している佐久間盛政の八千と合わせれば、二万五千の堂々たる陣容である。

対する秀吉は七万五千の軍勢を近江の各所に配して待ち構えていた。

三月五日に北近江の別所山（標高四百四十四メートル）に着いた前田利勝らは、翌日から砦(とりで)の構築にかかった。

尾根上の雑木林を二町（約二百十八メートル）ちかくにわたって切り払い、傾斜地に段々畑を造るように何段にも分けて平坦地を造る難工事だが、一日も早く陣小屋を完成させなければ雨にぬれ寒さに凍えることになる。

そうした状況を一日も早く脱しようと、一千の兵が力を合わせて雑木の伐採、木の幹を分断しての柵木造り、平坦地の構築、柵の結い回し、柵の内側に陣小屋を造る作業に没頭した。

その間にも利勝や前田秀次らは、山頂に砦を造るための測量や縄張り図（設計図）の作成にかかった。かつてこの地には天台宗万福寺が建てられていて、半町四方ほどの平坦地が造成されている。ここを山城の本丸として四方に防御施設をめぐらすことにした。

「まずはこの寺跡の南と東を平地として二の丸をきずく。そうして土塁と空堀を配して守りを固め、南側に虎口を開けて大手とする」

秀次は築城についても造詣が深く、測量の結果をもとに縄張り図を作り上げていった。

柴田勝家は本陣を、内中尾山（標高四百六十メートル）の玄蕃尾城（内中尾城／敦賀市刀根・長浜市余呉町）と定めている。この城は朝倉氏の時代にきずかれたものだが、勝家は秀吉との決戦にそなえて堅固に造り変えていた。

この城を中心にして右前方の行市山（標高六百六十メートル）には、本隊よりひと足先に加賀から到着した佐久間盛政と、盛政の弟柴田勝安が五千の兵をひきいて布陣している。

利勝らがいる別所山は行市山から東南に伸びる尾根つづきにあり、そこからさらに東には中谷山、橡谷山、林谷山がつらなり、それぞれ砦を構築中だった。

こうした山城群に兵をこめて秀吉の軍勢を北近江に引き付けるのが勝家の基本戦略だが、いつでも打って出る構えを取っていなければ、秀吉に脅威を与えることはできない。

そこで玄蕃尾城から北陸道の柳ケ瀬に下りる道や、玄蕃尾城と行市山、別所山を結ぶ尾根伝いの道を切り開き、軍勢の移動を迅速にできるようにする計画だった。

これに対する秀吉の防御陣は強大だった。

昨年六月の清須会議において北近江の長浜城は勝家の領有とされた。そこで勝家は、養子にした柴田勝豊を配して近江への出口を確保しようとした。

ところが冬には柴田勢が動けないことを見越していた秀吉は、十二月中旬に大軍を動かして長浜城を包囲し、勝豊を降伏させて支配下に組み込んだ。そうして勝家の反撃にそなえて北陸道ぞいに山城群をきずいたのである。

その様子は別所山から遠望することができた。

北陸道に向かって西から二つの尾根がせり出している。一つ目の尾根の先端には天神山（標高二百九メートル）の砦があるが、これは敵の出方をうかがうための偵察基地である。

本格的な防衛線は二つ目の尾根にある神明山（標高二百九十五メートル）と堂木山（標高二百四十メートル）、そこから北陸道をまたいで東に位置する東野山に構築してあった。

それぞれの山に砦をきずいたばかりでなく、堂木山と東野山の間の平坦地には土塁と水堀を配して惣構え（防壁）にしている。

長さ六町（約六百五十四メートル）もある惣構えは、東西に軍勢を移動させるための通路にもなるし、敵が攻めて来た場合には強固な防壁にもなるのだった。

（正面から攻めても、あの惣構えは破れまい）

利勝はそう見て取った。

あれはもはや城である。籠城した敵に勝つには三倍の兵が必要だと言われているが、兵力でも鉄砲の数でも秀吉勢が圧倒的に有利だった。

（もし勝機があるとすれば……）

二つ目の尾根にある茂山（しげやま）（標高三百四十メートル）に回り込み、尾根伝いの道をたどって神明山と堂木山に奇襲をかける。その混乱に乗じ、勝家の本隊が北陸道の東にある東野山の砦を攻め落とすことだ。

利勝はそう考えて物見に様子をさぐらせていたが、敵陣の警戒は厳重なので正確な情報を得ることができなかった。

三月十一日になって、佐久間盛政から使者が来た。軍議を開くのでただちに行市山に参集せよという。利勝は秀次らとともに熊笹（くまざさ）が生い茂る針葉樹の森を抜けて行市山に向かった。

目ざす山頂は別所山よりかなり高い。山を登るほど気温が低くなり、雪山のような植生になる。このあたりは北陸以上の豪雪地帯だった。

盛政は山頂の本陣にいた。側（そば）には弟の柴田勝安と金森長近、不破勝光ら最前線に布陣を命じられた者たちが床几（しょうぎ）をならべていた。

「前田どの、よく来て下された」

盛政は利勝ではなく秀次に声をかけた。盛政は三十歳。八歳上の秀次の方が頼り甲斐（がい）があると感じていた。

「玄蕃どの、当家の大将は利勝でござる」

秀次がやんわりとたしなめた。

「それは承知しておりますが、右近（うこん）（秀次）どのを見るとつい頼りたくなるのでござる」

「玄蕃どののお気持ちは分かります。お気遣いは無用です」

利勝は話を進めるようにうながした。

「実は明日、叔父上（勝家）が一万七千の軍勢をひきいて柳ケ瀬に着くという知らせがござった。又左衛門尉どのは四千の兵をひきいて先陣をつとめておられるそうじゃ」

「父も別所山に布陣すると聞いておりますが」

「諸将はいったん玄蕃尾城に入り、正式の陣立てをするはずじゃ。又左衛門尉どのが別所山に入られるのは間違いあるまいが、与力の長連龍どのや土肥親真どのは本陣に残られることになろう」

利家の手勢は二千五百。利勝勢と合わせると三千五百になる。それを想定して別所山に宿営地を用意していた。

「方々（かたがた）に来てもらったのは本隊の到着を知らせるためだけではない。ここから敵陣をながめてもらいたかったからでござる」

盛政が指さした先には別所山や中谷山が低くつらなり、北陸道や神明山、堂木山、東野山をつなぐ秀吉方の防御陣地が見えた。

「この戦（いくさ）の勝敗は秀吉がきずいた惣構えを崩せるかどうかにかかっていると存ずるが、方々はどうお考えであろうか」

「お言葉を返すようだが、この戦の目的は山城にこもって秀吉勢を引き付けるだけだと聞いておりまする」

金森長近が異を唱えた。

越前大野城主で六十歳になる。本能寺の変の時に嫡男長則（ちゃくなんながのり）が織田信忠とともに討死したので、剃髪（ていはつ）して兵部卿法印素玄（ひょうぶきょうほういんそげん）と号していた。

「法印どの、それがしもそのように聞いております。しかしここから敵の惣構えまでは一里半（約六キロ）ほども離れておるゆえ、山城に籠（こ）もっているだけでは敵を引き付けることはできますまい」

「それならこの砦から別所山、中谷山、橡谷山、林谷山の砦をむすぶ道を造り、北陸道への出口を確保しておけば良い。さすれば柴田どのの本隊と一手になることができよう」

「それだけでは敵の不意をつくことはできませぬ。それゆえ、いかがかな。ここから尾根伝いに南に向かい、権現坂（ごんげんざか）まで通じる道を造りたいと存ずるが」

盛政が机の上に絵図を広げた。

権現坂までは一里半ほどの距離があるが、そこまで行ければ神明山、堂木山にきずいた敵の防御線を東に伸びた尾根伝いに攻撃することができるのだった。

「どうかな。前田利勝どの」

盛政が改まって利勝の意見を求めた。

「私も敵の惣構えを崩すには、尾根伝いに側面から攻めかかるしかないと考えておりました」

「そうであろう。さすがに利勝どのは兵法に通じておられる」

「しかし玄蕃どの。一里半もの道をきずくのは容易なことではありますまい」

秀次が口をはさみ、利勝が言質をとられることをさけようとした。

「右近どの、このあたりの尾根は幅が広くなだらかで、岩場も少ない山砂質でござる。それゆえ雑木さえ切り払えば、案外たやすく道が造れまする」

盛政は何としてでも秀吉に痛打を与えようと前のめりになっていて、玄蕃尾城で軍議が開かれた時にこの件を先陣の総意として提案したいと言った。

「兄者の申されることはもっともでござる。攻める構えを取っておかなければ、敵に弱腰を見透かされて秀吉勢を引き付けることはできますまい」

柴田勝安が真っ先に賛成した。越前勝山城の城主で、二十七歳になる気鋭の若武者だった。

利勝らが行市山で軍議を開いていた頃、北伊勢に出陣していた羽柴秀吉は四万五千の大軍をひきいて近江の佐和山城に入っていた。

伊勢の滝川一益、美濃の織田信孝へのそなえを現地に残しながら、なおこれだけの軍勢を北近江に向ける力があった。

秀吉は佐和山城に着くと、さっそく軍勢の部署を定めた。秀吉の右筆である大村由己が記した『柴田合戦記』（『天正記』）によれば、その編成は次の通りである。

一番　堀秀政。
二番　柴田勝豊。
三番　木村隼人、木下昌利、堀尾可晴。
四番　前野長泰、加藤光泰、浅野長政、一柳直末。
五番　生駒正勝、黒田孝高、明石則実、木下利匡、大塩金右衛門尉、山内一豊、黒田長政。
六番　三好秀次、中村一氏。
七番　羽柴秀長。
八番　筒井順慶、伊藤（東）掃部助。
九番　蜂須賀家政、赤松則房。
十番　神子田正治、赤松則継。
十一番　細川忠興、高山右近。
十二番　羽柴秀勝、仙石秀久。
十三番　中川清秀。
十四番　秀吉馬廻り。

こうした強力な迎撃態勢がしかれる中、前田利家を第一陣とする北陸勢が北陸道の柳ケ瀬に到着した。総勢一万七千が山間の小さな宿場町に入るのだから、足の踏み場もないほどの混雑ぶりだった。

「長頼、定吉、その方らは軍勢をひきいて別所山の砦へ向かえ。わしは本陣での軍議に出てから後を追う」

利家は村井長頼、高畠定吉に軍勢を任せ、長連龍、土肥親真らと玄蕃尾城に向かうことにした。

柳ケ瀬の宿場から谷伝いの道を登ると、半里（約二キロ）ほどで尾根をこえる倉坂峠にたどり着く。

すでに道の両側の木が切り倒され、路面の地ならしをするばかりになっていたが、利家は背筋を伝う不気味さをふり払うことができなかった。

十年前の天正元年（一五七三）、織田信長に敗れた朝倉義景の軍勢の多くは、この道を通って敦賀に逃れようとした。織田勢はこれを猛追して倉坂峠の手前（刀根坂）で追いつき、二千とも三千とも言われる敵を討ち取った。

その時、利家も朱柄の長槍を持って追撃軍に加わり、大きな手柄を立てた。何しろ背中を見せて逃げる武者は隙だらけである。しかも登り坂なので太股やふくらはぎがちょうど目の高さになる。

そこを下からひと突きすれば、もはや相手は戦えない。利家は十人二十人と敵の太股を突き刺し、とどめを刺すのは後続の者たちに任せて先へ進んだ。

（ああ、確かここだった）

道をおおうように枝を伸ばす松の巨木を見て思い出したことがある。

数人の家臣に守られて逃げる若武者がいた。槍を横にふるって三人の膝をなぎ払うと、若武者は向き直って戦おうとした。

鎧も刀も黄金を散らした高価なもので、名のある家の若殿だとひと目で分かった。まだ十二、三歳にしかならないようで、まともに戦える構えではなかった。

「織田家の前田又左衛門尉じゃ。刀を捨てて我に降れ」

利家は一応助けようとした。ところが相手に猶予を与えたのは、わずか一呼吸か二呼吸の間である。刀を下ろさないと見ると、片鎌槍を下から突いて少年の首を削ぎ落とした。

鬼哭啾々。戦の跡地に生い茂る草花や山砂質の地面に、死者たちの怨霊がとどまっている気がするのだった。

峠まで出ると北側に内中尾山の山頂がそびえていた。利家は山頂に立ってあたりの地形を見回した。

東の北陸道につづく谷は、目もくらむばかりの急斜面になっている。西には敦賀に通じる道があり、南の尾根伝いの道を行けば行市山がある。

「あの山には佐久間玄蕃どのが布陣しております。その東に低く見える別所山が、利勝さまの陣所でござる」

奥村家福が絵図を見ながら説明した。

「距離は」

「行市山まで一里半（約六キロ）、別所山までは二里ほどでござる」

「難儀なことじゃのう。こんな山の上にバラバラになって布陣するとは」

山頂から北に下りた所に玄蕃尾城があった。傾斜がゆるやかで幅の広い尾根を切り開き、城のまわりには土塁や空堀などを配して守りを固め、大軍が宿営できるように平坦地も確保してあった。

「聞きしに勝る厳重な構えでござるな」

家福は感じ入ったようだが、利家の不吉な予感は依然として去らなかった。

こんな山の上にどれほど厳重な城をきずいても、秀吉との戦で役に立つとは思えない。役に立たないどころか、この城にいれば安全だという思いが勝家や将兵の判断を鈍らせるおそれさえあった。

「やあ、ご覧あれ。海が見えまするぞ」

百戦錬磨の篠原長重(ながしげ)が、両手を突き上げて背伸びをした。はるか遠くに敦賀湾が青くきらめいている。その向こうに日本海の大海原が広がっていた。

午後になって勝家らが到着し、諸将を集めて軍議を開いた。

伊勢の滝川一益を救うために、山城にこもって後詰(ごづ)めをする。その方針は出陣前に申し合わせている。当面の問題は、山城の構築とそれを結ぶ道路の整備だった。

「柳ケ瀬と行市山への道は本隊が受け持つ。先陣の諸隊は陣所の構築と道の整備にあたってもらいたい」

勝家は越前からの行軍と玄蕃尾城までの山登りに疲れている。早く軍議を終え、鎧を脱いでくつろぎたいという思いが顔にも言葉にもにじんでいた。

「叔父上、その件でござるが」

血気盛んな佐久間盛政は、勝家の疲れに気付かない。用意の絵図を取り出し、行市山から権現坂までの道を造りたいと申し出た。

「秀吉勢は権現坂から東につづく尾根に神明山砦、堂木山砦をきずき、東野山との間に惣構えを配して守りを固めております。それゆえ行市山や別所山にこもっているだけでは、敵に脅威を与えることはできませぬ。しかし権現坂までの道を造っておけば、この惣構えを横から崩すことができます」

「見れば権現坂までずいぶん遠いようではないか。先陣の諸隊には荷が重かろう」

「すでに諸将の了解を得ております。本隊に迷惑はかけませんので認めていただきたい」

「又左、そちはどう思う」

勝家が仕方なげに利家に話を向けた。

「まだ着陣したばかりで様子も分かりません。明日別所山に移りますので、その上で判断しとうござる」

「そうじゃ、それが良い。急いては事を仕損じると申すでな」

翌朝、利家は馬廻り衆三百をひきいて別所山に向かった。

およそ二里の道をはうようにして歩き、ようやく別所山にたどりついた。

山のふもとの大手口には利勝と秀次が近習を従えて迎えに出ていた。土に汚れた小袖と裁着袴（たっつけばかま）を着て、腰には脇差（わきざし）だけをつけていた。

「父上、山歩きはいかがでございましたか」

利勝の顔は日に焼けて健康そうに輝いていた。

「これくらい雑作（ぞうさ）もないが、何しに来たのか分からぬような気分じゃ」

利家はつい本音を口にした。

「どうぞ、本丸にお登り下されませ」

大手口の急坂には五段もの曲輪（くるわ）がきずかれ、本丸に通じている。本丸のまわりには土塁をきずいている最中だが、その一角には早くも三階建ての隅櫓（すみやぐら）を上げている。しかも丸太造りではなく製材した板と柱を用いていた。

「これだけの材料が、よくあったな」

「北近江に布陣すると分かった時から、秀次叔父が敦賀の船大工に命じて用意しておられました。そのお陰でございます」

「兄者を野宿させるわけには参らぬと利勝が言いますので、大急ぎで運ばせました。まだ棟上げをしただけですが、雨露をしのぐことはできます」

秀次はいつものように控え目だった。

「どうぞ。櫓の見張り台から、あたりを見渡すことができますので」

利勝に案内されて南側の虎口から本丸に入った。二十五間（約四十五メートル）四方ほどの曲輪のまわりに、人の背丈より高い土塁をめぐらしていた。

隅櫓は本丸の未申（ひつじさる）（西南）にあった。壁板はまだ張っていないが、庇（ひさし）を長くせり出して雨が降り込まないようにしていた。

「確かに船大工の仕事じゃ。狭い敷地をうまく使っておる」

中でも利家が感心したのは、一階から二階、二階から見張り台に上がる階段だった。幅半間ばかりで傾斜も急だが、それをまったく感じさせない登りやすさだった。

見張り台に立つと、余呉湖（よごこ）から琵琶湖へつづく景色を一望することができた。

「おお、これは……」

安土城の天上の間、いや、岐阜城の天守からながめた濃尾平野や伊勢湾に似ている。利家はそう思った。

「北陸道を横に封じるあの防壁が、羽柴勢がきずいた惣構えでございます」

利勝が指さした。

「あれは小谷（おだに）城攻めの時に、上様が用いられた戦術じゃ。龍ケ鼻（たつがはな）の御本陣から虎御前山（とらごぜやま）城まで、堀と土塁を組み合わせた道をきずかれた」

秀吉はその戦法の規模を何倍にも大きくしている。防壁の長さは六町（約六百五十四メートル）、幅は三間（約五・四メートル）もあるのだから、あの中だけでも五千ちかくの兵をひそませることができるはずだった。

「東野山には堀久太郎どの、堂木山と神明山には、柴田勝豊どのの家来衆が入っているようでございます」

　利勝は物見を出してそこまで突き止めていたが、敵陣の構えや人数、鉄砲の数などは分からないままだった。

「あの戦法の優れたところは、敵に気付かれることなく兵も武器も自在に移動できることだ。おそらく藤吉郎は木之本（きのもと）に本陣をすえるだろうが、あの山あたりに信用のおける者をおいて先陣とするだろう」

　利家が指さしたのは北陸道の東側の田上山（たがみやま）（標高三百二十四メートル）で、後に秀吉の弟秀長が一万五千の兵をひきいて守備につくのである。

「そうしてあの山から尾根伝いの道を通り、東野山に兵を送り込めるようにしているはずだ。その兵力がどれほどか、我々はまったく知ることができない」

「佐久間玄蕃どのは権現坂まで尾根の道をきずき、尾根伝いに神明山や堂木山を攻めようと考えておられます」

「わしも昨日の軍議でその話は聞いた。お前も同意したそうだな」

「あの惣構えを破るには、正面と側面から同時に攻めるしかないと思います」

「そうかもしれぬ。だが藤吉郎とてそんなことは分かっている。おそらく神明山にも堂木山にも、強固な砦をきずいて待ち構えているだろう。権現坂への道を造るかどうかは、その構えを破る手立てができてからでなければ決められぬ」

　別所山で利家がやることは何もなかった。時々将兵たちを本丸に集め、隅櫓の見張り台に立って訓示をたれるくらいである。

　利家はそこからあたりの景色をながめて過ごすことが多くなった。北近江の野山も春を迎え、木々は新緑に包まれ野原では草花が色淡い花をつけている。

　年若いうぐいすの舌足らずの鳴き声も聞こえてきて、山奥で仏道修行をしているようなおだやかな気持ちになった。

　三月下旬になると、安土城下の探索に当たっていた四井主馬が報告にやって来た。

「羽柴勢は美濃に一万、伊勢に一万五千を配して、織田信孝勢と滝川一益勢を封じ込めております。信孝さまは昨年末に秀吉に降伏されましたが、あれは柴田勢の到着を待つための時間かせぎで、機を見て再び挙兵されると誰もが見ておりまする」

「藤吉郎はどこにおる。木之本か」

「木之本に本陣をおいていますが、長浜城にいることが多いようです。前線の指揮は田上山城の弟秀長に任せているそうでござる」

「人数は？」

「総勢四万五千」

「さようか。豪勢なことじゃ」

「しかし寄せ集めの軍勢ゆえ、いまひとつまとまりに欠けるようでございます。中でも柴田勝豊どのの家臣の中には、今も勝家さまに心を寄せている者が多く、戦になれば寝返るという噂が飛び交っております」

「勝豊の家老は山路将監正国(やまじしょうげんまさくに)だったな」

「はい。一千の兵をひきいて天神山の守りについていましたが、内通を疑われて神明山まで下げられております」

主馬は五人の配下を羽柴勢の中にまぎれ込ませて探索に当たっていた。

「神明山と堂木山の要害の様子を知りたいのだが」

「そのようなおおせがあろうかと、絵図に書き取って参りました」

主馬が差し出した白布には、簡略ながら二つの山城の見取り図が記されていた。

重要なのは尾根の西側に位置する神明山砦である。ここには茂山方面からの敵の攻撃を防ぐために、尾根を横に掘り切った二重の空堀がもうけられていた。

「攻めるとしたら空堀の西に押さえの兵をおき、いったん平野に下りて堂木山に向かうしかあるまい」

利家はそう思ったが、秀吉もその弱点は見抜いている。神明山と堂木山の間の北に伸びる細い尾根に、抜かりなく砦をきずいて付け入る隙を与えないようにしていた。

「嫌な男じゃ。あきれるばかりに知恵が回る」

「秀吉は長浜衆の山路将監と大鐘藤八郎(おおがねとうはちろう)の兵一千を神明山に配しております。されど両者が寝返るおそれがあると見て、神明山の西側の高台に木村重茲(きむらしげとし)の兵二千と鉄砲五百を配しております」

「鉄砲五百か。気前のいいことだ」

前田勢三千五百でさえ、鉄砲は同数の五百挺しか装備していない。しかも火薬と弾を惜しみながらしか使えないのだった。


戦況が動いたのは四月四日だった。

前夜のうちに北陸道の狐塚まで下りた柴田勢四千は、夜明けを待って神明山に攻めかかった。これは相手の備えと出方をさぐるための偵察攻撃で、半刻（一時間）ほどの銃撃戦をしただけで引き上げていった。

翌五日の早朝、柴田勢は堀秀政が守る東野山を攻めた。これも敵の陣容を知るためだが、信長の側近だった秀政はこれを見抜いて軽くあしらったので、勝家らは得るところなく玄蕃尾城へ引き上げたのだった。

四月十三日になって事件が起こった。

神明山から堂木山に移された山路将監正国は柴田勢への内応を決意し、目付け役の木村重玆を茶会にまねいて謀殺しようとした。

ところが断られたために計略が露見したと思い、十三日の夜明け前に百人ばかりの家臣とともに堂木山の砦を抜け出し、行市山の佐久間盛政の陣所に逃げ込んだのである。

この日、岐阜城の織田信孝が反秀吉の兵を挙げた。

勝家や滝川一益と通じて秀吉を三方から挟撃する作戦だが、すでに信孝の重臣である美濃衆の多くは秀吉に調略されていた。

四月十六日、秀吉は信孝を退治するためと称し、二万の大軍をひきいて美濃に向かうことにした。その前に最前線の惣構えまで出向き、堂木山の北側の文室川のほとりで山路将監の母親と妻子を磔にかけた。

母親と妻、幼い娘と息子を磔柱に縛り付け、柴田勢から見えるように北に向けて立てた。そうして大音声の者に次のような口上をさせた。

「山路将監正国とその郎党ども、よく聞くがよい。その方ら長浜衆は、昨年暮れに柴田勝豊どのが我らに降伏された時、筑前守どのの情によって命を助けられた。将監はその恩に感じ入り、この四人を人質に差し出して臣従を誓ったのじゃ」

大音声はそこで言葉を切り、配下の兵に槍を構えるように命じた。磔柱の四人の目の前で、左右から突き出された槍の穂先が交差した。

「しかるに誓約を破り、母親や妻子まで見捨てて敵方に走るとはいかなることじゃ。銭に吊られたか、越前半国を扶持するとでも言われたか。ところが山路将監よ。それは空手形というものじゃ。お前が頼りにしている柴田権六勝家は、戦場にも出て来ておらぬ。今頃は北庄城で、嫁に迎えたお市の方さまと閨にこもって春の夢でも見ているであろう」

大音声は手はず通り勝家を愚弄した後で、四人の処刑を命じた。しかも急所を刺さず、失血によって死なせるむごいやり方だった。

秀吉は惣構えの土塁にすえた床几に座り、磔刑の一部始終を見物した後で織田信孝を攻めるために美濃に向かった。

前田利家と利勝も、別所山の見張り台からこの様子を見ていた。

（藤吉郎めが、何とむごいことを）

処刑された将監の妻子がまつや麻阿に見えて、利家ははらわたがねじ切れるような怒りを覚えた。

将監や佐久間盛政の怒りや復讐心はそれ以上に大きかったはずだが、秀吉の狙いは柴田勢が腹立ちのあまり暴発するように仕向けることにあった。

信孝を討伐すると称して美濃に向かったのも、わざと隙を見せて柴田勢を誘うためで、行軍中の秀吉の意識は常に後ろに向けられていた。

この計略については、秀吉自身が弟の秀長にあてた書状に記している。余呉町教育委員会が編纂した『賤ヶ岳合戦城郭群調査報告書I平成十六年度』に収録された全七条からなる書状のうち、第三条から五条までを、書き下し文と意訳によって紹介させていただきたい。

〈一、惣構の堀より外へ鉄炮放ち候事は申すに及ばず、草かりふぜいに至るまで、一人も出され間敷候事、〉

「一、惣構えの堀より外に鉄砲を撃つことは申すに及ばず、草刈り風情の者まで一人も外に出してはならない」

これは堂木山と東野山の間にきずいた巨大な惣構えより外には、絶対に出てはならないと命じたものだ。

こうした籠城戦の場合、もっとも警戒すべきは打って出た身方が敗走して城内に逃げ込んで来ることである。そうなれば城門を閉められないので、追撃してくる敵に付け入られることになる。

これを防ぐために、惣構えの外には草刈り（馬の飼葉と思われる）に出ることさえ禁じたのである。

〈一、敵は今度たたきつめられ面目を失い候て、国もとへ人数入れ申すべきようこれ無きに付いて、ふりにつまり、よそへの外聞と存じ、陣取をよせ候敵にて候条、一人も足軽を出し申さず候はば、弥ふりにつまり申すべき事、〉

「敵は今度追い詰められ、面目を失って国許に人数を留めておくこともできなくなり、他所への外聞をはばかって出陣してきたので、こちらが一人も兵を出さなければいよいよ打つ手がなくなるはずである」

外聞をはばかって出陣してきたとは、滝川一益を攻められて後詰めに出ざるを得なくなったことを指している。だからこちらがじっと動かなければどうしようもなくなると言うのだが、これは単に防衛のためではなく次の一手を打つための作戦だった。

その作戦の内容を、秀吉は秀長への書状の第五条に次のように記している。少し分かりにくい文章だが、そのまま引用させていただこう。

〈一、敵を五日、十日間陣取せ、それよりも敵のもようさげすみ候て、ゆうゆうと行に及ぶべく候、我等播州へ人数を打入れ候て、彼の国に於いて其方より注進聞き届け、姫路を罷り立つべき日数と存ぜらるべく候、殊に安土に秀吉逗留の内に罷り出候儀は不慮にて候、惣人数相そろう儀、播州より俄にかけ候よりもはやく人数揃い申すべく候間、満足此の事に候、〉

「敵を五日か十日ほどの間陣取らせ、こちらは敵など恐れる風もなく悠々と出陣することにする。儂が播磨に軍勢をひきいて入国し、その地においてお前（秀長）からの連絡を待ち、姫路を出発するべき日数と考えてほしい。特に安土に秀吉が滞在している間に出陣することはあってはならない。全軍を出陣できるようにしておくこと。播磨から急ぎ駆け戻る前にその用意が揃ってしまうだろうから、これ以上の満足はない」

知略にたけた秀吉は、面目を守るためだけに出陣してきた柴田勢をおびき出し、一撃のもとに粉砕しようと考えていた。

その方法は西国の敵に備えるふりをして播磨に出陣し、柴田勢が動くのを待って木之本に引き返す。それまで秀長は絶対に出陣してはならない。全軍をそろえ出撃の態勢をととのえて、秀吉の到着を待っていれば大いに満足である。

この書状を書いた四月三日の段階では、秀吉は柴田勢をおびき出すために播磨まで行こうと考えていた。ところが織田信孝が策にはまって岐阜城で挙兵したので、播磨ではなく美濃に向かうことにしたのだった。

四月十九日は朝からどんよりとした曇り空だった。冬のように北からの風が吹き、小袖だけでは肌寒いほどである。

　前田利勝は小袖の上にビロードの陣羽織を着込み、篠原一孝、村井長次らを従えて陣中の見回りに出た。

　別所山にこもり砦や道をきずくようになってから、すでに一月半が過ぎている。狭い陣小屋では手足を伸ばして眠れないし、横になっても土の固さや冷たさが伝わってくる。風呂にも入れないし、食事も粗末なものばかりである。

（いったい何のための山ごもりか）

（こんな暮らしが、いつまで続くのだ）

　将兵たちの疲れた顔に、そう言いたげな不満が浮き出ている。そこで利勝は毎朝陣中を見回り、共に頑張ろうと励ましていた。

　ちょうど朝餉（あさげ）の時間で、組ごとに作ったかまどに鍋をすえて粥（かゆ）を煮ている。鍋からはさかんに湯気が立ち、米の煮える甘い匂いがただよっている。

　将兵にとって何より楽しみな時間だが、粥は近頃少しずつ薄くなっていた。敦賀からの兵糧米がとどこおりがちで、配給を減らさざるを得なくなっていた。

「理由は二つあります」

　利勝は一孝からそう聞かされている。

　ひとつは敦賀から五里（約二十キロ）の道を運ぶ間に、野伏（のぶし）に襲われることだ。野伏といっても鉄砲を装備した屈強の部隊で、秀吉が手を回して妨害していることは明らかだった。

　もうひとつは敦賀の倉庫に蓄えていた五万石の兵糧が、半分ほどしかないことだった。理由を問い質すと、昨年の八月に都から来た商人が通常の三倍の値で敦賀の米を買いあさった。

　そこで米蔵を管理している柴田家の奉行は高いうちに米を売り、秋の収穫を待って補充すれば良いと考えた。ところが昨年は思いのほか不作で、米蔵には二万石ほどしか補充できなかったのである。

「これも秀吉どのの策のようでございます。鳥取城を兵糧攻めにされた時も、同じ手を使われました」

　昨年の八月といえば、まだ秀吉と勝家の対立は表面化していなかった。ところが秀吉は先を見据え、敦賀の米を買い占めていたのだった。

　利勝は暗澹たる思いだった。

　秀吉と勝家とでは発想の水準がちがいすぎる。秀吉は信長から深く広い戦略眼を学んでいるが、勝家は信長麾下の司令官としての発想しかしていない。その差は滞陣が長引くにつれてあらわになっていた。

　将兵の輪に混じって朝餉を食べた後、隅櫓にいる利家に呼ばれた。壁板を張り終え、明かり取りの窓をつけた部屋には、村井長頼、奥村家福、篠原長重ら重臣が集まっていた。

「軍議を開くゆえ、すぐに玄蕃尾城に集まれとのご下知でございます」

長頼が伝え、議題は出陣の計略についてだと付け加えた。

「いよいよ打って出ることになされたのでしょうか」

「兵を動かすなら、藤吉郎が留守をしているこの時しかない。玄蕃がそう言って逸（はや）っているそうじゃ」

利家は話にもならぬと言いたげだった。

「しかし親父さまのご下知とあれば行かざるを得まい。お前にも同行してもらうが、その前に出陣についての考えを聞かせてくれ」

「絶対に兵を動かしてはなりませぬ。秀吉どのは我らを誘うために美濃に出陣されたと存じます」

「ならば、どうする」

「和議を申し入れるべきです。私が東野山の堀久太郎どのの陣所に行き、仲介をしていただくように頼みます」

「お前がそのようなことをする必要はない。黙ってわしの横に控えておれ」

利勝は小具足姿になり、利家や長頼らに従って玄蕃尾城に向かった。二里（約八キロ）にもおよぶ尾根の道はきれいに整地され、馬でも駆けることができそうだった。

内中尾山の山頂をこえて目ざす城に行くと、本丸の櫓の板張りに柴田勝家や佐久間盛政、同安政、柴田勝安、金森長近、不破勝光ら主立った者たちが車座になっていた。

「又左、ここに来よ。利勝は玄蕃の横が良かろう」

勝家があわただしく席を指示した。

「皆がお集まりになったので、さっそく本題に入らせていただく。それがしは今こそ出撃するべきだと存じまする」

佐久間玄蕃允（げんばのじょう）盛政が用意の絵図を皆の前に広げた。

「秀吉が二万の軍勢をひきいて岐阜に向かいましたので、二万五千の兵しか残っておりません。そこで敵陣に夜襲をかけ、賤ケ岳（しずがたけ）から大岩山（おおいわやま）、岩崎山（いわさきやま）の砦を制圧いたします。そうして叔父上の本隊と呼応し、北と南から惣構えを攻めれば、たやすく打ち破ることができましょう」

盛政が指した大岩山、岩崎山は余呉湖を馬蹄（ばてい）型にかこんだ尾根の東側の先端にある。確かにここからなら惣構えまで十町（約千九十メートル）ほどしか離れていなかった。

「玄蕃らはそう言うが、又左はどう思う。そんな奇襲が成ると思うか」

勝家が利家に意見を求めた。

「三つの砦を攻め取ることはできましょう。しかし惣構えを南北から攻めても、一日二日で落とすことはできますまい。そうしている間に玄蕃の兵は東野山、堂木山の兵にはさみ討ちにされた揚げ句、田上山の秀長の本隊にとどめを刺されましょう」

「確かに、この惣構えは厄介じゃ」

「ならばどうなされる。このまま山の上にとどまっているとおおせられるか」

盛政が肩をいからせて利家に迫った。

「聞きたいか、わしの策を」

「おう、聞かせて下され」

「わしは倅と二人で惣構えまで進み、和議の話をしたいので藤吉郎に取り次いでくれと申し入れる。東野山の堀秀政は倅と親しいので、何とか聞き入れてくれよう」

「馬鹿な。この期に及んで秀吉に屈すると申されるか」

「わしは昨年十一月に親父さまの名代として藤吉郎に会いに行った。そうして和議の確約を得たと信じたが、藤吉郎は約束を反古にして長浜城を攻め取った。それが今日の事態を招いたのじゃ。それゆえわしは身命を賭し、もう一度藤吉郎に会って和議の約束を守るように申し入れる。たとえ捕らわれて八つ裂きにされようと、それが親父さまに対するわしの責任の取り方じゃ」

「ならば、それがしも同行いたす」

金森長近が申し出、不破勝光もつづいた。二人とも利家に同行して秀吉と対面していた。

「ならば方々、この男の話もお聞き下され」

盛政が呼び入れたのは山路将監正国だった。まだ三十八歳だが、母親と妻子を殺された苦悩と悲痛に髪が真っ白になり、顔は夜叉のようだった。

「敵の陣容について申し上げます。堂木山、神明山、東野山の砦は堅固にきずかれており、これを攻め落とすのは容易ではないと存じますが、賤ケ岳、大岩山、岩崎山の砦はまだ完成しておりません。曲輪の土塁と陣小屋ができている程度でございます」

「それゆえそこを攻め取り、我らの拠点にするべきだと申しているのでござる」

盛政は前のめりになって口をはさんだ。

「それから先ほどおおせられた和議の件でございますが、ご無礼ながら秀吉に会われても無駄だと存じます」

山路将監正国は、瞳孔が開いた地獄の底を見てきたような目を利家に向けた。

「なぜ無駄なのじゃ」

「秀吉は長浜城を攻めて柴田勝豊さまを降伏させましたが、その時から越前の勝家さまを滅ぼすと決めておりました。それゆえ邪魔になる勝豊さまに毒を盛って殺そうとしたのでございます」

「勝豊どのは病気をわずらい、藤吉郎に降(くだ)らざるを得なくなったと聞いたが」

「それは秀吉が流した虚説でござる。勝豊さまは降伏を決めた日の宴席で毒を盛られましたが、かろうじて一命を取りとめられました。そこで秀吉は病気治療と称して勝豊さまを京に送りました。殿を人質に取って、我らを従わせようとしたのでございます」

しかし勝豊は正国に、機を見て柴田勝家に身方するように指示した。そこで四月十三日に決行におよんだという。

「お聞きの通りじゃ。叔父上、もはや我らには秀吉と雌雄(しゆう)を決する以外に道はござらん。その機は今をおいてないと存じまする」

「兄者のおおせの通りでございます。ここまで虚仮(こけ)にされて旗を巻くようでは、柴田家の名が地におちましょうぞ」

　佐久間安政と柴田勝安が兄盛政の後押しをした。

「又左、どうであろう。息子たちの言うことにも一理あると思うが」

　勝家は思案に詰まったふりをして利家の意見を求めた。

「賤ケ岳や大岩山を攻めるなど愚の骨頂でござる。たとえ首尾良く占領できたとしても、北と南から惣構えを攻め破ることなどできません。攻めあぐねているうちに藤吉郎の本隊が引き返してきたなら、行き場を失って全滅するだけでござる」

「又左どの、見損ないましたぞ」

　盛政が腹立ちのあまり力任せに床を殴りつけた。

「玄蕃よ。兵は詐をもって立つという言葉を知っておるか」

「相手の裏をかけという孫子の兵法でござろう。それゆえ我らは敵の内懐に奇襲をかけようとしているのでござる」

「藤吉郎はそれを読み、わざと隙をみせて我らを誘っておる。その裏をかきたいのであれば、正攻法でいくしかあるまい」

「正攻法と申されると」

「そちは権現坂までの道を造りたいと申し出た時、惣構えを側面から攻められるようにすると言ったではないか。あれこそが我らが取るべき正攻法じゃ」

　利家はその戦法を書いた絵図を盛政の絵図の上に広げた。

「まず前田勢三千が先陣として茂山に布陣する。そうして北側のふもとに下りて神明山を迂回し、堂木山の砦に攻めかかる。その後に玄蕃と安政の兵五千は茂山に陣取り、尾根伝いに神明山、堂木山を攻める。その間、勝安は二千の兵をひきいて権現坂に陣取り、敵が我らの背後に回り込むのを防ぐのじゃ」

利家は茂山や権現坂の位置と、そこからの軍勢の進路も絵図に書き込んでいる。これは内々で玄蕃尾城に通い、勝家と話し合って決めたことだった。

「それと同時に親父さまは一万一千の兵をひきいて狐塚まで下り、東野山の砦と惣構えに攻めかかる。側面からと正面から呼応して攻めれば、敵の惣構えを乗っ取って、我らの砦とすることができる。さすればいつでも木之本や長浜に攻め入ることができよう」

利家は攻めるならこの策しかないと考えていたが、盛政らは納得がいかないようだった。

「つまり我らに、前田勢の後詰めをせよとおおせられるか」

盛政がたずねた。

「後詰めではない。我らが先陣、玄蕃は第二陣じゃ。神明山、堂木山を攻め破り、惣構えの内部にまで攻め込んでもらいたい」

「又左どの、こたびの先陣は我ら佐久間衆に任せていただきたい。それが従兄である柴田勝豊の仇討ちにもなりますゆえ」

山路将監の親族が磔にされた四月十六日、京で勝豊も死んでいる。秀吉はご丁寧に盛政や勝安の陣中に使僧をつかわし、薬石効なく亡くなったと知らせていたが、額面通りに受け取る者は誰もいなかった。

「我らが別所山に布陣したのは、親父さまが先陣を命じられたからじゃ。軍勢を進める時は布陣のままの陣形で押し出すのが作法であろう。今さら先陣をゆずるわけにはいかぬ」

それは戦国武将なら誰もが納得できる理屈である。だから利家がここで言葉を止めていたなら、悲劇は起こらなかったかもしれない。ところが血気にはやる佐久間三兄弟を見て、釘を刺さずにはいられなくなった。

「それに玄蕃も勝安もまだ若い。勢いにまかせて敵陣に突っ込むだけでは先陣の役はつとまらぬ。まして夜襲となれば、状況に応じた臨機応変の采配(さいはい)が必要なのだ」

敵の惣構えに奇襲をかける案は全員の同意を得て採択され、柴田勢は四月二十日の丑(うし)の刻（午前二時）から行動を起こした。

まず別所山の前田勢三千が尾根の道を通って権現坂に向かった。

その後から行市山を発(た)った佐久間盛政、安政の五千、柴田勝安の二千がつづいた。

少し遅れて柴田勝家の本隊一万一千が、倉坂峠からの坂道（刀根坂）を下って北陸道ぞいの狐塚に向かった。

全員徒歩(かち)で、あたりは真夜中の闇につつまれている。だが幸いなことに晴天で、月と星の明かりが山砂質の道を照らしていた。

利家は前田勢の先頭に立ち、ゆるゆると歩を進めた。こうした時は気が逸(はや)り、急ぎ足になりがちである。それが将兵の気持ちを浮(うわ)つかせて統制が取れなくなるので、一歩一歩地を踏みしめて進軍するのが鉄則だった。

前田勢の後備(あとぞなえ)を務めるのは、一千の府中衆をひきいる利勝である。こうした大規模な戦に大軍を率いて出るのは初めてなので、利家は利勝の陣所に足を運んで様子を確かめることにした。

「気分はどうだ。重圧のあまり吐き気などせぬか」

「吐き気はしませんが、足が小刻みに震えています」

利勝は正直だった。

「それが武者震いというものだ。自分で分かっているなら、落ち着いている証拠だ」

「後備えの采配を任せていただきましたが、気を付けることは何でしょうか」

「秀次の指示に従うことだ。それから生死を離れること。混戦になったなら生きようとする者は死に、死をいとわぬ者が生き残る。なぜだか分かるか」

「いいえ。分かりません」

「生きようとする欲が判断を狂わせるからだ。武者としての本性のままに戦えば、こうした狂いが生じることはない」

利家は突き放した言い方をしたが、内心では利勝のことが心配でたまらない。無事に生き抜いてもらいたいと祈るような気持ちだった。

「今日の戦は、敵の惣構えを破れるかどうかが勝敗の分かれ目だ。負けている身方など見捨てても構わぬ。敵を押し込んでいる者共に加勢し、一手になって惣構えを突き破るのだ」

利家が言いたいのは、敵の構えを突き破れば負けている身方を救うことにもなるということだった。

利勝は父がこんな助言をしてくれるのは初めてだと思い当たった。その配慮の有難さを噛みしめているうちに心の余裕を取りもどし、利勝の武者震いはいつの間にか止まっていた。

ところが夜が明けても、第二陣の佐久間盛政勢は後詰めにやって来なかった。

すでに勝家の本隊は北陸道に布陣を始めている。早く用意を終えなければ、攻撃の合図に応じて動くことはできなかった。

利勝は権現坂まで物見を出して確かめさせたが、復命は意外なものだった。

「佐久間玄蕃さまの軍勢は、権現坂を下って余呉湖のほとりの川並（かわなみ）に向かっています。その数、およそ五千」

「玄蕃どのが、命（めい）に背かれたと申すか」

このことを本陣の利家に知らせるように命じると、利勝は秀次と篠原一孝、村井長次を従えて権現坂に向かった。

距離はおよそ五町（約五百四十五メートル）、檜（ひのき）の森を駆け抜けて峠まで登ると、坂道を駆け下っていく佐久間勢が見えた。

先頭はすでに川並の集落まで下り、余呉湖ぞいの道を南に向かっていた。

「どうやら玄蕃どのは自論を押し通し、大岩山や岩崎山を攻めることになされたようだな」

秀次は疾走する佐久間勢を痛まし気にながめた。

「なぜでしょう。軍議の場で惣構えを攻めると申し合わせたのに」

「好機を逃すまいと逸ったか、山路将監の恨みに引きずられたのであろう」

「しかし、おかしいではありませんか。我らの後ろから尾根の道を進んだのなら、あんなに早く余呉湖のほとりに出ることはできないはずです」

「尾根から集福寺（しゅうふくじ）のある村に下り、塩津浜（しおつはま）に迂回する道がある。玄蕃どのはこの道をたどって我らを追い越し、権現坂に先回りされたのであろう」

「それでは将兵の体力がもちません。いったい玄蕃どのは……」

どんな勝算があってこんな無謀をするのかと言いかけた時、利家が近習たちを従えて駆け付けた。

「玄蕃が抜け駆けしたそうだな」

利家は誰にともなくたずねた。

「あそこでございます」

利勝が余呉湖のほとりを疾走する佐久間勢を指した。

「あのたわけが。狂いおったか」

利家はあの道は死地（しち）と見ている。惣構えを打ち破らない限り先へ進めないし、敵の反撃を受けたなら引き返すこともできなくなる。玄蕃ほどの戦上手が、それくらいのことも分からないのかと言いたかった。

「もう少し玄蕃どのの意見に耳を傾けるべきでございましたな」

村井長頼が深いため息をついた。

「それはどういう意味じゃ」

利家は苛立ちにとがった目を向けた。

「先発隊の指揮を任されたのは玄蕃どのでござる。責任を感じ、発奮もしておられたはずでござる。ところが殿と柴田勝家さまだけで方針を決められたことに、玄蕃どのは不満を持っておられたのでしょう」

「その不満をなだめるのは、親父さまの仕事であろう。息子も同然の間柄なのだからな」

「頭ごなしに決めつけず、先陣をゆずれば良かったのかもしれません」

「たわけたことを申すな。そんなことが抜け駆けの言い訳に……」

なるものかと言いかけて、利家は信長の目の前で同朋衆の拾阿弥を斬り捨てた時のことを思い出した。

口には出せないが、腹にすえかねる憤りはある。それを散じるには命をかけた行動に出るしかない。そんなやむにやまれぬ思いが、盛政にもあったのかもしれなかった。

（『銀嶺のかなた（二）　新しい国』に続く）

初出　北國新聞・富山新聞
二〇二三年一月一日〜二〇二四年七月七日

安部龍太郎（あべ・りゅうたろう）

一九五五年福岡県八女市（旧・黒木町）生まれ。久留米工業高等専門学校機械工学科卒。東京都大田区役所に就職、後に図書館司書を務める。その間に数々の新人賞に応募し「師直の恋」で佳作となる。九〇年『血の日本史』で単行本デビュー。二〇〇五年『天馬、翔ける』で中山義秀文学賞を受賞。一三年『等伯』で直木賞受賞。作品に『関ヶ原連判状』『信長燃ゆ』『迷宮の月』『家康』『ふりさけ見れば』など多数。

銀嶺（きんれい）のかなた（一）　利家（としいえ）と利長（としなが）

二〇二四年十二月十日　第一刷発行

著　者　安部龍太郎（あべりゅうたろう）

発行者　花田朋子

発行所　株式会社　文藝春秋

〒一〇二‐八〇〇八
東京都千代田区紀尾井町三番二十三号
電話　〇三‐三二六五‐一二一一

印　刷　萩原印刷

組　版　萩原印刷

製　本　大口製本

定価はカバーに表示してあります。万一、落丁・乱丁の場合は送料当方負担でお取替えいたします。小社製作部宛、お送りください。
本書の無断複写は著作権法上での例外を除き禁じられています。また、私的使用以外のいかなる電子的複製行為も一切認められておりません。

©Ryutaro Abe 2024
Printed in Japan

ISBN978-4-16-391924-9